中国经典的现代重构

——林语堂『对外讲中』写作研究

A Modern Reconstruction for Chinese Classics: A Study to Lin Yudang's Writing for Telling China to Foreign People

赖勤芳◎著

人民出版社

责任编辑:洪 琼

图书在版编目(CIP)数据

中国经典的现代重构——林语堂"对外讲中"写作研究/赖勤芳 著.
　-北京:人民出版社,2013.9
ISBN 978-7-01-012386-8

Ⅰ.①中… Ⅱ.①赖… Ⅲ.①林语堂(1895~1976)-文学研究
　Ⅳ.①I206.6

中国版本图书馆 CIP 数据核字(2013)第 177042 号

中国经典的现代重构

ZHONGGUO JINGDIAN DE XIANDAI CHONGGOU

——林语堂"对外讲中"写作研究

赖勤芳 著

人民出版社 出版发行
(100706 北京市东城区隆福寺街 99 号)

环球印刷(北京)有限公司印刷 新华书店经销

2013 年 9 月第 1 版 2013 年 9 月北京第 1 次印刷
开本:710 毫米×1000 毫米 1/16 印张:14.75
字数:220 千字 印数:0,001-2,000 册

ISBN 978-7-01-012386-8 定价:40.00 元

邮购地址 100706 北京市东城区隆福寺街 99 号
人民东方图书销售中心 电话 (010)65250042 65289539

目　录

序言　探析入西讲中的早期标本

　　自从中国被迫向现代化的西方开放以来,中西文化交往愈益频繁而又错综复杂,如何在新的世界文化现代性平台上重新打量中国文化传统,同时又更准确地理解我们与之频繁交往的西方他者,就成为中国现代文人面临的一个重要问题。林语堂先生,正是中国现代文人中较早面向西方、用英语阐释中国古典文化传统的先行者中颇为成功且影响力巨大的一位。如今,当"中国文化走出去"已赫然成为国家战略时,回头来看林语堂当年以个人的语言实践开展的"对外讲中"活动,就具有了毋庸置疑的早期"标本"意义。也正是在这个意义上,勤芳的这部以剖析这个早期"标本"为己任的著作的出版,就是及时的了。当然,大约六七年前,当正在北京师范大学文学院攻读博士学位的勤芳提出这个题目做博士论文时,他那时对后来才越来越明确和重要的"中国文化走出去战略"想必并无先见之明,而主要是凭着对林语堂先生作为中西文化交往先行者的敬重之心去尝试加以理解和反思。不过,今天回头看,他这样的理解和反思在当前确实有着远比当时的选题初衷更为重要的现实意义了。今天应当怎样向外国公众讲解中国、勾勒中国形象?通过反思林语堂实施的语言创造实践,无疑可以找到一面镜子。

　　记得勤芳在着手探讨林语堂的"对外讲中"实践之初,曾面临两种研究途径的选择:一种是探究林语堂的"对外讲中"英文著述本身,着重分析英语文化语境中的中国经典及文化形象建构;另一种是分析已翻译成中文的林著,着重考察其针对西方文化语境而作出的语义重构,进而窥探内含的中国经典及文化形象。第一种途径最为理想、也最为必要，但勤芳考虑到那需要丰厚的英语语言和文化素养，却非自己所长。他自己的本科生和硕士生阶段都修中文，并在硕士生阶段时师从杜卫教授，对林语堂的相关活动已有一些前期研习。如果现在的博士论文能同时联系西方语境和中国语境去比较林著同其他相关著述的意义，其学术价值也不可替代。考虑到这一点，他选定了第二种途径。由于这一选择，他就不能不放弃相当美妙动人的第一条道之风景，而只能流连忘返于第二种风景了。是无奈中的抱憾，也是一种主动选择。

勤芳在书中集中考察林语堂对中国经典的重构，专注于作者如何对中国文化加以重新"编码"，使其焕发出现代灵性。他以林语堂对中国经典的系统重构为主线，以其代表性作品为例证，尽力复原林语堂作为"中国文化走出去战略"的早期先行者的芳踪。该书先是从总体上梳理林语堂对中国文化的基本态度，发现林语堂运用了"以道释儒"策略，认为这正是林语堂理解和重构中国文化品性的一种新维度。我认为这一判断是有说服力的。接下来的全书主干，是具体地分析和评价林语堂对中国和谐文化、闲适文化、家族文化、传奇文化的重构。勤芳在这些地方都注意发掘林语堂的独特用心。对尤其著名的长篇历史传记《苏东坡传》和《武则天传》，他评点说，林语堂是想通过对苏东坡、武则天两人迥异的人格特征描写，实现借中国历史关怀西方现实、达成和谐人格建构的意图。在考察《吾国与吾民》、《生活的艺术》等影响较大的作品时，认为其意图在于着力伸张晚明性灵传统或小品精神，由此把中国文化经验合理化，勾勒出一种中国国民新形象，使中国文化的潜在价值在西方得以彰显。他还指出，长篇小说《京华烟云》和《唐人街》分别通过日常生活描写和理想家庭想象，蕴含了林语堂对中国"家"文化及其优质面的独特品评。至于《中国传奇》，他认为这是林语堂用"重编"办法而"以新形式出"的中国古代短篇小说集，体现出中国古典与西方浪漫情调的跨文化交融，体现出描写人性、追求视域融合的显著特点。这些论述从总体上勾画出林语堂在身处于其中的西方文化语境中对中国经典的多层面重绘和有意识改写。

这部书的一个独到的地方，是在上述具体分析基础上，从现代性角度对林语堂的"对外讲中"写作实践加以论述和评估。勤芳相信，当林语堂将中国文化移入西方现代文化语境进行重新探测时,实际上是开辟出中国文化重构的新路子,刷新了对中国文化传统认知范式的理解,体现出鲜明的中国现代性认同意识,可以说总体上达到了中国文化现代性重构的一个新境界。当然,他没有满足于全盘赞美林语堂,而是冷静地剖析了林著中存在的局限及不足,例如无政府主义意识、选材上的偏心、"文化乌托邦"意念及一些简单化处理等。这就使他对林语堂的分析带有了辩证的眼光,增强了论述的合理性和说服力。

读罢勤芳的上述论析,人们想必都会留下这样的印象:林语堂并非一般地"对外讲中",而是属于一种入西讲中,即是主动移入西方语境本身,尽力按西方语境需要而讲述中国故事。对外讲中,意味着我向外国居民讲述中国,传者着眼于向受者传达中国,重心在传者;入西讲中,突出的则是传者移居到受者中间,面对或贴近受者需要而讲述中国,重心在传者与受者的互动。比较起来,正是入西讲中策略,使林语堂用英语撰写的中国文化研究著述得以超越一般的"对外讲中"水平而开掘出新的文化亲和力及历史深度。当我们遗憾于到目前为止仍未能目睹对林语堂的英文原著本身的分析成果问世时,勤芳的这部对其中译本著作的分析成果就无疑具有自身的独特理论价值和现实意义了。当人们承担起急切地让"中国文化走出去"的重任时,不妨冷静地重新反思林语堂当年的入西讲中实践。中国文化不应简单地我行我素地或以我为主地"走出去",而是应瞄准外国居民及其特定文化需要而作出有针对性的清晰筹划,制订合理的措施,采取合适的具体策略。正是这样,勤芳对林语堂经验的反思在当前就具有了切实的意义了。

2012 年 3 月 3 日于北京大学

绪 论

本书尝试考察林语堂(1895~1976)的"对外讲中"写作及其作品。这位"世界文化名人",其个体生命历经2/3世纪历程,不仅写作、翻译了大量的作品,而且给世人留下了一道"难题",诚如著名作家徐讦所感叹的那样,"我相信他在中国文学史有一定的地位,但他在文学史中也许是最不容易写的一章"①。在过去相当长的一段时间里,林语堂基本被视作一个"另类"的文化人形象,没有得到应有的重视和研究。然而,一个最不容忽视的事实是:林语堂的生活历程伴随了20世纪中国文化的现代化进程,是其中的一个既具有普遍价值取向又具有特殊追寻路径的"现象"。对任何文化现象,只有将其放在整体文化背景和历史的描述中进行考察,才能作出客观的评价;同时,也只有结合相应的文化史实和当代文化发展的趋势,其作为一种文化存在的历史地位与现实意义才能被清晰地显示出来。因此,林语堂的文化实践应是中国现代化过程中值得我们认真探索的显要存在之一。在新的文化语境中,重审"林语堂现象"②必将

---

① 徐讦:《追思林语堂先生》,《传记文学》(台湾)1977年第6期。

② 戴嘉树的《林语堂现象:东西文化的夹缝》(《集美师专学报》1990年第1期)一文,不仅指出林语堂是"处于东西文化夹缝的文人",而且从文学史的角度肯定了林语堂的意义,认为"比革命反革命这两种极端的文人更具有研究价值"。杜运通的《伊甸园之歌——林语堂现象透视》(河南大学出版社1997年版)从"思想透视"、"作品研究"、"人生盛宴"、"回眸撷英"等几个方面对林语堂的思想、创作、人品及林语堂研究的"风风雨雨"进行了微观细绘和宏观把握,对"林语堂现象"进行了较为全面的考察和深入的反思。本研究将"林语堂现象"视为一个具有开放性的、富有诱惑力的文本,认为不同时代的人可以做出不同的读解。

具有重要的意义。

本绪论分三部分:一是评述林语堂研究现状,主要概述林语堂研究的基本情况,并分析其中的得与失;二是提出本研究的对象,阐明它的基本内容及其内蕴特征;三是交代本研究的视角、方法与结构设置。

一、 林语堂研究现状述评

(一)林语堂研究概况

1."相得"—"疏离"—"相得":大陆对林语堂的接受

林语堂在《悼鲁迅》一文中曾这样写道:"鲁迅与我相得者二次,疏离者二次,其即其离,皆出自然,非吾于鲁迅有轻轩于其间也。"①后人多用"相得"与"疏离"来形容鲁迅与林语堂之间的关系。其实,这两个词也可以大致描述大陆对林语堂这一历史人物的接受情况,因为人们在过去对林语堂的评价基本是以鲁迅之是非而是非。20世纪20~30年代和80年代以来是大陆与林语堂的"相得"期,而40~70年代则是"疏离"期。过去,人们比较肯定"语丝"时期的林语堂,而对"论语"时期的林语堂多有批判。此时期围绕林语堂展开的"论战"不少,也出现了不少有价值的学术成果。最具代表性的当属胡风于1935年元旦发表在《文学》月刊上的《林语堂论》。此即大陆与林语堂之间的第一个"相得"期。② 40~70年代大陆的林语堂研究基本属于空白,难觅有份量的学术成果。这主要是因为林语堂基本生活在海外,国内对他的关注远远不及他在离开大陆以前。第二个"相得"期出现在70年代末至今。此时段关于林语堂研究的单篇论文达600余篇(根据相关报纸期刊论文目录索引统计)。80年代后期以来大陆新一轮文化潮带动了"林语堂热"的兴起。林语堂的作品,尤其是散文,不断被出版,被大众置于案头而成为一种"时尚"。至

---

① 林语堂:《悼鲁迅》,《宇宙风》第32期(1937年1月1日)。
② 林语堂研究可以追溯到1925年钱玄同在《语丝》第23期发表的《回林语堂的信》一文。(参见杜运通:《林语堂研究的历史、现状与前瞻》,《韩山师范学院学报》2011第5期)

目前,以散文为主的集子就有众多版本,如《林语堂散文选集》(百花文艺出版社 1987 年版)、《林语堂文选》(中国广播电视出版社 1990 年版)、《林语堂散文》(2 卷,河北人民出版社 1991 年版)、《林语堂名作欣赏》(中国和平出版社 1993 年版)、《林语堂作品精选》(广西师范大学出版社 1994 年版)、《林语堂散文经典全编》(4 卷,九州图书出版社 1997 年版)、《林语堂散文全集》(2 卷,时代文艺出版社 2000 年版)、《林语堂散文》(人民文学出版社 2005 年版)、《林语堂散文》(浙江文艺出版社 2007 年版)、《林语堂散文精选》(长江文艺出版社 2009 年版)等。尽管《吾国与吾民》、《生活的艺术》、《京华烟云》等作品在海外出版之后即有不同的中译本出现,但此时期仍有一些新译本出现。如郝志东、沈益洪于 1994 年推出的《中国人》是 *My country and My people* 的全译本。包括《苏东坡传》在内的这四部著作是林语堂所有作品中再版率最高的。东北师范大学出版社于 1994 年出版了 30 卷的国内最全全集版《林语堂名著全集》(依据台湾译本)。作家出版社、陕西师范大学出版社、群言出版社也分别于 1996 年、2005 年、2010 年推出了 10 卷本、22 卷本、9 种 10 册的《林语堂文集》。群言出版社还在同年推出 31 卷本的《林语堂全集》。九州出版社计划在 2012 年出版《林语堂全集》(56 种)。外语教学与研究出版社于 2009 年推出了有 10 余种的《林语堂英文作品集》(目前仍在出版中),这对促进全面研究林语堂的意义不容小觑。在众多作品出版的同时,林语堂传记、研究专著也陆续问世,涌现出以万平近、施建伟、王兆胜等为代表的一批“林学”研究专家。此外,林语堂的多部长篇小说被改编成电视剧,尤其是《京华烟云》。由赵薇等主演的 44 集同名电视连续剧于 2005 年在央视播出,2008 年曾突破当年央视收视纪录而成为“单打”冠军(台湾于 1987 年播出了赵雅芝版)。可以说,林语堂其作其人已经成为当今大陆大众视野中的一个文化“亮点”。

顺便提及我国港、台地区和海外的情况。港、台两地均以资料发掘为主,公开了大量的以回忆录和传记为主的资料,其中又以台湾更为突出,如 20 世纪 70 年代后期的《传记文学》杂志和《林语堂传记资料》(天一出版社 1981 年版)、《回顾林语堂》(正中书局 1996 年版)两书。金兰文化出版社于 1984 年出版了 33 卷本的《林语堂经典名著》。与大陆相比,台湾有分量的林语堂研究学术专著较少。但就林语堂英文作品的翻译力度而言,台湾要远甚于大陆。东吴大学于 2006 年 10 月举办了"林语堂国际学术研讨会",包括大陆在内的众多学者参与了此会,引起了学界的关注。夏志清初版于 1961 年的《中国现代文学史》并没有专门述及林语堂。2000 年 1 月,他在香港《明报月刊》第 409 期上发表了一篇文章《中文小说与华人的英文小说》,其中这段话值得注意:"在当年,以中国人身份在美国写畅销书的,就只有林语堂一人。到了今天,华裔作家在美国出版英文作品的已经相当多,值得《亚洲周刊》或《明报月刊》派人去观察这方面的情形。"此文现已作为附录收入大陆中文版的《中国现代小说史》。① 余英时于 1994 年 9 月写的《试论林语堂的海外著述》一文高度肯定林语堂在传播中国文化方面所作的贡献,认为他的中国文化观代表了"当时中国知识界的一种流行的倾向"和"中国精神世界的一个向度",并且指出他是一个"反正统而非反传统"之人。在谈到林语堂传播中国文化获得成功的条件时,他认为林语堂是"懂得西方但又不随西方的调子起舞"②。余英时长期生活在美国,对林语堂其人有所闻,对他的作品也有所读。他的所思也反映出海外学者对林语堂的一种态度。近邻日本对林语堂的接受与研究情况也值得关注。自 20 世纪 30 年代至 20 世纪末,林语堂著作在日本的翻译本已超过 26 种,几乎涉及林语堂作品的所有方面。九州大学教授、著名中国明清文学研究家合山究是当代日本的中生代林语堂研究专家。③

2."闽、沪、京"三地联袂:当代林语堂研究的基本格局

一个非常有趣的现象是,林语堂在离开大陆前主要活动地是厦门、北京、上海三地,而当代林语堂研究的众多学者也大致出现于这三地。可以说,当代林语堂研究出现了较为明显的群体性和地域性特点,形成了以闽、沪、京三地为中心的基本格局。

---

① 参见夏志清:《中国现代小说史·附录(三)》,刘绍铭等译,复旦大学出版社 2005 年,第436~438 页。

② 余英时:《现代学人与学术》,广西师范大学出版社 2006 年版,第 460~467 页。

③ 参见冯羽:《日本"林学"的风景——兼评日本学者合山究的林语堂论》,《世界华文文学论坛》2009 年第 1 期。

（1）闽。主要以万平近为代表。作为林语堂的家乡福建漳州，人们自然对这位"山地之子"情有独钟。2001 年 10 月在天宝镇五里沙村建立的大陆首家林语堂纪念馆正式开馆。① 2006 年 9 月林语堂研究会在漳州成立。2007年 12 月,漳州师范学院、漳州市政府联合举办了旨在打造林语堂文化品牌的大型活动。会议期间,举办了漳州林语堂纪念馆扩馆开展仪式、林语堂文学馆开馆和"林语堂国际学术研讨会"。来自 7 个国家和地区的 200 余名专家和学者参加了此次会议,堪称学界的一大盛事。② 闽地林语堂研究的代表人当属万平近,不仅起步早,而且著有《林语堂论》(陕西人民出版社 1987 年版)、《林语堂评传》(重庆出版社 1996 年版,上海远东出版社 2008 年再版)两书,在林语堂研究方面产生了相当的影响。在厦门大学、华侨大学(泉州)、漳州师范学院等高校中也有多位林语堂研究专家,如俞兆平、陈旋波、周可、陈煜斓等都曾发表多篇论文或相关论著。此外,还有刘炎生的《林语堂评传》(百花洲文艺出版社 1997 年版)。

（2）沪。主要以施建伟为代表。他著有《林语堂传》(北京十月文艺出版社 1999 年版,由《林语堂在大陆》、《林语堂在海外》两书合并而成)、《林语堂研究论集》(同济大学出版社 1997 年版,编有《大家小集:林语堂集》(花城出版社 2007 年版)等。此外,李勇著有《林语堂传》(团结出版社 1999 年版)、《本真的自由——林语堂评传》(南京师范大学出版社 2005 年版)。上海、南京等地的著名高校中有多部以林语堂为研究对象的博士学位论文,如陈琳琳的《论三十年代林语堂及其为代表的论语派》(复旦大学 2001 年)、施萍的《林语堂:文化转型的人格符号》(复旦大学 2004 年)、杨柳的《林语堂翻译研究:审美现代性》(南京大学 2004 年)、王少娣的《跨文化视角下的林语堂翻译研究——东方主义与东方文化情绪的矛盾统一》(上海外国语大学 2007 年)、陶

---

① 台湾在林语堂去世后建立了纪念馆,位于台北市阳明山仰德大道,即林语堂故居所在地。

② 参见张桂兴:《林语堂国际学术研讨会综述》,《文学评论》2008 年第 3 期。此次会议的另一成果为学术论文集《走近幽默大师》(陈煜斓主编,中国社会科学出版社 2008 年版),收录论文 52 篇,较为全面地反映了近年来林语堂研究的现状和水平。笔者有幸参加了此次会议。

丽霞的《文化观与翻译观——鲁迅、林语堂文化翻译对比研究》(上海外国语大学 2007 年)、冯智强的《中国智慧的跨文化传播:林语堂英文著译研究》(华东师范大学 2009 年)等,其中许多已经正式出版。

(3)京。主要以王兆胜为代表。他是继万平近、施建伟之后涌现出的一位名副其实的"林语堂研究专家":已发表几十篇论文,出版十余种图书,如《林语堂的文化情怀》(中国社会科学出版社 1998 年版)、《闲话林语堂》(中国国际广播出版社 2002 年版)、《解读林语堂经典》(花山文艺出版社 2004 年版)、《林语堂 两脚踏中西文化》(文津出版社 2005 年版)、《林语堂大传》(作家出版社 2005 年版)、《林语堂与中国文化》(社会科学文献出版社 2007 年版)、《林语堂正传》(江苏文艺出版社 2010 年版)等。袁济喜近年来也多有涉足,发表了若干相关论文和著作,如《承续与超越——20 世纪中国美学与传统》(首都师范大学出版社 2006 年版)。① 此外有郭晓鸿的博士学位论文《现代市民话语的文化形态——〈论语〉杂志研究》(中国社会科学院 2004 年)。顺便提及山东大学的两篇博士学位论文:董燕的《论林语堂文化追求的审美现代性倾向》(2005 年)和丛坤赤的《林语堂生活美学研究》(2011 年)。

3."传、评、论"立体呈现:当代林语堂研究的主要特色

从以上所列情况可以看出,当代林语堂研究大致有如下特色:

(1)以发掘资料为主,形成了多样化的传记写作。目前关于林语堂的传记已出版了近十种,像万平近、施建伟、李勇、王兆胜等都是既写"传",又写"评传",他们从文学家、国学家、自由知识分子等不同身份角度鲜活地再现了林语堂这一历史人物。

(2)以关注 20 世纪 20~30 年代的文学思想为主。与多数文学史评价类似,肯定林语堂这段时期的文学成就,重点突出他在现代散文写作以及"论语派"形成等方面所做出的重要贡献。

---

① 该书选择朱光潜、宗白华与林语堂三人,通过详尽分析其学说思想的承继性以及其中蕴含的深厚的文化传统,以揭示 20 世纪中国美学与传统的天然血缘关系,并说明其在时代巨变面前的创新、应变等重大美学问题。

（3）以文化学、文学、美学、语言学、翻译学等为主要研究方法。如万平近、施建伟、王兆胜、施萍、郭晓鸿等侧重从文学、文化史的角度进行考察；如袁济喜、陈琳琳、丛坤赤侧重美学思想的分析；如杨柳、王少娣、陶丽霞、冯智强等从语言学、翻译学或文化学的视角进行研究。应该说，目前"林语堂热"的形成是与众多研究学者的积极参与和介入分不开的。他们从各种角度，借助各种理论，多元展示了林语堂的文学成就、文化形象与历史地位。

（二）主要成就

当代林语堂研究成果众多，此处不可能全面涉及，现只从三个方面进行一次相对学理性的概括。

1. 自由主义与启蒙意向的双向肯定

由于与鲁迅的非常关系，林语堂一度被置于主流之外，林语堂研究也曾一度游离于主流研究视野之外，但这方面的翻案性文章不少。在梳理两人微妙复杂的关系中，不少学者从启蒙意向上肯定林语堂的自由主义立场。陈漱渝认为，鲁迅和林语堂是五四新文化运动中两位很有代表性的作家，为中国文学的现代化做出过各自的贡献，他们的"相得"与"相离"只是反映着作家不同的人生追求和文化抉择，所以他比较肯定林语堂在历史上的重要地位。[①] 董大中从交往、比较、溯源三方面对两人进行了全面评价，其中重点分析两人在对待文化传统与中西文化方面的异同。虽然鲁迅是全书的"主角"，但将林语堂与鲁迅相提并论，也凸显了林语堂在作者心目中的地位。[②] 在 20 世纪 30 年代，林语堂追求以"自我"为中心的自由主义思想容易惹人注意。因此，"性灵"、"幽默"、"闲适"等关键词成为后人研究的重点。如陈子善通过"性灵"揭示林语堂与晚明文学的关系，把他与周作人等放在一起讨论，并将他们作为

① 参见陈漱渝：《"相得"与"相离"——林语堂与鲁迅的交往史实及其文化思考》，《鲁迅研究月刊》1994 年第 12 期。
② 参见董大中：《鲁迅与林语堂》，河北人民出版社 2003 年版。

30 年代自由主义文学书写的代表。① 周仁政从文化史角度考察了林语堂自由个人主义理念的文化内涵及特征,认为这是一种在文化观念上消弭了自由主义政治文化倾向而专注于个人心灵世界的独特文化形态。林语堂在东西合璧的意义上确立了以"中国的人文主义"为价值尺度的文化理想,以宗教泛爱主义为理性依托,把自由主义引向文学实践,从而建构了独特的个人化文化表达方式。② 林语堂被誉为"幽默大师"。自从鲁迅提出"天下无不幽默"(《一思而行》)的看法以来,关于林语堂的幽默思想也是聚讼纷纭,但是多数人都比较肯定林语堂幽默思想的创造性,认为它具有现代价值。施建伟认为,林语堂的幽默观是建构在中西文化的接合部上的,是在发展中形成的,是具有重大理论价值的。③ 郑淑慧把林语堂的幽默看成一个动态过程,视其为一个具有结构性的复合体,并从目的论、过程论、艺术论、功能论四个方面考察了林语堂幽默思想的创造性。④ 张健虽然对林语堂有所批判,但是他认为林语堂的幽默观念沟通了中西文化,具有"人性色彩"和"理想光辉"。⑤ 杜兴梅认为,林语堂的幽默观是"林语堂式"的幽默观,具有"中西合璧、古今交融、宗教与文学联姻"的特点。⑥ 林语堂又是"闲适"派。自从胡风披露林语堂是"寄沉痛于幽闲"以来,人们也就基本赞同这种"闲而非闲"的论调,张颐武的观点即为代表。他说:"'闲适'话语是以'现代性'为前提和基础的,是'现代性'构筑的'个人主体'神话的一个关键的部分。""中国散文中的'闲适'也正是在'现代性'启蒙设计中的'个人主体'意识的觉醒的神话般的背景之下构筑自身的。于是,'闲适'被重写为一种'表现论'的模式,一种浪漫主义的自由精神的显

① 参见陈子善:《三十年代自由主义文学的代表》,见《文人事》,浙江文艺出版社 1998 年版,第 36~49 页。

② 参见周仁政:《论林语堂的自由个人主义文化观》,《江苏社会科学》2000 年第 2 期。

③ 参见施建伟:《林语堂幽默观的发展轨迹》,《文艺研究》1989 年第 6 期;施建伟:《林语堂和幽默》,《华侨大学学报》1993 年第 2 期。

④ 参见郑淑慧:《林语堂的幽默创造论》,《东疆学刊》1992 年第 4 期。

⑤ 参见张健:《精神的伊甸园和失败者温婉的歌:试论林语堂的幽默幽默思想》,《文学评论》1993 年第 4 期。

⑥ 参见杜兴梅:《中西文化碰撞的绚丽火花——林语堂幽默论的发展路向及文化特质》,《中州学刊》1998 年第 5 期。

现,一个面对自我和世界的感性经验的自由书写。"①郭晓鸿充分肯定林语堂主编的《论语》这本杂志的文化地位,认为《论语》所代表的是中国现代市民知识分子的精神形态,表明了"五四"的启蒙精神在三四十年代依然是新文学的中心,只是随着时代的变迁,启蒙主体、对象及其形式都发生了一些变化,因而《论语》式启蒙更具备现代市民社会所要求的世俗性、民间性与现代性。②

2.跨文化写作的成功个案

林语堂处于中西两种文化汇聚的历史潮流中,因而人们对他的人生态度、文化道路选择问题成为一个认识焦点,或褒之,或贬之,态度不一,这可以陈平原的观点为代表。他在写于20世纪80年代的一篇文章中就认为:"在建立世界文化理想上,林语堂的东西综合是失败的;可是在建立个人生活理想上,林语堂的东西综合却是成功的——他毕竟获得了心灵的平衡。"③所以,林语堂在世界文化理想与个人文化理想两个层面之间的"调适"成为一个相当复杂的问题,成为一个具有潜在研究价值的所在。同时,作为一个中国人,林语堂能够用英文写作中国文化、宣扬中国文化,这毕竟还是一个特例。人们对林语堂能够在跨越中西两种文化障碍并在此基础上建构文化理想的设想,基本是持肯定态度的,认为具有重要的参考意义。从研究成果看,大致又可以分为两种情况。

一是直接评述林语堂的中西文化观。如周可和戴从容两人均梳理了林语堂中西文化比较观的理路。周可从演化路向、观念构成、思想特征及内在矛盾几方面进行阐发。④ 戴从容则建基于林语堂中西文化观的出发点是人生而不是文化的观点,从20世纪20年代、30年代、1936年出国之后三个阶段描述了他对待西方文化、中国传统文化态度上的变迁,也从而梳理出了其"中西融

① 张颐武:《闲适文化潮批判》,《文艺争鸣》1993年第5期。
② 参见郭晓鸿:《〈论语〉杂志的文化身份》,《文学评论》2002年第2期。
③ 陈平原:《林语堂与中西文化》,见《在东西方文化碰撞中》,浙江文艺出版社1987年版,第34页。
④ 参见周可:《林语堂中西文化比较观的内在理路及其矛盾论析》,《汕头大学学报》(人文科学版)1995年第4期。

合"理论形成之路。①

　　二是从跨文化叙事及后现代理论角度进行比较研究。如李勇认为,林语堂散文表现出对西方/东方二元对立最深刻的消解,主要采取了以"平民的眼光"看待平民的日常生活,保持与西方读者亲切感和平等地位,解除对方的心理障碍,从而对东方文化产生了认同感。② 孟建煌认为,在"后殖民主义"话语中,"东方主义"与"西方主义"存有明显偏颇,林语堂摆脱了这种偏颇,并以客观公正的态度在夹缝中宣传本土文化母题,开辟了传播本土文化的新途径。③高鸿则把林语堂与赛珍珠、汤亭亭两人相提并论,并以三人不同的中国经验作为"中国叙事"的基础,分析他们之间的同与异。④ 此外,语言学、翻译学、文化学等专业的学人大都从这一角度展开,成果较多,不再赘述。

　　3."一团矛盾"的生存论价值

　　的确,无论是在中西综合的文化理想建构模型上,还是在日常生活态度中,林语堂都表现出一种令常人无法理解的矛盾性。"一团矛盾"、"一生矛盾说不尽"都是他的自道之言。因此,"一团矛盾"也就成为林语堂的一个"标识"。那么,"一团矛盾"是如何形成的? 他自己又是如何消解的? 这些问题自然成为了研究的重点。朱东宇、宏晶从林语堂的文化品格和文化涵养的矛盾性与统一性两方面进行了论析,认为正是文化涵养的多样性、复杂性、矛盾性造成了"一团矛盾"的根本原因。⑤ 周可从"道德与理性的冲突"、"物质与精神的分离"、"传统与现代性的断裂"三个方面揭示了林语堂文化心态和文化观念中所包含的基本矛盾。林语堂在文化选择意向上具有三个特点:"人道主义的社会观"、"享乐主义人生观"、"保守主义历史观",正是这三个特点消解了文化矛盾与内心紧张。他认为,林语堂的文化理想虽然有偏狭,但是在

---

① 参见戴从容:《林语堂的中西中西文化观》,《福建师范大学学报》(哲社版)1997 年第 3 期。

② 参见李勇:《边缘的文化叙事——林语堂散文的解构性》,《江淮论坛》1998 年第 3 期。

③ 参见孟建煌:《从后殖民主义话语看林语堂的东西文化观》,《赣南师范学院学报》2001 年第 1 期。

④ 参见高鸿:《跨文化的中国叙事》,上海三联书店 2005 年版。

⑤ 参见朱东宇、宏晶:《林语堂"一团矛盾"论析》,《学习与探索》1998 年第 1 期。

建立个人的生活理想和回应时代文化挑战这一点上,其"调和中西"的努力又是成功的。① 王兆胜认为,林语堂的生活哲学看重审美世界与人生,用美的心灵与情怀去看取世界万物和人生世相;喜爱中庸与平和,能将悲剧的人生变换成美好的图景,具有柔性的人生态度。② 李建东、李存认为,林语堂思想与性格矛盾的主要根源是他在理论上宣扬"出世"而在实际上不忘"入世"的互相交替的生活态度;在生活上奉行"中庸"、"闲适"的人生哲学,在政治上又走上极端,这就是他矛盾的必然结果。③ 袁济喜从文化与美学结合的角度高度评价林语堂的审美人生观。他认为,林语堂的美学注重对生活艺术的探讨,倡导感性至上的审美价值观,是以人生观的构建为支点,融合东西方文化的滋养,具有浓郁的文化品位,是"现代中国美学思想史上值得关注的亮点之一"④。丁丽燕从生态学角度肯定林语堂的生活哲学"给人耳目一新之感"。她认为,林语堂将适度的物质享受与注重审美的高雅情调相结合,创造一种闲适的艺术的生活,这是一种具有实践意义的符合生态文明的生活方式;它强调物质需求与精神需求协调发展,不是通过消费量的无限增长来企求幸福,而是通过提高精神生活水平来获得幸福感,这种海德格尔式诗意的生活方式为当代陷入精神危机的人们亮出了一种价值尺度,为重构生态平衡提供了精神资源。⑤而对于中西文化选择上的这种矛盾,王兆胜认为其根本点在于林语堂"脑"与"心"的分离,即林语堂自己所说的"我的头脑是西洋的产品,而我的心是中国的"。因此,用这一角度来理解林语堂和他的中西文化融合观是合理的。⑥ 李勇则认为,作为有着自由精神的知识分子,林语堂虽自称是"一团矛盾",但其

①　参见周可:《文化与个人:林语堂的内心紧张及其消解》,《青海师范大学学报》(社科版)1998 年第 1 期。

②　参见王兆胜:《反抗绝望　善处人生——论林语堂的生活哲学》,《社会科学辑刊》1999年第 3 期。

③　参见李建东、李存:《"林语堂矛盾"的文化观照》,《河南师范大学学报》(哲社版)2001年第 2 期。

④　袁济喜:《论林语堂的审美人生观》,《求是学刊》2003 年第 6 期。

⑤　参见丁丽燕:《"生活的艺术"与"诗意地栖居"——论林语堂闲适哲学的生态学价值》,《浙江学刊》2005 年第 1 期。

⑥　参见王兆胜:《林语堂:两脚踏中西文化》,文津出版社 2005 年版,第 192~198 页。

一生的活动却具有"统一性",其实现的途径就是"以中国的生活经验和中国思维方式为资源的近情思想"①。

(三)主要问题

1.简化人物历史,遑论整体评价

林语堂一生辗转于世界各地,文学活动期比较长,且有中、英文两种著述。因此,要对他做出全面评价实属非易,典型表现之一就是对林语堂离开大陆之后的文学文化思想研究非常薄弱。应该说,离开大陆前后以及国外 30 年的英文著述是最能体现林语堂文学文化思想的阶段。但这一阶段并不为一般研究所重视,其中原委自然与他的英文作品被翻译成中文太少有关。晚年林语堂也这么认为:"我所遗憾的是,三十年来著作全用英文(见黄肇珩著拙作出品总目 33 种),应是文字精华所在,惜未能直接与国内读者想见。"②目前对林语堂的包括译、著在内的各种英文著述进行全面研究还较少有人问津,定居台湾最后十年的文学、文化、学术思想研究也较少人关注。林语堂在晚年曾积极主张"文化复兴",因而台湾有学者甚至认为最后十年才是他思想最有成就的时期。③ 大陆的万平近也曾过类似评价。他认为,林语堂定居台湾最终实现了"多重回归"的夙愿,包括这些方面:"语言—文学—语言"、"创作—翻译—创作"、"散文—小说—散文"、"中文—英文—中文"、"中国—外国—中国"。他还指出:"林语堂是一位有中国心的,在文化学术上作了多方面贡献特别是为弘扬中国文化奋斗终生的文化名人,他既不同于数典忘祖的欧化绅士,也不同于故步自封的旧派,他的'回归'不等于复旧,而是在文化领域重新进行新的

---

① 李勇:《本真的自由:林语堂评传》,南京师范大学出版社 2005 年版,第 240 页。

② 林语堂:《〈语堂文集〉序言及校勘记》,见《无所不谈合集》,东北师范大学出版社 1994 年版,第 504 页。

③ 如黄肇珩认为,"无论从思想、生活、著作风格,甚至人生岁月任何角度,在台湾定居的十年,是林语堂一生中极为重要的一段时期,或者可以说是他个人的集大成时期。"(《林语堂和他的一捆矛盾》,见《幽默大师——名人笔下的林语堂 林语堂笔下的名人》,东方出版中心 1998 年版,第 135 页)

探索和开拓。"①这个评价多少有些道理。在林语堂研究中出现"厚此薄彼"这种情况,其原因是多方面的。除翻译问题、政治因素之外,主要还与林语堂自身独特的角色、身份有关。角色、身份定位的不同往往导致研究结论上的迥异。我们从诸多研究成果中可以发现:作为研究对象的林语堂常常被书写成"边缘人",这从众多论文的题目上便可直接反映出:"东西方文化的夹缝"、"汉学心态"、"边缘游走"、"文化双语意识"、"边缘的文化叙事"、"在中西文化的锋面上"等。林语堂又往往成了"他者"形象文化建构叙事策略中的另一个"他者"。卫景宜在研究以汤亭亭为代表的华裔文学的专著中也这么认为,"对于美国华裔文学界,林语堂是个尴尬人物",因为林语堂只有一本描写美国华人生活状态的长篇小说《唐人街》。② 那么,林语堂到底是"边缘人",还是被"边缘化"了呢?

2.疏远中国语境,缺乏本土意识

正如学术研究的价值在于解决问题一样,近代以来的中国知识分子也都以解决中国所面临的现实问题为契机和使命。在此,王富仁提出的"选择文化学"与"认知文化学"两个概念具有启发性。他说:"如果从认知文化学的角度,中国近现代文化的一切矛盾都还是中国文化自身矛盾在新的文化语境中新的表现";"当时中国知识分子对西方文化的认知与对中国传统文化的认知不是矛盾的,它们都是现代中国人需要认知的对象。"他反对那种简单的一元式的或者说是"非此即彼"选择式的思维模式,而从根本上肯定了中国人对西方文化的认知是主动的而不是被动的过程。③ 主动的文化认同使得近代以来的中国知识分子将"本土问题"作为他们思想的"原发点",而本土问题意识也成为他们的学术或理论之所以至今还具有价值的根本所在。④ 因此,研究林语堂也必须本着历史优先的原则,将其置于20世纪中国现代性语境中,从现

---

① 万平近:《从多重"回归"现象看林语堂》,《福建学刊》1997 年第 1 期。
② 参见卫景宜:《西方语境中的中国故事》,中国美术学院出版社 2002 年版,第 25 页。
③ 参见王富仁:《中国现代文化指掌图》,人民文学出版社 2004 年版,第 1~11 页。
④ 参见杜卫:《审美功利主义——中国现代美育理论研究》,人民出版社 2004 年版,第 6 页。

代中国知识分子的立场这一角度来阐说林语堂的文化立场和人生态度。实际上,林语堂东西综合的文化理想是与当时"中国文化本位论"与"全盘西化论"的文化主张密切相关的。如果我们在研究时缺乏对本土问题的热切关注,片面移植现成的西方理论,那就很容易把东方中国变成西方视域中的文化"景观",也难以使问题研究深入下去,进而丧失学术研究的真正价值。审美现代性倾向是林语堂研究中的重要主题之一。但从相关研究中我们可以发现:他们阐述时基本引用西方现代性自身的矛盾性作为理论依据,而又较普遍地认为审美现代性也具有中国"面孔"。"以彼论此",本身就是一个巨大的矛盾。如果从现代中国知识分子所处的历史语境出发进行探讨,也许更能增强问题的说服力。借用西方"审美现代性"概念阐释林语堂文化追求现象,固然可以深化林语堂研究,但是也无可避免地会出现一些误读、误评,甚至误置。

3.研究力量仍显薄弱,亟需深度挖掘

目前虽然业已形成一支较为庞大的林语堂研究队伍,出现了一大批的研究成果,但是与作为一位既是"杂家"又是"大家"的林语堂本人相比,两者显然是不够匹配的。作为作家、文化人的林语堂是一个具有"丰厚性"、"理性"、"现代性"、"真实性"①的极富魅力的研究文本。他在诸多领域都取得了成就,而目前较集中在他作为作家、文化人的研究。关于他的政治、教育、语言等方面的思想尚缺乏研究力度、深度,而此中涉及问题本身是相当复杂的。林语堂与政治的关系较为微妙。"语丝"时期,他十分反感新月派"只不许打牌与谈政治"的"怪现象",主张大胆发表社会批评与文明批评,对于有害于新的事物则竭力加以排斥。② 执编《论语》时,他提倡文学写实主义,要用幽默的文字来反映现实生活,而在政治上力求保持中立姿态,主张"对于政治,可以少谈一点"。《人间世》侧重登载小品作品,供人们发表文化社会及人生批评的文字,规约"涉及党派政治者不登","不愿涉及要人所谓政治"。《人间世》成为远离政治而接近人生的小品文刊物。《宇宙风》又改变了《人间世》不谈政治

---

① 参见王兆胜:《林语堂的文化情怀》,中国社会科学出版社 1998 年版,第 256~259 页。
② 参见林语堂:《给玄同先生的信》,见《林语堂名著全集》第 13 卷,东北师范大学出版社 1994 年版,第 13 页。

的倾向,恢复了编《论语》时谈政治的做法,刊登了大量具有现实意义的散文作品。对于文学的基本见解,他主张文学是为人生的,无条件反对"把文学整个黜为政治的附庸"①。他的英文长篇小说《啼笑皆非》、《奇岛》则流露出一种自由、平等的政治观。可见,政治态度对他文学写作的形成具有极其重要的影响。那么,政治又是如何具体影响他写作的呢？林语堂是一个地地道道的教育家,曾在清华、北大、北师大、厦门大学、新加坡南洋大学等众多名校从事教学或管理工作。那么,这些经历究竟又是如何影响他作为知识分子的道德与文化理想的呢？林语堂是从语言学起步的,其第一篇公开论文就是关于方言的问题。他的语言文化思想很丰富,如"语录体"的提倡、语言的"翻译",等等。那么,为什么文言与白话能够融合？为什么中、英两种语言能够自如转换？为什么晚年又回归到中文写作？他笔下的"中国形象"又有何种文化意义？等等。这些问题都具有深入反思的价值。因此,林语堂研究仍有广阔的开掘空间。但要深化林语堂研究,除补给海外资料、拓宽研究领域之外,更需要研究方式的创新。就他的文学、文化思想研究而言,除整合现有的各种研究成果、研究方法之外,关键在于发掘出蕴含在林语堂其人其作中的富有时代价值的命题,以及相应提出一种富有洞见性的、穿透力的研究视角。

二、"对外讲中"：一个独特的写作现象

本研究以林语堂的"对外讲中"写作为对象。之所以作此选择,就是充分注意到该对象的复杂性、独特性和潜在价值。

"对外讲中",即"对外国人讲中国人文化",它是相对于"对中讲外"("对中国人讲外国文化")而言的。林语堂曾这样自我评价："有一位好作月旦的朋友评论我说,我的最大长处是对外国人讲中国文化,而对中国人讲外国文

---

① 林语堂:《猫与文学》,《宇宙风》第 22 期(1936 年 8 月 1 日)。

化。这原意不是一种暗袭的侮辱,我以为那评语是真的。"①这里用"对中讲外"与"对外讲中"代表林语堂在两种不同文化语境中的写作实践行为。"对中讲外"是指以中文为语言,以向国内中国人介绍外国文化为特色的翻译(或写作)活动。现代中国知识分子往往采取一种较为功利的态度对待外国文化,即致力于把西方文化翻译、介绍到中国,让中国人直接接受外国文化。与胡适等一大批知识分子一样,林语堂也经历了从留学到归国的生活道路。因此,将西方的各种知识、理论介绍、输入到中国,成为一种必然。20世纪20年代中期至30年代中期,林语堂积极致力向国人"讲"外国文化。从1925年到1929年,他先后翻译了罗素夫人的《女子与知识》、布兰地司(今译勃兰兑斯)的《易卜生评传》、萧伯纳的《卖花女》等作品,翻译并编辑了《新的文评》一书(包括 J.E.Spingarn 的《新的文评》、《七种艺术与七种谬见》,Benedetto Croce 的《美学:表现的科学》,Oscar Wilde 的《批评家即艺术家》,E.Dowden 的《法国文评》,Van Wyck Brooks 的《批评家与少年中国》)。此后在主编的《论语》(1932~1934)、《人间世》(1934~1935)与《宇宙风》(1935~1936)三个杂志中,他重点介绍、发扬西方的表现论和幽默思想。总之,这些"外国文化"在当时对于改造批评风气、革新文学观念、启蒙文化人生等方面起着重要作用。如他借表现论"发现"了明清小品文,并开创了现代小品散文文体;《论语》提倡的"幽默",成为小品的前奏,是写小品文的必要准备;《人间世》专以提倡小品文为目的;《宇宙风》旨在介绍西方幽默散文。现代小品文成为中西化合的产物。

"对外讲中"是指林语堂以西方读者为阅读对象,使用娴熟英文,以中国文化为题材,以宣扬和传播中国文化为特色的写作(或"翻译")活动。1934年春,林语堂受美国女作家赛珍珠(Pearl S. Buck)之约开始用英文写作《吾国与吾民》(*My country and My people*)。该书于1935年9月在美国出版并立即获得成功。次年8月,林语堂再度赴美并开始了长期的海外生活。至定居台

---

① 林语堂:《林语堂自传》,工爻译,见《林语堂名著全集》第10卷,东北师范大学大学出版社1994年版,第31页。

湾前,前后长达 30 年左右。在此期间,他用英文写作、翻译了大量的作品,包括:《生活的艺术》(*The Importance of Living*,1936)、《孔子的智慧》(*The Wisdom of Confucius*,1938)、《京华烟云》(*A Moment in Peking*,1939)、《风声鹤唳》(*Leaf in the Storm*,1940)、《中国印度之智慧》(*The Wisdom of China and India*,1942)、《啼笑皆非》(*Between Tears Laughter*,1943)、《唐人街》(*Chinatown Family*,1947)、《苏东坡传》(*The Gay Genius*:*The Life and Times of Su TungPo*,1947),《老子的智慧》(*The Wisdom of Laotse*,1948)、《中国传奇》(*Famous Chinese Short stories*,1952)、《朱门》(*The Vermilion Gate*,1953)、《奇岛》(*The Unexpected Island*,1955)、《武则天传》(*Lady Wu*:*A Ture Story*,1957)、《红牡丹》(*Th Red Peony*,1961)、《赖柏英》(*Juniper Loa*,1963)等。可以说,这些作品在西方发生了较为广泛的影响,甚至在某种程度上影响了西方人的"中国观","若干浅识的西方人则知有林语堂而后知有中国,知有中国而后知有中国灿烂的文化"。① 其中《吾国与吾民》、《生活的艺术》等纯粹介绍中国文化的精品被西方人视为中国的"真实"情形,而《京华烟云》曾被西方人誉为"现代的《红楼梦》"②,甚至入围诺贝尔文学奖提名(但最终落选)。

无可怀疑,"对中讲外"是近代以来中国知识分子的一个较为普遍的做法,也是长期以来被中国人较为普遍认可的一种写作现象。相比之,"对外讲中"显得比较特殊,它是近代以来中国知识分子群体中出现的一种比较罕见的做法,应是中西文化选择与认知视域中的一种独特的写作现象。作为一种颇有意味的写作,林语堂的"对外讲中"写作实际上具有深刻的内蕴特征,这些亦成为本研究的重要契机和出发点。

1.强烈的中国本位关怀

林语堂在文学、语言学、翻译学、文化学等各方面都颇有建树,但能成为他一生中最大特色的应当是在中西文化交流与沟通方面所做的独树一帜的努力。在阅读他的众多作品过程中,我们可以深切地感受到他的那种决心,而实

---

① 林太乙:《林家次女》,西苑出版社 1999 年版,第 87 页。
② 转引自林太乙:《林语堂传》,北岳文艺出版社 1994 年版,第 142 页。

现的方式正是这种富有特征性的"对外讲中",而"中国文化"、"中国问题"是其中应有题义。

首先,虽然"对中讲外"与"对外讲中"分属两个阶段、两个层次,两者都有特定的偏向,即前者偏于"外",后者偏于"中",但是我们无法否认两者都要指向"中国文化"。在中西激荡的背景下,林语堂以一种知识分子特有的使命意识思考中国文化建设问题,对中国问题本身的检讨成为他最重要的出发点。西洋文明曾对年少方刚的林语堂产生过深深的震动,晚年的林语堂也并没有停止过对它的深切反思。但他始终认为,中西文化交流中出现问题的原因不在于西方,而在于中国。而要改变这种现状,就必须坚持文化接触,最重要的是相互吸收。如果说西方文化能成为现代中国人的渴求,那么中国文化同样也可能成为西方人的一种需要,中西文化应当是相辅相成的。可以相信,"中国文化"对林语堂来说具有极其强大的吸引力。故无论置身于国内复杂的政治环境,还是生存于西方现代社会,他对中国文化的身份认同感都被敏锐地激活出来。中国文化是值得他深深眷恋、皈依的对象。因此,"对外讲中"实质上代表了林语堂的一种文化价值取向,它应与纯粹的中西文化交流有重要区别。李勇曾这样评价:"实际上,世人对林语堂向西方介绍中国文化的赞誉,并没有真正说明林语堂的价值。他能成功地向西方介绍中国文化并不是因为他的英文写得好,也不是因为西方读者对中国文化怀有猎奇心理,而是因为林语堂找到了东西方文化融合的结合点。那些批评林语堂向西方介绍的中国文化不够全面、不够精粹的人,更不懂林语堂所做工作的价值。林语堂的工作不是向西方介绍中国文化那么简单。"[①]应该说,这个评价是十分中肯的。

其次,虽然"对中讲外"与"对外讲中"在使用语言、言说对象、置身环境等方面相互区别,但是两者是发生在同一个体身上的。在中西两种异质环境的过渡中,林语堂扮演了不同的文化角色,由此我们可以将他进行不同的思想身份定位,如激进主义者、保守主义者、自由主义者等。固然这些都可以作为标

---

① 李勇:《本真的自由——林语堂评传》,南京师范大学出版社 2005 年版,第 237 页。

签贴上,但一个无法否认的事实是,林语堂始终持以"中国人"的身份关注"中国问题",即使长期在海外也如此。他说:"自我反观,我相信我的头脑是西洋的产品,而我的心是却是中国的。"①"世界的头脑中国心"表明他具有的一种强烈的"中国意识"。正如霍秀全所说:"自他1923年夏从国外求学归来,到1936年抗战前夕的再度出国,以及后来的长期留居海外,林语堂始终都将自己的人生坐标定位于中国文坛,并做出了诸多贡献,且其中有些部分还是相当突出的。虽然他说自己是'两脚踏东西文化,一心评宇宙文章','对外国人讲中国文化,对中国人讲外国文化',但实际上他更关心的、倾注了自己毕生绝大部分心血的,还是自己父母之邦的事情,尤其是祖国的文学和文化。这是不争的事实。"②因此,如果将林语堂仅仅贴上中西文化交流的"桥梁"或"使者"这样的标签,显然是一种过于简单的做法,因为这在根本上忽视了林语堂在这一过程中虽为"中介"实则更具主动的意向。

2.浓厚的宗教体验与现代审美色彩

作为生存于中西文化夹缝中的个体,林语堂表现出了极富个人化的生活态度。在现代化大潮面前,他看似坦然,实则充满了"矛盾",虽曰"矛盾",却又以此为"快乐",从而构成了一种独特的生存现象。这种现象也不乏"解构"意味,突出表现是他的宗教信仰问题。

宗教体验是林语堂个人精神活动最为重要的组成部分之一。他以这样的方式评价自己的信仰:"他把自己描写成为一个异教徒,其实他在内心却是个基督徒。"③总体上说,他的个人宗教信仰经历了"基督徒—异教徒—基督徒"的"螺旋式的升华"。一方面,在他看来:"被培养成为一个基督徒,就等于成为一个进步的,有西方心感的、对新学表示赞同的人。总之,它意味着接受西

---

①　林语堂:《林语堂自传》,工爻译,见《林语堂名著全集》第10卷,东北师范大学大学出版社1994年版,第21页。

②　霍秀全:《林语堂文化性格中的"士"意识》,见《林语堂评说七十年》,中国华侨出版社2003年版,第401页。

③　林语堂:《八十自叙》,张振玉译,见《林语堂名著全集》第10卷,东北师范大学出版社1994年版,第245页。

方,对西方的显微镜及西方的外科手术尤其赞赏。"①另一方面,出身于基督传教世家以及圣约翰大学的教育在强化他西学功底的同时,也使之与中学彻底中断。此后赴清华大学任教这一事实使他自己清醒地意识到一种文化身份的"窘境":"使巴勒斯坦的古都哲瑞克陷落的约书亚的使者,我都知道,我却不知道孟姜女的眼泪冲倒了一段万里长城。而我身为大学毕业生,还算是中国知识分子,实在惭愧。"②置身于北京这个"中国文化"中心,他强烈地感受到一种作为一名中国知识分子的文化责任感,并对新文化运动充满了期待。在如此的"震惊"中,他开始恶补"中国的学问",并积极地介入当时的文学革命之中。鲜明的文化认同感亦表明他渴望从边缘走向中心,这是他皈依中国文化的开始,也是他要求背离基督教即成为"异教徒"的直接原因。③

林语堂成为"异教徒"还另有原因,即它是作为一种策略调整。他说:"我站在理性主义及人文主义的立场,想到各宗教互相投掷在别人头上有形容词,我相信'异教徒'一词可避免信徒们的非难。"④可见,他成为"异教徒"并非真正要去抛弃基督信仰,而只是去暂时的远离与寻求信仰反思的需要。他这样

---

① 林语堂:《从异教徒到基督徒》,谢绮霞译,见《林语堂名著全集》第10卷,东北师范大学出版社1994年版,第56页。

② 林语堂:《八十自叙》,张振玉译,见《林语堂名著全集》第10卷,东北师范大学出版社1994年版,第271页。

③ 近年来,汉语言哲学思想中流行一种"文化基督徒"的现象。此原由刘小枫主编《文化基督徒:现象与论争》论文集而引发。所谓"文化基督徒"并不是指建制教会内部的基督徒,而是特指建制教会之外的一部分学院派的知识分子,借助学术研究对基督教做出一定程度上的同情理解。这个群体并不庞大,也非整齐划一。他们内部对基督教的态度也各有不同。有的仅仅是一个客观的学者,对基督教能够较为客观地加以研究,而不以政治意识形态来图解基督教,并对基督教的历史文化贡献给予充分的肯定;有的认同基督教的文化、哲学价值,在学理上对基督教给予充分的肯定,但并没有在信仰的意义上皈依基督教;有的则基于自身的生存境遇和理性思考,在生存抉择的层面上皈依了基督教,成为一名被建制教会接纳的基督徒。它"并不是简单地反映基督教在中国发展中出现的宗教现象,而是中国文化在多元文化对话的格局中出现的一种超越的转折的文化现象"(樊志辉:《汉语言思想的超越取向——对文化基督徒现象之分析》,《天津社会科学》2001年第3期)。

④ 林语堂:《从异教徒到基督徒》,谢绮霞译,见《林语堂名著全集》第10卷,东北师范大学出版社1994年版,第195页。

解释:"三十年来我唯一的宗教乃是人文主义:相信人有了理性的督导已很够了,而知识方面的进步必然改善世界。可是观察20世纪物质上的进步,和那些不信神的国家所表现出来的行为,我现在深信人文主义是不够的。人类为着自身的生存,需要与一种外在的、比人本身伟大的力量相联系。这就是我归回基督教的理由。"①现代文化对人文理性与科技理性所导致危险的批判是有目共睹的。知识的丰富并不必然相应提升人文精神,有时反而会造成精神虚空。因而,人性价值需要在信仰这一"剩余区域"再度张扬。正如西美尔(G. Simmel)所说:"现代人面临着失去对自身理性(绝非科学论证意义上的理性)的信仰,又失去对伟大历史人物信仰的危险;这种情况之下,他们身上一点尚属可靠,即对宗教的需要,说得婉转一点,就是迄今为止已经得到宗教满足的那些需要,毫无疑问还在其手上。"对林语堂而言,宗教信仰并不是对教义的盲目服膺和对教会组织的绝对依从,而是一个个体性事件。因此,对所谓的"异教徒",我们可以从两个层次理解:其一是反抗教义,个体反抗整体,因为宗教本身具有社会整合特征;其二则涉及信仰的现实性问题。信仰主体与客体之间截然对立,使宗教不再成为两者关系的准确表达,即一种"第二性"的分离。这是现代宗教"分化"后产生的一种结果,与作为本真的宗教是不一样的。"纯粹的宗教天性意味着,宗教拥有它不仅仅是作为一种财富或能力,而是说,其存在是一种宗教性的,它发挥的是宗教功能,就像我们的肉体施展有机功能一样。"②所以说,个体生命的表达是以宗教形式而存在的,或者说"宗教将作为生命的直接表现手段而发挥作用"③。林语堂特别反感政治性的权谋而极度重视个体性的生命,"政治对我并不重要"④,"个人的生命究竟对于

---

① 林语堂:《从人文主义回到基督信仰》,见《林语堂散文经典全编》第1卷,九州图书出版社1997年版,第566页。

② (德)西美尔:《宗教的地位问题》,见《现代人与宗教》,曹卫东等译,中国人民大学出版社2003年版,第47~48页。

③ (德)西美尔:《现代人与宗教》,曹卫东等译,中国人民大学出版社2003年版,第41页。

④ 林语堂:《八十自叙》,张振玉译,见《林语堂名著全集》第10卷,东北师范大学出版社1994年版,第312页。

我自己是最要不过的"①。因此,林语堂的宗教观是坚持一种与西美尔同等意义上的"后宗教的宗教",具有"审美主义"的性质。

无疑,回归基督教的事实对林语堂本人具有重要的意义。这使得在"对外讲中"的写作过程中,他对中国文化的"发现"、"重写"能夯定在对理性文化病理透析与现代文化批判的现实基础之上,并成为他写作诸多作品的一个相当重要的动机。

3.鲜明的时代感与前瞻性

林语堂的文学观念能与时代之间保持一种同构关系。他曾从美国新派代表勃卢克斯(Van Wyck Brooks)那儿得到启示。勃氏对美国文化传统进行过猛烈抨击,对文学纪律、文学标准之类表现出极端的不满。在评价勃氏时,他说:"文学是不能为传统之功臣,也不能为趋时主义之走狗。其元素在于能否引起我们与我们时代之反应,加增我们心灵经验之丰富。其'革命'与否,要随着文学家之趋时附势的本领而定,有无可以听便。"②他说:"要做作家,必须能够整个人对时代起反应。"③正是敏锐的时代意识使他保持了相当开放的写作视野。在度过写作的"黄金时代"和生活上"太平人的寂寞与悲哀"之后,他仍"我行我素",走上了一条跨文化写作和传播之路。他在向西方人展示中国文化独特魅力的同时,去秉承、重组古今中外文化的重要使命;在致力于全球范围内夯实中国文化价值根基的同时,去开辟中国文化广阔的全球前景。这既是现代中国知识分子对全球化趋势的敏感反应,又是对中国文化在世界格局中命运的真切关怀。他亲自"赴宴"全球化,又"请客"外国人"消费"那些被激活了的中国经典。此中体现出的是他的一种鲜明的、自觉的历史意识、使命意识与时代意识。

林语堂长期生活在美国等西方国家,对西方现代生活有强烈、深刻的体

---

① 林语堂:《林语堂自传》,工爻译,见《林语堂名著全集》第10卷,东北师范大学出版社1994年版,第34页。

② 林语堂:《新的文评·序言》,见《林语堂名著全集》第27卷,东北师范大学出版社1994年版,第292~293页。

③ 林太乙:《林语堂传》,北岳文艺出版社1994年版,第262页。

验。他的作品虽然立足于西方读者,但是又以中国文化为内容的。这从一侧面反映出:中西两种文化能够在新建构起的平台上得以相互体认,而他所叙写的知识性、产品性文化具有一定的普适价值,能使中西文化在人性这一共有维度上达成。从一定意义上说,林语堂使传统焕发了现代的生机,实现了从古典向现代的跨越。此中所蕴藏的文化"转化机制"、文化动机以及他个人的情感皈依等诸多问题都具有复杂性,甚至具有潜在价值。所以,林语堂的特殊意义在于显现了一位特别"西化"或者说"西方教育过度"(郁达夫语)但又厕身于中国文化中的文化人的生活姿态。这既为全球化时代如何弘扬中国文化固有的诗性审美精神起着重要的启发作用,又为如何在中国式的语境中走出西方式的审美现代性困境提供了一种"尺度"。对处于全球化时代的人们来说,林语堂的文化经验是一笔弥足珍贵的财富。

林语堂具有鲜明的前瞻意识。他的论"事"方式具有独特性,即并不完全从"时宜"的角度进行,而是以未来为向度,主张与后人对话。"凡事只论是非,不论时宜,我写文章,是为十年后人读的,本是不合时宜,你说写与十年后人读,却正中下怀。"①这种错位的思维方式既体现出林语堂的特殊个性,又使他成为一个不容人轻易理解的"特殊存在"。其实,早在 20 世纪 30 年代,胡风就率先对他的处世态度进行严厉批判,称他是一个"特殊的存在"。② 唐弢则将林语堂思想的变化看做是"双重人格"即"流氓鬼"与"绅士气"混合的表现,认为是"贯串前后的一点个人的特色"③。至此,林语堂成为"另类"形象,并在文学史写作当中逐渐弥漫。受政治等复杂因素影响,林语堂研究在大陆长期被列为学术"禁区",甚至很少有人胆敢涉足"林学"。在没有理清众多复杂因素之前,文学史的确也很难合理定位林语堂。但正因为林语堂是一个"特殊存在",才恰恰成为我们今天重识林语堂的一个起点,成为我们研究林语堂中的关键部分。这将逼使我们要在新的文化语境下对之进行重新审视。

---

① 林语堂:《与徐君论白话文言书》,《论语》第 63 期(1935 年 4 月 16 日)。

② 参见胡风:《林语堂论——对于他的发展的一个眺望》,《文学》第 4 卷第 1 号(1935 年 1 月 1 日)。

③ 唐弢:《林语堂论》,《文艺报》1988 年 1 月 16 日。

在当代,林语堂研究的价值已逐渐被充分认识到。张健说:"尽管他被人认为是中国现代文学上'最不容写的一章',但他却是一个令人不能漠视的存在。"①王兆胜说:"林语堂所富足的可能是自五四文学、文化启蒙以来我们所欠缺的。"②同时,他又认为林语堂在促进人类文化健康发展方面是"一个相当有价值的客观存在"③。无疑,林语堂广厚的人生阅历、丰赡的文学著述和个性化的文化书写,很少有同时代作家、文化人能与之匹敌。他的存在作为一种特殊的文学、文化现象,也将始终期待着后人去"解密"。我们无法读懂林语堂他那个时代的林语堂,也许只有在今天他才会被认识、理解和尊重。因此,"对外讲中"写作研究也旨在从一个侧面对这个作为"特殊存在"的"林语堂现象"作出新的说明。

三、 研究视角、方法与结构设置

为了便于深入展开说明和合理进行论证,本研究在视角、方法和结构三方面进行了充分考虑、有意选择和精心设置。

(一)研究视角

现代中国文学中的古典主义、"古典倾向"、保守主义等问题业已引起国内诸多学者的重视。④ 就古典主义而言,它作为一种西方思潮出现在中国是五四时期,当时是与西方历时地出现的现实主义、浪漫主义、现实主义等被共时地引入的。因而,现代中国文学思潮中出现的古典主义必带有复杂性。具

① 参见张健:《精神的伊甸园和失败者温婉的歌——试论林语堂的幽默思想》,《文学评论》1993 年第 4 期。
② 王兆胜:《林语堂的文化情怀》,中国社会科学出版社 1998 年版,第 2 页。
③ 王兆胜:《林语堂:两脚踏中西文化》,文津出版社 2005 年版,第 9 页。
④ 如白春香的《中国现代文学中的古典主义》(河南大学博士学位论文 2002 年)、武新军的《现代性与古典传统:中国现代文学中的"古典倾向"》(河南大学出版社 2005 年版)、李怡的《现代性:批判的批判》(人民文学出版社 2005 年版)等。

体到个案,情况也就更加复杂、特殊。林语堂与学衡派的代表之一吴宓、新人文主义的倡导者梁实秋等都是被视作古典主义的代表,他们之间既有一致的地方,又有不一致的地方。如果说林语堂与他们之间曾一度存在着共同"利益",那么随着英文写作的展开,他也就基本与他们分道扬镳,而走上了一条"对外讲中"的文学写作与文化传播之路。以英文为写作语言,以中国文化为基本内容,以西方读者为主体阅读对象,这是一种极为不同于同时代现代中国作家的文学写作模式。实际上,这是现代中国知识分子试图在"三方会谈语境"①中确证自我,张扬中国文化魅力的积极行为,是对古典主义的"延伸"与"重估"。因此,古典主义是林语堂在中、英两种语言写作转换过程中的一种具有连续性的内在因素,也是作为他个人的一种具有普遍意义的文化情结所在。

本研究将"对外讲中"视为一种古典化写作。透过林语堂的自传和英文作品,我们分明体会到他对中国古典文化的那种迷恋与痴情。一方面,他的写作素材主要来源于中国经典而不是西方现代生活,而这些源于东方的中国经典经他写作(或翻译)之后在西方也大都成为了"经典"之作。可以说,林语堂通过对中国经典的重新编码,以重读、重写、重编、重译等多种方式、手段去实现中西文化的对话。因此,"中国经典的现代重构"成为林语堂一生中最引起他人关注的写作策略之一。另一方面,林语堂采取的并不是文化一元论式的选择路径,而是通过一种富有"民间"意味的叙事话语来打量中国文化,"是从自己的生活经验去理解经典"②。他对中国经典资源进行了多番"考古",并有针对性地进行"发掘",通过注入现代西方文化因子,以中西文化的直接对接而实现人类文明的共享。对此,我们不能对如此突出的现象熟视无睹,诚如

---

①　这里借用了王一川先生的提法。"三方会谈语境"原是对中国 20 世纪 80 年代前期至 90 年代后期一般文化语境状况的一种简要概括,主要是从参与并组成这时期文化语境的三股力量——三种对话主体来说的。如果把文化语境看做一种由多方参与的对话过程,那么这里的"三方"即三种对话主体就是"当代自我、传统父亲和西方他者",三方又形成一个三足鼎立、互有张力的会谈局面。(参见《张艺谋神话的终结——审美与文艺视野中的张艺谋电影》,河南人民出版社 1998 年版,第 67~72 页)

②　李勇:《本真的自由——林语堂评传》,南京师范大学出版社 2005 年版,第 239 页。

英国学者多米尼克·塞克里坦所言:"我们每个人都具有一些古典的和浪漫的因素:一个人有心智健全的一面,同时也有病态的一面(用歌德的话来说)。要在任何一个个体的人身上区分这两种因素也许都是徒劳的,但是,当文学大规模地反映这些倾向时,划分区别便很重要了:这些倾向是扩充和概括我们个人生活的方方面面,是揭示民族生活的镜子。要从事区别,要把握住不同方面,要更加宽容……"①

(二)研究方法

研究林语堂的"对外讲中"写作可以有三种路径:一是以英文本为对象,从英语语言及文体入手研究中国经典的现代阐释,这是从英语语言形象入手的语言—修辞阐释路径;二是以中译本为对象,着重研究其中的中国经典建构,这是一种文化诗学研究路径;三是英文本与中译本的比较研究,在对比分析中揭示中国经典的现代转化,这是一种接近比较文学或比较文化的研究路径。这三种研究路径中,每一种各有其所长或着力处,相对而言,第一、三两种研究路径需要较好的中外文修养,尤其适合英语造诣较高的研究者,而第二种研究路径则比较适用于中国语言文学专业如文艺学专业的学人。限于笔者的学术兴趣和知识积累,本研究选择第二种路径,尝试以林语堂为个案探索文化诗学研究路径。在个别需要之处,部分借鉴第三种路径作为辅助研究方法。在研究中,还将特别注意以下三方面。

1.中国与西方语境中的差异言说

"对外讲中"写作作为对中国经典的"重构",发生在异域文化语境中。林语堂在动用中国古代文化资源时,特别注意融入西方现代观念,这也使得他在题材选择、主题设置等各方面都有一种基于普世价值的关怀与诉求,以及追求中西双重视域融合的鲜明倾向。本研究不拟泛论林语堂的中西文化观,而侧重作品的文化解读,力争做到理论阐释与作品分析相结合,作品分析又与文化语境的双结合;通过结合一些相关史识,分析两种文化(中西或古今)语境中

---

① (英)多米尼克·塞克里坦:《古典主义》,艾晓明译,昆仑出版社1989年版,第5页。

作品之间的差异来揭示隐藏在其背后的文化因素和作家本人的现代性观念。

2.文学与文化的互文关系考察

考量对一种文化理解力的高下,最佳途径便是将其植入到一种异质文化当中,这就需要研究在文化碰撞中所产生反应的深层机理。林语堂处于中西交流、碰撞的历史、文化时空中。一方面,他对中国文化的现代化建设本身有着强烈的意愿;另一方面,他又将视野转向西方,在西方语境中借助文学载体直言中国文化,这两方面都体现出他无论对中国文化还是西方文化都是有独到的理解和深刻体会的。因此,我们可以通过他的文学作品透视他本人的文化选择意向,也可以通过他的文化观窥测他的文学作品的审美价值取向。因此,对文学与文化之间互文关系的考察必然成为研究中的选择。

3.英文与中文写作的结合分析

林语堂是一位典型的双语作家。因此,只有把英文写作与中文写作两者结合起来,才能对他作出全面、客观的评价,诚如陈平原的评价:"如果孤立地谈中国现代文学,林语堂在国外用英文撰写的著作当然不在研究之列;但如果站在整体文学的角度,考察世界文学中的中国文学,那么中国作家在国外用外文发表的描述中国人民生活的作品,应该作为中国文学走向世界的一部分,给予充分的注意。只有把林语堂在国内提倡幽默和性灵,与他在国外弘扬道家哲学和中国文化联系起来,才能真正把握林语堂的审美理想,也才能准确评价其功过是非。"①

（三）结构设置

本研究在设置结构时考虑到两个方面,其一是"传统"的建构性。"任何一个智性的探究都必须是从一个传统中出发。"②林语堂将中国文化植入并整合到西方现代文化语境中,通过一种"发展"(dynamic)的理想观,用自己的理性以及彻底地运用"经验知识"来实现两种文化的对接与融合,"重构"并确认

---

① 陈平原:《在东西文化碰撞中》,浙江人民出版社 1985 年版,第 91 页。
② 石元康:《从中国文化到现代性:典范转移?》,三联书店 2000 年版,第 6~7 页。

了中国文化"传统"。这种传统是一种有别于他人传统的"新传统"。正如 E.
希尔斯(Edward Shils)所说,对传统的反叛在现代社会中已经成为一种"理性
化的理想",换言之,它本身成了一种"传统"。① 其二是林语堂的自我评价。
在晚年自传中,他对自己的作品进行了"精查清点":"我写过几本好书,就是
《苏东坡传》、《庄子》;还有我对中国的看法的几本书,是《吾民与吾民》、《生
活的艺术》;还有七本小说,尤其是那三部曲:《京华烟云》、《风声鹤唳》、《朱
门》。"②从中显见几种文体的作品在他心目中的地位。鉴于这两方面,本研究
在整体安排上采取总分式结构。在主体部分,首先评述林语堂对中国文化的
基本态度,认为他以一种道家的视角审视中国文化,重新确认了道家"传统"。
以下四章分别选择和谐文化、闲适文化、家族文化、传奇文化等作为"传统"之
构成,它们又分别以传记、小品文、长篇小说、传奇(短篇小说)等几种文体作
为言说之载体(embodiment),从而构成了一个相对完整的"传统"之谱系。

(四)其他交代

1.关于林语堂文学写作期的划分

目前大致流行两种划分法:第一种是以 1936 年离开大陆为界,简单地分
为离开前与离开后两个阶段,或者再将前者分为"语丝"时期(1924~1932)和
"论语"时期(1932~1936),后者分为海外时期(1936~1966)和归台时期
(1966~1976)。第二种是以写作时使用语言的不同划分为中文、英文、中文三
个时期,大致以离开大陆与回台定居两个时间点为界。这两种划分虽然操作
简便,但是忽视了一些具体细节。如《吾国与吾民》(1935)以英文写成,写作、
出版时间都在离开大陆之前。如《无所不谈合集》以中文写成,所收录的是
1965 年春至 1967 年间的文章以及 1968 年陆续撰写的三个集子,而他正式定
居台湾又是在 1966 年。也就是说,林语堂重新回归中文写作实际上在回归定

---

① 参见(美)E.希尔斯:《论传统》,傅铿、吕乐译,上海人民出版社 1991 年版,第 384~385
页。

② 林语堂:《八十自叙》,张振玉译,见《林语堂名著全集》第 10 卷,东北师范大学出版社
1994 年版,第 314 页。

居台湾前的一两年就已经开始。因此,为了避免上述两种划分法带来的一些混淆,本研究仍主张以写作语言为依据,但是划分为"对中讲外"、"对外讲中"和"对中讲中"三个写作时期,其中"对外讲中"写作即指他的英文写作,这一点是确定无疑的。

2.关于林语堂英文著述的选择

林语堂的英文著述又存在复杂情况。具体地说,他的英文著述包括写作与翻译两部分。陈漱渝曾这样评价:"林语堂的英文造诣极深,在中国现代作家中属凤毛麟角,但他在中外文化交流领域的贡献,主要表现在用英文撰写了七篇长篇小说,以及撰写了若干介绍中国文化的专著。他编写的《开明英文读本》,《当代汉英词典》,也拥有广大的读者群。但是,在翻译外国文学名著方面,林语堂并未取得显著的成绩。"①这一评价基本符合事实,但我们不能漠视此中的具体情况。的确,林语堂在英文写作和翻译两方面都取得了成就,其中英文写作的成就更是毋庸置疑的。相比之,他的翻译情况就比较复杂,不能概而论之。他在翻译外国文学名著方面的成就的确如陈漱渝所言,成就并不显著,但我们不能偏于一隅,轻易抹杀他的翻译思想。从他对中国文化的翻译情况看,大致存在两种资源开发、利用情况:一种是直接翻译,如 1939 年的《浮生六记》(清朝沈复原著)、1940 年的《古文小品》(晋朝陶潜等著)和《冥寥子游》(明朝屠隆著),它们都是汉英对照本,并未对原作内容作任何改动;另一种是以中国古代某些作品或人物为素材的重新写作,它们或被"仿写",或被"重编",途径不一,方法多样,最具代表性的作品当属《京华烟云》、《中国传奇》。而这种情况可以视为一种创造性的"翻译",或者说就是"写作"。英文翻译与写作两者本身是相通的。由于聚焦"对外讲中"写作研究,本研究侧重那些与中国文化相关的作家、作品及其转换之后的文本现实。因此,第二种情况成为本研究的重点。

---

① 陈漱渝:《"相得"与"疏离"——林语堂与鲁迅的交往史实及其文化思考》,《鲁迅研究月刊》1994 年第 12 期。

第一章　以道释儒：中国文化精神的阐扬

儒家、道家是中国文化构成中极为重要的两个部分。在寻求普世伦理、重建道德与文化秩序的过程中，林语堂对中国文化进行了深刻的反思，特别是对儒家、道家进行了充分的、积极的估量。不过，与一般人不同的是，林语堂并非以直接批判儒家为突破口，而是选择道家，即通过道家的视角审视以儒家为代表的中国文化。"以道释儒"最基本的主张就是通过发掘道家与儒家各自的人文内蕴，并以道家弥补、完善儒家的不足从而完成人性的升华。这种取向既是对中国文化整体认识观的一次积极修正，又是对中国文化精神的一种现代阐扬。

本章结合林语堂关于中国文化的论说，立足《孔子的智慧》与《老子的智慧》这两部译作，试从三方面进行阐述：一是人文价值的估衡。林语堂充分认可道家的地位，褒扬道家的生命哲学，同时要求通过道家哲学去弥补、完善孔子学说，进而将孔子的人文主义扩展为一种广义的人文主义。林语堂以此扬弃了中国文化的古典性传统，形成了理解中国文化的新维度。二是基本以孔子叙事为例，探究林语堂如何以一种解构策略和民间化的方式把圣人重构成凡人形象，从而颠覆传统圣人形象及其权威地位的。三是对"对讲"写作形成的文化归因与特点阐述。"对讲"体现了一种对话意识和协商立场。林语堂不仅充分汲取中国文化资源中的对话精神，而且开辟"闲谈体"，这使得中西文化交互语境中的写作呈现出重人生、重读者、重间性的叙事特点。

第一节　"现代庄子"的人文情怀

对林语堂而言,"对外国人讲中国文化"这一句话是有特殊的意含的。一般而言,"中国文化"是指以儒家为主导的传统文化。这一说法本身无误,但实在语焉不详,略显简单,因为关于中国文化的具体构成,儒家思想的内在特点,儒家与道家、墨家等的关系等诸多问题都缺乏应有的交代。不同社会、时代语境中的人们会做出不同的回答,言说主体的性格、身份也是形成不同理解的起点之一。林语堂"讲"中国文化基于自己的天性与信仰。"也许在本性上,如果不是在确信上,我是个无政府主义者,或道家。"①"倘若强迫我在移民区指出我的宗教信仰,我可能会不假思索地对当地从未听过这种字眼的人,说出'道家'二字。"②林语堂以"道家"自居,后人亦多以"现代庄子"称之。因此,道家身份规约他在"讲"中国文化时运用道家视角,从而也形成他对中国文化积极利用之期待。从中国文化传统中汲取思想改造的力量,从道家视角理解中国文化,并用于更新中国文化传统认识观,这是林语堂式的理路。

一、体验道家

宏观地看,以老庄为代表的道家基本是游离于中国文化主流思潮之外的,也基本被视为一种消极、无为的人生思想代表而遭否弃。鲁迅曾在《汉文学史纲要》中说:"然当时足称'显学'者,实止三家,曰道,曰儒,曰墨。"③所谓"显学"即《韩非子》所说的"儒墨"。在先秦百家争鸣时代,道家是处于下风的,不能与儒、墨等流派抗衡。鲁迅把"道"亦作为"显学",说明了他对中国文化的一种态度。但是鲁迅对孔孟与老庄基本持以质疑、批判的态度,认为它们

---

① 林语堂:《林语堂自传》,工爻译,见《林语堂名著全集》第10卷,东北师范大学出版社1994年版,第34页。
② 林语堂:《老子的智慧》,穆美译,东北师范大学出版社1994年版,第17页。
③ 鲁迅:《汉文学史纲要》,见《鲁迅全集》第9卷,人民文学出版社1981年版,第362页。

都是"对于生命本真状态的掩饰与压制"。在尼采"重估一切价值"的西方现代思想启引下,鲁迅更强调民族新生力量,致力汲取中国传统文化中的一切积极力量,故而对孔孟、老庄思想的消极因素多有批判而对墨子式的独立人格精神极为褒举。①

与鲁迅的态度不一样,有着道家情结的林语堂是十分珍视道家的。他在审视中国文化的过程中不仅突出道家因素,而且强化道家哲学,以致对道家产生宗教性的皈依。他承认中国文化由儒、道构成,但又特别排斥墨家:

> 我将只讨论儒家、道家这两支最重要且最有影响力的思想主流,以及东方第三大灵性势力的佛教。在古代的中国哲学中,除了儒家及道家之外,还有诡辩家、法家、论理学家、墨家(墨翟的门徒)及杨朱派(为我而活),此外还有一些小流派。我甚至不想谈到墨家,因为这一派在主前三世纪及二十世纪已经绝迹,并没有在中国人的思想上留下永久的影响。但墨翟及他的门徒,因为问答方法及论理学的发展而为人所注意。他的学说实在是一个可注意的以"上帝的父性"及人与人是兄弟关系的教义为基础的苦行及舍己救人的宗教。②

这里显示出林语堂与鲁迅对待中国文化态度的差异。就道家而言,林语堂主要从变革现代文学观念和个体心理发展的角度进行省视。他正是借克罗齐的表现主义重识了性灵文学,并借西方的幽默理论发现了真正的老庄。他对道家文学,尤其是性灵派文学就非常赞赏:"所以真是性灵的文学,人人最深之吟咏诗文,都是归返自然,属于幽默派,超脱派,道家派的。中国若没有道家文学,中国若果真只有不幽默的儒家道统,中国诗文不知要枯燥到如何,中国人之心灵不知要苦闷到如何。"③"性灵派文学,主'真'字。发抒性灵,斯得其真,得其真,斯如源泉滚滚,不舍昼夜,莫能遏之,国事之大,喜怒哀乐,皆可

---

① 参见廖诗忠:《回归经典——鲁迅与先秦文化的深层关系》,上海三联书店2005年版,第155~177页。

② 林语堂:《从异教徒到基督徒》,谢绮霞译,见《林语堂名著全集》第10卷,东北师范大学出版社1994年版,第85页。

③ 林语堂:《论幽默·上篇》,《论语》第33期(1934年1月16日)。

著之纸墨，句句真切，句句可诵。"①他称老庄是中国幽默的"始祖"："到第一等头脑如庄生出现，遂有纵横议论捭阖人世之幽默思想及幽默文章，所以庄生可称为中国之幽默始祖。太史公称庄生滑稽，便是此意，或索性追源于老子，也无不可。"②

在林语堂看来，道家哲学就是一种生命宗教的范式。他这样褒扬庄子的生存智慧："他和别人甚至不敢接触的问题，例如灵魂及永生，存在的性质，知识的性质缠斗。他处理形而上学；他洞察本体的问题；他提倡标准的相对；他是严格的一元论者；他完全预表佛教的禅宗；他有一个世上万世不断地变形的理论；他教人让人和动物各自完成他的天性，而且他深具宗教性的崇敬生命。他是中国作家中第一个感觉到且能表现出人生难以忍受的内在不安，以及曾和灵性的宇宙的问题相纠缠的。"③他认为庄子是"中国所产生的最伟大及最有深度的哲学家"。庄子哲学有三个要点：（1）知识论。用有限的才智去认识无限是不可能的。（2）标准的相对与万物的齐一。生与死、美与丑、大与小、有与无之间的对立都是暂时的形态。（3）生死论。两者只能是同一件东西不同的两面，生与死是互为伴侣的。庄子哲学被作为一种"退化"得相当"厉害"的宗教，林语堂认为正是如此返朴归真的特性才使它成为一种非神秘性的生命哲学。"老庄虽高谈道之'捉摸不到'，却并非意味着他们就是神秘主义者，我们只能说他们是观察生命入微的人。"④

林语堂又将对道家的体验与宗教信仰、科学认识等统一起来。一般而言，宗教与科学是不相容的，信仰宗教意味着对科学的排斥，但两者却能在他身得到圆融统一。林语堂自幼受基督教文化的影响，有浓厚的宗教经验，但"与科学，也有不解之缘，几乎可说是终其一生的"⑤。这种矛盾的化解主要在于他

---

① 林语堂：《论文·下篇》，《论语》第 28 期（1933 年 11 月 1 日）。
② 林语堂：《论幽默·上篇》，《论语》第 33 期（1934 年 1 月 16 日）。
③ 林语堂：《从异教徒到基督徒》，谢绮霞译，见《林语堂名著全集》第 10 卷，东北师范大学出版社 1994 年版，第 140 页。
④ 林语堂：《老子的智慧》，穆美译，东北师范大学出版社 1994 年版，第 18 页。
⑤ 马骥伸：《林语堂的科学内在》，见《幽默大师——名人笔下的林语堂　林语堂笔下的名人》，东方出版中心 1998 年版，第 147 页。

对宗教本身具有相当透彻的理解,并对现代人信仰危机拥有十分深切的领悟。他认为,宗教信仰重在个体心理,它是体悟式的而非教条化的。现代人之所以怀疑宗教,是因为现代科技的发展使人失去信仰的力量和根基;而解决信仰危机就只能去改变宗教信仰的内容,即把宗教当做一种真正的生命形式。因此,在生命的认同这一点上使得他能把两者统一起来。这意味着他皈依宗教,并不是在全盘否定科学,而实际上是应该反对那种被用于取代旧的文化价值的唯科学主义"意识形态实体"[1],此是其一;其二,他崇尚科学,也并不是不笃信宗教,而是同样反对那种宗教的意识形态化,两者并不对立。如此,他在"移民区"以"道家"自诩就具有了一种情感功能。当面对强大的西方现代文化压力时,为了保持情感平衡,他也需要在传统的中国文化记忆中寻找精神皈依。如此,道家的生命哲学成为了物质主义、科学主义的一种必要反拨、补充,成为了一种反知识性的、超越性的精神所在。

二、支援儒家

儒与道的关系是反思中国文化中一个基本的议题之一,林语堂自然也无法回避解答。尽管以"道家"自居,但他并不因道去儒,极端地排斥儒家,儒家依然是他所认为的中国文化的内在。在他看来,儒家、孔子与中国文化是可以成为三位一体的。他首先将孔子作为一个人文主义者来理解,并且将之作为中国人的理想生活图式,故孔子的人文主义也就是中国的人文主义。其特点包括:"第一点,人生最后目的之正确的概念;第二点,对于此等目的之不变的信仰;第三点,依人类情理的精神以求达到此等目的。"他认为,中国人对于人生之目的在于现世而非来世,在存在于乐天知命以享受朴素的生活,尤其是家庭生活与和谐的社会关系。这种享受尘世的意识是主张以人类为中心的宇宙学说,一切知识也被人性化,这与机械时代重物质主义和形为劳役是相克的。所以,"一切智慧之极点,一切知识之问题乃在怎样使'人'不失为'人',和他的怎样善享其生存"。同时,他又是在宗教意义上理解孔子,在与基督教的比

---

[1] (美)郭颖颐:《中国现代思想中的唯科学主义》,江苏人民出版社 2005 年版,第 9 页。

较中突出了孔教的现实性与人文性。在上述三个特点中，他特别欣赏直觉、中庸、感性、近情的"情理精神"，因为它最能区别西方基督教文化和理性文化。"中国人生理想之现实主义与其着重现世的特性源于孔氏之学说。孔教精神的不同于基督教精神者即为现世的，与生而为尘俗的，基督可以说是浪漫主义者而孔子为现实主义者，基督是玄妙哲学家而孔子为一实验哲学家，基督为一慈悲的仁人，而孔子为一人文主义者。"①情理精神也是与逻辑相对的，因为西方重知识逻辑而东方重体悟式直觉。这种"西劣中优"的价值评判透露出林语堂的一种深刻的人道主义关怀。

如果说孔子的人文主义特性代表了中国文化的特性，那么它仍需要弥补和完善。林语堂认为，孔子学说并非尽善尽美的，是有所不足的。孔子设想了一个"以伦理为法，以个人修养为本，以道德为施政之基础，以个人正心修身为政治修明之根柢"的"理性化"封建社会。这种秩序社会理想由于过于现实化而将呈现出种种的危机。② 正如韦伯所指出："任何一种用理性的（伦理的）要求对待世界的宗教，都会在非理性的某一点上陷入一种紧张关系之中。"③林语堂指出了孔子学说的一些不足，如"依其严格的意义，是太投机，太近情，又太正确"，"它过于崇尚现实而太缺乏空想的意象的成分"，等等。而孔子学说的这些不足恰恰由道家哲学所拥有，它能说明"中国民族性中孔子所不能满足之一面"。在他看来，中国文化具有道家与儒家的两面性格："孔子学说的本质是都市哲学，而道家学说的本质为田野哲学"，"道家哲学为中国思想之浪漫派，孔教则为中国思想之经典派"，"道教为中国人民的游戏姿态，而孔教为工作姿态"。④ 所以，"一个摩登的孔教徒大概将取饮城市给照的A字消毒牛奶，而道教徒则将自农夫乳桶内取饮乡村鲜牛奶"，"这两家最大的异点：儒家崇理性，尚修身；道家却抱持反面的观点，偏好自然与直觉。"⑤

---

① 林语堂：《吾国与吾民》，黄嘉德译，东北师范大学出版社1994年版，第96~110页。
② 参见林语堂：《孔子的智慧》，张振玉译，东北师范大学出版社1994年版，第3页。
③ （德）马克斯·韦伯：《儒教与道教》，王容芬译，商务印书馆1995年版，第280页。
④ 林语堂：《吾国与吾民》，黄嘉德译，东北师范大学出版社1994年版，第109~111页。
⑤ 林语堂：《老子的智慧·序论（二）》，穆美译，东北师范大学出版社1994年版，第9页。

"老子的影响是大的，因为他充实了孔子学说及常识所留下的空虚。以心灵及才智而论，老子比孔子有深度。如果中国只产生过一个孔子，而没有他灵性上的对手老子，我将为中国的思想感到惭愧，正如我为雅典不但产生一个亚里士多德而同时有一个柏拉图而感到欣赏。以一个哲学家而论，柏拉图较危险，较投机；而亚里士多德较稳健及合理。但一个国家二者都能用，事实上也二者都需要。一个家庭里面必须有一个马太也必需有一个马利亚，虽然我知道马利亚是一个较差的厨师而且衣服不大整洁。"他承认老子"复归于朴"的教义而反对儒家的仁、义、忠等教训。总之，林语堂认为使中国人成为"哲学家"的"不是孔子，而是老子"①。

林语堂也并非只是认为儒家与道家之间是对立与互补的关系，而是看到了两者之间仍具有内在的一致性。首先，取源自然。在谈到中国文化中的重要特征即田野风的生活艺术及文学时，他认为"采纳此道家哲学之思想者不少"，而这种"企慕自然之情调"为道家与儒家思想所共有。"不过孔子哲学在这一方面亦有重要贡献，崇拜上古的淳朴之风，固显然亦为孔门传统学说之一部分。"②其次，重生关切。他说："完成天性及人的真我是儒家的教条，这一点是儒家与道家都同意的。道家庄子最大的关切是让动物及人各遂其生，或让他们'安其性命之情'。儒家企图藉养成好习惯及好风俗来显出人最好的性格，道家则非常惧怕干扰。"③最后，人性之维。他认为，"就是这种情理精神关系产生了中庸之道，它是孔子学说的中心思想。"④把"中庸"而不是"仁"作为孔子学说的中心思想，就体现一种人性化理解。其实，人性是一个具有共享性、普遍性的文化范畴，它能成为各种文化思想分异之后的重新结合部。虽然儒与道之间存在着许多对立方面，但彼此之间又是能够相融的，正如人性本身其实并无疆域之分，有的只是各自的优点与缺憾，东方人性的优点可以去融合

① 林语堂：《从异教徒到基督徒》，谢绮霞译，见《林语堂名著全集》第10卷，东北师范大学出版社1994年版，第122~123页。
② 林语堂：《吾国与吾民》，黄嘉德译，东北师范大学出版社1994年版，第113页。
③ 林语堂：《从异教徒到基督徒》，谢绮霞译，见《林语堂名著全集》第10卷，东北师范大学出版社1994年版，第102页。
④ 林语堂：《吾国与吾民》，黄嘉德译，东北师范大学出版社1994年版，第102页。

西方人性的不足,而这并不要求在根本上取缔人性本身。

　　林语堂通过对儒(孔子学说)与道的介绍及其两者关系的说明给我们提供了一种和谐的人生哲学。应该说,这种理解与纯粹的"儒道互补"的认知模式是有一定差异的。关于"儒道互补"的问题,李泽厚有过较为全面的解析。他首先肯定这是两千年来中国思想的一条基本线索,并且说:"儒道之所以能互补,我以为根本原因仍在于,它们二者都源于非酒神型的远古传统,尽管道家反礼乐,却并不是那纵酒狂欢、放任感性的酒神精神。"至于两者如何"对立的补充",他认为:"道家和庄子提出了'人的自然化'的命题,它与礼乐传统和孔门仁学强调的'自然的人化',恰好既对立,又补充。"所以,"内圣外王"的特点使得儒道两者能够统一:"本来,如果儒、道是截然两物,毫无相干,也就很难谈得上互补。渗透是互补的前提,又是互补的结果。这个结果却又显然是儒家占了上风。无论在现实生活中,还是在思想情感中,儒家孔孟始终是历代众多的知识分子的主体或主干。但由于有了庄、老道家的渗入和补充,这个以儒为主的思想情感便变得更为开阔、高远和深刻了。"显然,李泽厚承认儒、道的重要性和两者的内在关联性,但是他也坦言这种"互补"模式会造成理解上的偏差,即"互补"往往被确认为儒主道次,道家始终处于附属地位,难以在现实中真正落到实处。① 反观林语堂,他并非从正面直接颠覆儒家的正统地位,而恰恰是从道家的立场来"支援"儒家,通过分析儒家的不足来强调道家的地位和功能,从而有意识地抬高了道家的地位,但所指向的仍是儒家思想的地位。因此,儒、道两者是异质同构、同体共存。"以道释儒"的观点在一定程度上避免了"儒道互补"带来的一些认知偏差。

三、"合理性"

　　林语堂对道家思想的认可及生命哲学的张扬是对中国文化传统认识观的一次修正,但实在又超出了中国文化本身的需要。通过道家的视角重审儒家,进而谋求建立一种具有普世关怀的人文主义,这成为他致力追求理想中国文

---

① 参见李泽厚:《美学三书·华夏美学》,安徽教育出版社1999年版,第290~304页。

化的所在。由于他特别重视儒、道思想阐释的现代背景，因而可以被我们理解为是对人文主义的延伸，即一种广义的人文主义。

作为一种价值取向，人文主义主张以"人"为中心去尊重人和肯定人。如徐复观对欧洲人文主义三个意义的说明："一是肯定人的现实，尊重人的现实。二是纯化现实，重视教养，使人能成其为人。三是尊重仪节交际，以建立人与人的规律。"①因此，离开"人"去谈论什么人文主义自然也就无从可谈。但是世界上不存在着一个抽象的、通用的人文主义模式，任何人文主义都应该是具体的。不同人文主义的差异乃在如何肯定"人"的方式。西方人文主义从自然、生理出发，多为强调个体性、自由性的特征；而以儒家为代表的中国人文主义则更多的是从集体性的"仁"去肯定人，认为个体的价值是要通过集体去实现的。以上是就中、西人文主义大体而言的，具体到每一位人文主义者，他们的观点也是有一定差别的。就"中国的人文主义"而言，它的特性长期以来都鲜有归纳。任剑涛指出："中国人文主义的精神内涵，自梁先生（即梁漱溟——引者注）至今却一直没能被准确揭示，人们常常只是在人文主义这一词汇前冠以'中国式的'、'古典的'修辞语作一限制而已，乃至使人误认为中国人文主义是比附西方人文主义而来，是前现代形态的，不具有现代性。"②任氏自己所概括的"中国的人文主义"是一种"人情化"的人文主义，以示区别西方的那种"分析化"人文主义。所以，一个可以共享的人文主义模式是不存在的，任何人文主义都是具体的、语境化的。

建构一种人文主义必须以一种文化的传统和社会现实为依据。英国学者布洛克认为，"人文主义"不是一种固定的思想，而是一种"传统"。通过对西方六百年的文化思想考察，他认为这种"传统"就是"拒绝接受决定论或简化论的关于人的观点，坚持认为人虽然并不享有完全的自由但在某种程度上仍掌握着选择的自由"。③ 布洛克意在强调西方人文主义重自由选择的特征。

---

① 徐复观：《中国人文精神之阐扬》，李维武编，中国广播电视出版社1996年版，第165页。
② 任剑涛：《道德理想主义与伦理主义：儒家伦理及其现代处境》，东方出版社2003年，第150页。
③ （英）布洛克：《西方人文主义传统》，董乐山译，三联书店1997年版，第297~298页。

但是西方人文主义脱离不了理性实质。如果片面把理性作为人的本质,尽管肯定了人性,但在某种程度上又是对人性的折损。尤其随着现代科技、社会的发展,深层次的个体心灵问题变得更为突出。李泽厚不无忧心忡忡地指出:"其中个体的重要性与独特性的发展,心理的丰富性、复杂性的增加,使原有的所谓'内圣外王之道'和'儒道互补'成了相对贫乏而低级的'原始的圆满',而远远不能得到现实生活发展中和精神超越中的满足。"①实用理性精神正面临着现代文化的严峻挑战,因而传统范式的突破成为必然选择。为此,他提出了以现代化为"体",以民族化为"用"的"西体中用"论。比如对于传统中"天人合一"的概念,他从"自然的人化"这一视域出发并在实践哲学的范围内进行改造。

林语堂也提出了一种"天人合一"的"近情"精神,并视之为"人类文化最高的、最合理的理想"。他说:"Reasonableness 这个字,中文译做'情理',其中包括着'人情'和'天理'两个元素。'情'代表着可以活动的人性元素,而'理'代表着宇宙之万古不移的定律。"他并把情理精神作为人性化得以产生的根本条件,"人性化的思想其实就是近情的思想","近情精神使我们的思想人性化。"②可以见出,林语堂认识中国文化以一元论哲学为基础,由此所奠定的中国文化在与西方注重主客二分的理性文化对比之间彰显出了差异和互补潜力。客观地说,他把"理"仅仅当成是中国古代哲学中的宇宙本体,就显得比较片面,因为它不仅缺少道德内涵,而且与西方的"理性"含义相去甚远。但我们可以承认的是:在跨文化的交流语境中,这种对比理解更能体现出他的一种人文情怀。

林语堂所理解的人文主义是独特的。须知,西方人文主义本身是在与宗教的斗争中产生的,诚如美国新人文主义文学批评运动领袖白璧德(Irving Babbitt)所言:"人文一词是直到文艺复兴时期才开始使用的,而人文主义一词则要更晚一点才被使用。在研究文艺复兴时期人文主义的过程中,我们需

---

① 李泽厚:《中国思想史论》(上),安徽文艺出版社 1999 年版,第 320 页。
② 林语堂:《生活的艺术》,越裔译,东北师范大学出版社 1994 年版,第 397~399 页。

要特别指出的一个重要的对比，便是那时在人性与神性之间通常产生的对比。在其本质上，文艺复兴是反对那个神性有余而人性不足的时代的，它反对中世纪神学压制和阻碍人的某一方面，也反对某种超自然的幻影——这种幻影将某种致使的强制性强加给那本来更为纯粹的人性的和自然的能力。"他认为，"人文主义远不是某种信条与纪律，而是对一切纪律的反抗，是一种从中世纪的极端到与其对立的放纵的狂野反拨。"①这与以异教徒身份自居的林语堂相似。但是林语堂所反对的是宗教对人类心灵的异化行为而非宗教信仰本身，他所发展的是一种"基督教人文主义"。因此，与白璧德所理解的人文主义虽然具有同样的反宗教基础，但是这并不代表两人观点的一致。其实，林语堂对白璧德的新人文主义颇不以为然："与通常所谓 Humanism，文艺复兴时代的新文化运动不同，他的 Humanism 是一方与宗教相对，一方与自然主义相对，颇似宋朝的性理哲学。"②白璧德反对卢梭的浪漫主义，主张"以理制欲"，通过限制理性达到人性和谐。在林语堂看来，这种古典化倾向是一种"守旧的道德主义"观点，也与自己主张的重表现和性灵的个性主义相悖。因此，两者是极不相容的。同样，林语堂与奉白璧德新人文主义为圭臬的梁实秋也不一样。梁实秋以古典主义理论为"武器"对五四文学进行批判，进而达到改造中国文化的目的。由于白璧德的新人文主义本身就是在共同吸收西方文化与中国儒家思想的过程中形成的，故梁实秋并没有对它进行大刀阔斧式的改造，而基本是作了全盘中国化的处理。他对儒学的比附基本上是一种古典式的、怀旧的做法。可见，梁实秋的新人文主义既没有宗教基础，又与时代之间存在错位。诚如温儒敏的评价："梁实秋就是这样一位在现代中国社会历史进程中经常表现为'不合时宜'的批评家，他的带保守和清教色彩的新人文主义批评理论以及倾向于古典主义的批评实践，显得很特殊，很独立，基本上起反文学主潮

---

① （美）白璧德：《什么是人文主义》，见《人文主义：全盘反思》，多人译，三联书店 2003 年版，第 9 页。

② 林语堂：《新的文评·序言》，见《林语堂名著全集》第 27 卷，东北师范大学出版社 1994 年版，第 190 页。

的作用,不能适应与满足现代文学发展的历史需要,所以也未能产生大的影响。"①因此,梁实秋重儒学的新人文主义与林语堂重情理的人文主义也有着本质区别。

总之,林语堂对中国文化精神的阐扬是以关怀全球化时代中普世伦理、道德与重建文化秩序为背景,即在现代人类生存的维度上展开的。这种审视方式正好应对了美国伦理学家麦金太尔(A. Macintyre)所说的"合理性"概念。麦氏认为,每种传统都有其内在的、有自己特色的合理性证明模式,但是在"知识论危机"(epistemological crisis)的语境中却面临着能否"互换"的尴尬境地。处于中西文化交流中的林语堂,当他真实面对西方并以介绍中国文化为使命之际,必定会选择某种视角解读去中国文化,因而使得他所言的"中国文化"与通常理解的"中国文化"存在差异。因此,林语堂将中国文化置于西方现代知识语境中进行考量,以确认中国文化的合法性,也为我们"提供了非常不同的、从互补的视角来展望它们对我们所讲述的现实之透视"②。需注意的是,林语堂所建构的不是中国文化的古典性传统,而是现代性传统。③

第二节　圣人形象的消解与重建

林语堂对中国文化的重建就是对儒、道等的重识、重解,这集中体现在他对以孔子为代表的所谓的圣人形象的叙事中。"形象"作为一种典型,一种表征,蕴含着人们对特定事物的审美阐释与文化想象,"它常常是如此地被反复

---

① 温儒敏:《中国现代文学批评史》,北京大学出版社 2000 年版,第 98 页。

② (美)麦金太尔:《谁之正义? 何种合理性?》,万俊人等译,当代中国出版社 1996 年版,第 461 页。

③ "传统"是流动于过去、现在、未来这整个时间性中的一种"过程",而不是在过去就已经凝结成形的一种"实体",因此,传统的真正落脚点恰是在"未来"而不是在过去。(参见甘阳:《古今中西之争》,三联书店 2006 年版,第 53 页)

表现的具有感染力,因而为人们所熟悉,以致它的名称一出现,人们就会联想到某种固定的指向现实的深厚意蕴"①。因此,孔孟老庄等诸子形象作为中国人的精神传统、思想与文化代表,无论是在中国社会历史发展长河中,还是在中西文化交流过程中,都扮演着极为重要的角色。但是深为林语堂所忌恨的是那种将诸子形象过度经典化而终被冠以"圣人"头衔的、有意为之的做法,因为这远离人生的真义、人性的精神。林语堂从政治、文学、文化等维度对圣人形象进行了消解与重建,其中又以孔子形象叙事最具代表性。通过发掘孔子这个儒者的道家气质,林语堂为我们塑造了一个活生生的、不同于以往的孔子形象,堪称完美。

一、去政治化

在中国传统政治体制的建构过程中,以孔子为代表的儒家思想具有举足轻重的作用。孔子学说、思想亦被后人称为礼教、孔教,它代表着中国传统文化中决定性的部分。林语堂写道:

> 孔子代表道德的中国:他就是道德的中国,使中国社会及中国社会机构定出形态,自政府以至夫妻间的关系,成人与孩童间的关系。……反之,孔子社会秩序的梦想不涉及经济,但是掌握了人类的心理,特别是男女之爱及父母与子女之爱。不论谁藐视这些公例,即使有尖枪及狱墙,必然很快灭亡。甚至今天,孔子仍是中国最可怕的背后领导者。谁若说儒家在中国已死,就等于说一个母亲对她子女的爱是可以死的。②

所谓"孔子仍是中国最可怕的背后领导者",除表明孔子思想在中国传统社会结构中的权威性、主导性外,还意味着它渗入中国文化内部之深及其惯性力量之大。即使在现代社会中,它的影响仍是十分显赫的。在中国长期的政治革命实践中,孔子一度被权威化、神圣化,被作为政治工具而利用。历代封

---

① 王一川:《中国形象诗学——1985—1995 年文学新潮阐释》,上海三联书店 1998 年版,第 237~238 页。

② 林语堂:《从异教徒到基督徒》,谢绮霞译,见《林语堂名著全集》第 10 卷,东北师范大学出版社 1994 年版,第 107 页。

建统治阶级往往通过加强、扩大孔子学说或者神化孔子形象的手段来巩固统治根基,如汉代"罢黜百家,独尊儒术"的主张以及唐代的以儒学为主体而使佛教、道教"儒学化"的做法。在近代革命中,一些复古势力也企图利用孔子学说的影响力进行维新活动,如康有为在《新学伪经考》、《孔子改制考》、《论语注》等著作中借孔子"托古改制"的名义,把资产阶级君主立宪思想嫁接到孔子身上,甚至恣意放大,直至歪曲孔子的等级主义、忠君思想,以及其他的一些基本的伦理道德规范思想。包括此后的袁世凯,通过大造"尊孔读经"之舆论,以孔子和孔教为工具,其目的就是要实行封建专制统治。这种"移花接木"的做法自然是有意利用孔子进行政治斗争。因此,在中国文化现代化进程中,批判传统文化自然也就意味着对孔孟老庄等诸子思想的挞伐,诸子形象基本被作为负面的典型而出现。如"五四"激进主义思想的代表人物陈独秀、李大钊等都对孔子及其学说进行过猛烈的批判。陈独秀对源于孔子的"三纲"思想("君为臣纲,父为子纲,夫为妻纲")进行了鞭笞。他认为正是"三纲之说"造成"无独立之人格",成为道德破坏的罪魁祸首。[①] 李大钊认为儒家的"纲常名教"支配了两千年的中国人的精神,也正是它"损卑下以奉尊长","牺牲被统治者的个性以事治者"。[②] 孔教的"吃人"制度和以老庄为代表的消极、无为思想成为"五四"反封建思潮矛头的直接指向。所谓"打倒孔家店",就是要把孔子及其思想权威从统治宝座上推下来,而解除传统道德思想的束缚就必然首先要在政治上打倒孔子这尊作为封建主义象征的偶像。因此,孔子成为封建制度的集中代表,成为传统本身,自然也就成为"众矢之的"。

对此,林语堂深有所察,亦深有所为。他一贯致力于清理、批判因孔教带来的中庸、迂腐的国民性弱点,以及文化界的道学之气。如果说他在早期更多的是在全盘反传统主义思想影响下,顺应"人的解放"的要求,以启蒙者的姿态进行批判的话,那么此后的他则更多地借助幽默的人生论而展开。通过幽

---

① 参见陈独秀:《一九一六年》,《新青年》第 1 卷第 5 号(1916 年 1 月 15 日)。
② 李大钊:《由经济上解释中国近代思想变动的原因》,《新青年》第 7 卷第 2 号(1920 年 1 月 1 日)。

默连接中西文化,既吸收西方现代文化,又重整中国文化资源,以求得对中国传统文化的认识更新与现代意义转化。这是对传统文化的批判,同时又是对一种"文化传统"①的开创。它的基本取向就是要求剥除孔子身上的政治外衣,革去笼罩在孔子身上的道学气,揭去"圣人"这一神圣面纱,主张回归到一种常识生活之中。

在林语堂看来,孔子并非是以"政治思想代言人"身份著称的圣人形象,而是一个具有浓厚的哲思、超常的智慧,以及具有民间精神的"思想艺术者"。他曾提出:"思想是一种艺术,而不是一种科学。"中西学问之间最大的对比就是西方太多专门知识,而太少近于人情的知识,而中国则是相反,"富于对生活问题的关切,而歉于专门的科学",故"中西两种形式的学问,其对比终还是结归于逻辑和常识的冲突。逻辑如若剥去了常识,它便成为不近人情;而常识如若剥去了逻辑,它便不能深入大自然的神秘境界"。② 在此基础上,林语堂所理解的哲学也不是系统的,不是逻辑的,不是西方哲学家洛克(Locke)、休姆(Hume)、勃克莱(Berkeley)的那一套,也不是以知识为前提。哲学与人生最相关。哲学是简单的,是直觉的、近情的、人性化的,是"只直接拿人生当做课本"的。林语堂以一种拯救的意识对西方科学的、逻辑的思想表示怀疑,并对远离人生的哲学表示担忧:"今天我们所有的哲学是一种远离人生的哲学,它差不多已经自认没有教导我们人生的意义和生活的智慧的意旨,这种哲学实在丧失了我们所认为是哲学的精英的对人生的切己的感觉和对生活的知悉。"人生问题并非所有的逻辑、科学都能解决,"现在所需要的似乎是一种经过改造的思想方式,一种更为富有诗意的思想,方能更稳定地观察生命和观察它的整体"。林语堂以这种理解更新了中国的中庸哲学。中庸即近情,也就是所谓的情理精神。"一个有教养的人就是一个洞悉人心的天理的人。儒家

---

① "文化传统"与"传统文化"是两个极为不同的概念,前者乃指仍活在现实中的文化,具有流动性;而后者乃指已经过去的文化,它是静态的凝固体。因此,对于现代人而言,必须正视后者曾经存在的历史,对前者则应当是使之如何适应时代。(参见郁龙余编:《中西文化异同论》,三联书店1989年版,第1页)

② 林语堂:《生活的艺术》,越裔译,东北师范大学出版社1994年版,第385页。

藉着和人心及大自然的天然程式的和谐的生活,自认可以由此成为圣人者也不过是如孔子一般的一个近情的人,而人所以崇拜他,也无非因为他有着坦白和常识和自然的人性罢了。"①"中庸"在以往被视作中国国民性的弱点:"个人以为中庸哲学即中国人惰性之结晶,中庸即无主义之别名,所谓乐天知命亦无异不愿奋斗之通称。中国最讲求的是'立身安命'的道理,诚以命不肯安,则身无以立,即平素所抱主义已抛弃于九霄之外矣。中国人之惰性既得此中庸哲学之美名为掩护,遂使有一二急性之人亦步步为所吸收融化(可谓之中庸化),而国中稍有急性之人乃绝不易得。"②林语堂所急切关注的"性之改造"的思想革命,就是要求复兴那种"非中庸"的即"性急"的国民精神;而在"人生的艺术"视域中,"中庸"被确认为中国人人性的优点、人类生活的理想,"生活的最高典型终究应属子思所倡导的中庸生活。他是《中庸》的作者,孔子的孙儿。"③

二、文学还俗

林语堂对孔子与以孔子为代表的儒家学说是持不同态度的。对后者,他基本持以批评的眼光,如认为以"仁"学为核心的中国传统社会结构是一种过度理性化的表现。而对前者,他多从人文性的角度进行赞扬,如承认孔子是一个"人文主义者",孔子是一个讲"情理"精神的人。正如把儒与道作为人性的两面一样,林语堂在自己所定义的"半半哲学",即中庸的理念框架内言说孔子,因而孔子有时作为中国人的生活典范,有时成为一个被规训者。如依据《庄子》中部分内容抽译写成的《想象的孔老会谈》,其中的孔子多是被老子教训的儒者,有时甚至是嘲讽的对象。不过,林语堂对孔子形象的艺术化处理最集中表现在《子见南子》这一独幕悲喜剧中。

《子见南子》是林语堂写作的唯一一个剧本,原发表于 1928 年《奔流》杂

① 林语堂:《生活的艺术》,越裔译,东北师范大学出版社 1994 年版,第 391~400 页。

② 林语堂:《论性急为中国人所急》,见《林语堂名著全集》第 13 卷,东北师范大学出版社 1994 年版,第 15 页。

③ 林语堂:《生活的艺术》,越裔译,东北师范大学出版社 1994 年版,第 117 页。

志第一卷六期。它依据司马迁《史记·孔子世家》的传记材料重新梳整、写作而出。在该剧本中,孔子与卫国夫人都是艺术符号,是不同性格类型的艺术形象。孔子是一个"不敢越雷池一步"、处处唯周礼至上的儒者,而南子是一个追求自由、解放的新时代女性。她有与传统封建礼俗格格不入的社会观念,如主动约见孔子,拟办"六艺研究社",要求男女同社,提倡俗乐("卫声"),追求"饮食衣冠"之满足。虽然孔子也主张饮食男女,对人生真义有深刻洞察,但在南子面前仍是一个保守者。林语堂通过表现他所发现的南子之"礼"与孔子之"礼"的不同,及周公主义与南子主义的冲突,彰显了个人的社会价值观。但《子见南子》中表现最为突出的,还是在于把孔子建构成为一个非常生活化的角色。孔子不再是传统的"思想权威",而是拥有思想智慧、生活理想的凡人,也不再是一个被人供奉的"神",而是一个走下圣坛的"人"。所以,在林语堂看来,孔子是个体性的,而非集体性的,是"小写"的而非"大写"的,是生活的而非政治的。

因此,林语堂笔下的俗化的孔子形象也就与长期盛行的、奉孔子学说为权威的意识形态相冲突。《子见南子》在山东省立第二师范剧演后,引起了封建卫道士们的强烈抵抗。以孔传堉等为代表的孔氏六十户族人上诉控告该校校长宋还吾侮辱孔子,最终以校长"调厅另有任用"为名,草草收场。此事件曾被鲁迅特意编册,并在《语丝》五卷二十四期(1929)上发表。在《在现代中国的孔夫子》(1935)一文中,鲁迅重提此事,表示此剧在"圣裔们繁殖得非常多"的孔子故里上演具有特定意义。他认为,剧中登场的孔夫子如果以圣人而论,"固然不免略有欠稳重和呆头呆脑的地方",然而如果作为一个人,"倒是可爱的好人物"。鲁迅理解孔夫子的圣人地位是"权势者们捧起来"的而与一般民众无关的事实,因而对《子见南子》中的"还原"孔子真实形象的做法十分赞同。总之,这场"护孔风波"使林语堂与鲁迅都深切认识到在现代社会中存留的封建遗毒思想危害之严重,以及冲掘封建文化堡垒、消除封建权威统治和改造国民性之艰难的事实。

林语堂以幽默话语重写国民性。幽默作为一种改造人生现实的手段,是林语堂所特有的文化批评"武器"。他发现幽默在对待人生世事的态度上与中国道家文化有相通之处。他由喜爱老庄而选择了西方文化中的幽默,再由西方文化的幽默精神与价值观念反观中国的传统文化。他发现了中国古代幽默派,特别是以老庄为代表的超脱派,并对中国传统儒家道统文化进行批判。他说:"中国若没有道家文学,中国若果真只有不幽默的儒家道统,中国诗文不知要枯燥到如何,中国之心灵,不知要苦闷到如何。"他认为,中国传统文化到处充斥着"礼教沾化"和"威仪棣棣之道学先生的板面孔"的道学气,"仁义德性讲的太庄严,太寒气迫人,理性哲学的交椅坐的太不舒服",因此,"有时就不免得脱下假面具来使受折制的'自然人'出来消遣消遣,以免神经登时枯馁或是变态"①。应该看到,林语堂运用幽默文化来批判中国文化,其针对面是儒家道统的不良习气,并非指向作为儒家代表的孔子本人。林语堂称老子为"幽默之祖宗",而孔子就是一个幽默的人。孔子与所谓的儒者之间有一定的区别,"孔子之幽默及儒者之不幽默,乃一最明显的事实"。② 因此,在《孔子在雨中唱歌》《思孔子》等小品文中,林语堂都借幽默的理论重塑自然、活泼的现代孔夫子,一反过去迂腐、充满道学之气的"儒学至尊"形象。一般而言,对先秦诸子的介绍大多是从思想方面入手,并结合现代社会理论给予强力批判。但林语堂有意通过幽默理论,在剧本、小品文,甚至在小说中进行诸子形象塑造,即通过文学艺术手段进行形象刻画与思想表现。

文学性、艺术性的孔子是活泼的、幽默有趣的,是具有审美愉悦感的智者形象。在中国古代小说中,其实也广泛存在着"通俗而机趣"的孔子形象,成为史传传统孔子形象的互补存在。③ 可以说,小说中的民间审美趋向蕴含着人们对权威的鄙视,对平等的崇尚。林语堂笔下的孔子形象同样具有生动、新鲜、自由的特征,起着颠覆传统孔子形象刻板印象的意义,成为与訾病孔子(《庄子·盗跖》)、诘难孔子(王充《问孔》)、"打倒孔家店"(五四新文化运动)等十分相异的文化物。当然,这种艺术性的孔子形象建构方式与林语堂个人的天性、思维方式密切相关。他认为,古代文化经典同样具有极高的文学

---

① 林语堂:《征译散文并提倡"幽默"》,《晨报副刊》1924 年 5 月 23 日。
② 林语堂:《论幽默·上篇》,《论语》第 33 期(1934 年 1 月 16 日)。
③ 参见段庸生:《古代小说中的孔子形象》,《孔子研究》2006 年第 1 期。

审美价值，“道家文学及学者所以受人欢迎，主要原因便是庄子散文的魅力；就吸引人的标准和思想形态来说，庄子不愧是古典时期的散文泰斗”。“写本书(指《老子的智慧》——引者注)时，我几度钻研庄子的作品，发现其间许多用语，大都是他透过严格的文学手法创造出来的，甚至连最早以同法为文的《论语》，也赶不上他。”①林语堂是一位从小就能“把《圣经》当文学来谈”②的人，何尝不能把《论语》、《道德经》、《庄子》等文化经典当作文学经典来解读呢？

三、文化中介

林语堂还将圣人形象置于世界文化体系中，在中西文化交流的语境中进行消解与重建。《孔子的智慧》(1938)、《老子的智慧》(1948)是两本专门介绍中国文化的英文译著。两书通过对孔子、老子思想的直接翻译的方式介绍、传达中国文化，因而使孔子、老子形象有着更加浓厚的文化。

必须首先了解的事实是，由于中西社会文化背景的迥异，华人在西方世界一直受到非同寻常的歧视，而正是这种偏见使西方世界对东方产生了普遍的误读倾向。林语堂之女林太乙曾经这样说道：

> 那时候的美国是白人的天下，白人种族歧视很深，对黄种人与对黑人一样，简直不把他们当作人看待。他们称中国人为 China-man 或 Chink，而不说 Chinese，是一种鄙视。他们对中国人的认识很浅。对一般的美国人来说，他们所见到的中国人不是在中国餐馆工作，就是在洗衣店里工作。从侦探小说或电影里，他们认识讲洋泾浜英语的 Charlie chan 和他的 No.1 Son。当然，他们知道，在地球的那一边有许许多多斜眼黄脸的中国人。他们想起中国时，会想到龙、玉、丝、茶、筷子、鸦片烟、梳辫子的男子、缠足的女人、狡猾的军阀、野蛮的土匪，不信基督教的农人，瘟疫、贫穷、危险。他们所听见过的中国人，只有孔夫子一人。在中国餐馆饭后总来个

---

① 林语堂：《老子的智慧》，穆美译，东北师范大学出版社 1994 年版，第 12 页。
② 林语堂：《从异教徒到基督徒》，谢绮霞译，见《林语堂名著全集》第 10 卷，东北师范大学出版社 1994 年版，第 53 页。

"签言饼"(fortune cookie),中间夹一条印有预言或格言的纸头,许多开头都是 Confucius say:当然,孔夫子说的也是洋泾浜英语。你若问美国人孔夫人是何许人也,他会说"Wise man who lived a long time ago",别的他不知道。近来他还听说过 Chiang Kai-shek 这个人,有人读成 Shanghai Jack。要他再说出一个中国人的名字就办不到了。但是许多人对 the mystericus Orient(神秘的东方)和 the inscrutable Chinese(来可了解的中国人)有很大的好奇心。①

如果说华人在西方社会地位卑微是中西经济差距的真实反映,那么西方人对东方人的歧视实则又是一种文化偏见。虽然孔子思想在西方早有广泛的传播和影响,但是一直存在"基督教会化"的理解偏颇。美国著名哲学家赫伯特·芬格莱特(Herbert Fingarette)这样批评西方人:"他们往往这样来推崇孔子——在某种程度上这样来推崇孔子——在某种程度上有点像教会过去常常推崇苏格拉底那样——尽管孔子是异教徒,他们却把他作为一个近乎神圣的人:孜孜以求的东西,却是只有基督启示才能够带来的果实。"②因此,《论语》也被西方人当做基督神学的教义来解读。林语堂也是这样来审视西方人的:"在西方读者看来,孔子只是一位智者,开口不是格言,便是警语,这种看法,自然不足于阐释孔子思想其影响之深而且大。"③文化误读使林语堂充分估计到孔子在世界文化体系中的地位和孔子形象的文化符号学价值。因而,排除误读的可能就是必须从重建中国文化的根基与矫正、重写孔子形象开始。正如西方学者所言:"一切形象都源于对自我与'他者',本土与'异域'"关系的自觉意识之中,即使这种意识是十分微弱的。因此,形象即为对两种类型文化现实间的差距所作的文学的或非文学,且能说明符指关系的表述。"④在跨文化视野中,孔子不仅是智慧的象征,而且是中国人的代表,它在根本上是中国

---

① 林太乙:《林语堂传》,北岳文艺出版社 1994 年版,第 114 页。
② (美)赫伯特·芬格莱特:《孔子:因凡即圣》,彭国翔、张华译,江苏人民出版社 2002 年版,第 2 页。
③ 林语堂:《孔子的智慧》,张振玉译,东北师范大学出版社 1994 年版,第 2 页。
④ (法)达尼埃尔-亨利·巴柔:《形象》,孟华译,见《比较文学形象学》,北京大学出版社 2001 年版,第 155 页。

文化的产物。所以说,"孔子"是一个富有文化意味的中介性符号,它的意义已经远远超越了其本身的思想价值含量。

《孔子的智慧》分两部分。第一,从思想、人品、风貌等角度对孔子作综合性评述,通过反映孔子所处的社会、文化现实语境体现以孔子学说为代表的儒家思想整体特点。林语堂充分肯定儒学思想的现代意义,肯定它具备"非凡的力量",认为它在今天仍有"中心性"与"普遍性"。如果说儒学在长期的社会发展中以"平实的看法"既否定了庄子的神秘思想,又鄙视了佛教的神秘思想,获得了在历史上的生存合法性,那么在西方现代工业文化中,它仍应成为影响民族的立身处世之道。这就不能继续将儒家思想看作是一套封建政治制度,而必须盘活它在现代生活中的生存地位。第二,从四书五经原典出发,抽取与孔子关系最密切的部分进行直接的英文翻译。如借助《论语》中有关孔子的言论,介绍了孔子风貌、艺术生活、谈话的风格、谈话的霸气、智慧与机智、人道精神(论仁)、君子与小人、中庸及乡愿、为政之道、教育、礼与诗等九部分,展示了孔子思想的多个维面。这两方面都显示了孔子的丰富思想蕴含,正如赫伯特·芬格莱特说:"孔子能够成为我们今天的一位人师——也就是一位饱经沧桑、饱含人生智慧的思想导师,而不只是给我们一种早已流行的、稍具异国情调的思想景象。孔子所告诉我们的,不是在别处正在被言说着的东西,而是正需要被言说的东西。"①《老子的智慧》通过"以庄解老",即"由《庄子》来介绍老庄时代的思想背景和特性"②的方式实现对老子思想的现代解读。对于中国的"神仙哲学",林语堂着重发掘道家中的"非现实"的一面,从而对儒家思想进行积极、有益的补充。

《孔子的智慧》的中文翻译者张振玉曾以非常赞赏的口吻写道:"语堂先生这本书把孔子恢复成有血肉之躯的人,使人觉得他老人家颇可亲近,想到他周游列国,因为坚持理想,不附和流俗,处处坎坷不遇,一生遭人冷落,不由得为他鼻酸,因而觉得孔子是个可爱的智者,也是个极富美感的艺术家。可以说

---

① (美)赫伯特·芬格莱特:《孔子:因凡即圣》,彭国翔、张华译,江苏人民出版社2002年版,第1页。

② 林语堂:《老子的智慧》,穆美译,东北师范大学出版社1994年版,第21页。

语堂先生把孔子从九天之上接回到了人间,这是件可喜的事。"①可见,林语堂对孔子生活、思想是有独到的体会的。一方面,他将孔子置于具有普世价值的文化世界体系中进行审视,突出了孔子的人性特征。"孔子,像亚里士多德一样,把他的赌注放在人性上,且认为接受天然的人性胜于改变它。一个较好的社会的实现,不是靠改变它的生产系统,而是依靠改造人的本身。"②另一方面,他并非恣意地将孔子隔离出历史进行悬置,而是将孔子还原到他生活的那个时代。他以一种平视而并非仰视的方式对待孔子,把孔子"翻译"成了一个常人,如此也就解除了笼罩在圣人身上的层层光环,而将民间化的、生活化的圣人形象置于大众面前。人性化处理、历史还原精神是林语堂重建圣人形象时遵守的两条重要原则。

总之,《孔子的智慧》与《老子的智慧》借助英文翻译的形式,把孔子、老子思想进行了重新梳理以及现代阐释,丰富了中国文化思想。虽然《老子的智慧》出版时间与《孔子的智慧》相隔十年,但它们都是对中国文化形象的积极塑造与完善。它们不仅对西方读者了解中国文化起着相当重要的引导和中介作用,而且有助于改变西方人对以孔子学说为代表的儒家文化,甚至中国文化的僵化认识。

第三节 "孔老会谈"的新视界

正如意大利学者加林(Eugenio Garin)所认为,人文主义态度的特征"并不在于对古代文化的特殊赞赏或喜爱,而是在于一种非常明确的历史观"③。人文主义者的历史观反映了他们在特定历史时代对另一种特定历史时代的追

---

① 张振玉:《孔子的智慧·译者序》,见《林语堂名著全集》第 22 卷,东北师范大学出版社 1994 年版,第 2 页。

② 林语堂:《从异教徒到基督徒》,谢绮霞译,见《林语堂名著全集》第 10 卷,东北师范大学出版社 1994 年版,第 96 页。

③ (意)加林:《意大利人文主义》,李玉成译,三联书店 1998 年版,第 14 页。

踪、反思。具有人文情怀的林语堂,他在"讲"中国文化时亦遵从特定的历史观。如同西方人文主义主张"回到柏拉图"一样,林语堂考量中国文化也坚决回到孔孟老庄生活的先秦时代,从中汲取中国文化的养料。毕竟有着"世界眼光"的林语堂,当他将中国文化置于世界范围内进行言说时,需要从文化经典出发,需要从本源上确证中国文化精神。因此,中国文化不仅是他"讲"的基本内容,而且是作为"讲"精神的重要来源。文化"对讲"本身蕴含多重的对话性。因此,"讲"或"对讲"就不能简单等同"对话",它需要主动的自我介入和积极的协商之道。故而从文化本源上发掘"对讲"的形成条件,有利于我们更为全面地理解林语堂的中国文化观。

一、资源累积

中国文化的形成有一个历史发展的过程,其中先秦是一个被西方历史学家普遍称誉的"轴心时代",是中国文化鲜明的人文主题得以基本确定的历史时期。林语堂如此描述:

> 这时(指战国时期——引者注)中国之文化及精神生活,确乎是精力饱满,放出异彩,九流百家,相继而起,如满庭春色。奇花异卉,各不相模,而能自出奇态以争妍。人之智慧,在这种自由空气之中,各抒性灵,发扬光大。人之思想也各走各的路,格物穷理,各逞其奇,奇则变,变则通,故毫无酸腐气象。①

先秦堪与柏拉图时代相媲美。"从深刻的含义上讲,柏拉图主义指出了一个从开放、间断和充满矛盾的角度了解世界的方向";"讲柏拉图就意味着用一种新的无偏见的、真正自由的研究精神来反对一切僵化的体系。"②因此,"柏拉图"代表了一个充满生活希冀、沉思伦理道德和超越历史危机的文化时代,代表了一个充满了自由、开放、对话的思想时代。林语堂对先秦儒、墨、道、法各派思想不断碰撞、冲突而呈现出的自由社会气氛、百家争鸣的热闹局面颇

---

① 林语堂:《论幽默·上篇》,《论语》第 33 期(1934 年 1 月 16 日)。

② (意)加林:《意大利人文主义》,李玉成译,三联书店 1998 年版,第 10~11 页。

多赞词,有所察,亦有所悟。从"讲"中国文化的角度看,他主要从中汲取了一些对话性文化资源。

"以道释儒"是林语堂理解中国文化的路径。他从道家视角理解儒家,以道家支援儒家,是将道家与儒家作为两个潜在的对话者。在英译《老子的智慧》的最后一部分,有一篇《想象的孔老会谈》。林语堂择取《庄子》中的七篇(实际有八篇,其中之一已在该书前四章介绍)集结而成,前面还有一个小引,略作交代。其实,"孔老会谈"是孔子与老子之间的想象性交谈,但又是一定根据的。据史书和传言,老子较孔子年长,而孔子一生只见过老子一次。但是,孔子在《庄子》这本书里以不同的会谈方式出现四五十次之多,其中还包括孔子的弟子颜回和子贡与道家圣者邂逅的趣闻。为撰写《老子的智慧》,林语堂仔细钻研《庄子》,对它的文学思想颇为赞赏。他指出,《庄子》诸篇基本是寓言体,为了表达自己的哲学思想,"往往是以历史上、传说中或自己虚构的人物为主,不时为这些主角安插谈会的机会"。在英译的《孔子的智慧》中,林语堂除作简单的介绍外,基本保持了"语录体"形式,即将孔孟与其弟子的谈话保留原有格式,仍采用直译而非转述的形式,这样既保持了思想的原汁原味,又为读者提供了追踪中国思想渊源的门径。

在先秦诸子中,林语堂特别欣赏"幽默"的老子、庄子、孔子。除此三人,孟子也是他极为欣赏的。作为孔子思想的主要继续人,孟子在儒家思想的发展中扮演着重要角色。林语堂器重孟子包括两个方面。其一,气质。他说:"我是自小爱孟子的。孟子是儒家中的理想主义者,文字中有一种蓬勃葱郁之气,令人喜欢,令人感动。在儒家中我就是推崇孟子。"他并且鼓励现代青年人"多读《孟子》,常读《孟子》,年年再读《孟子》",因为孟子对"才志欲气"四者非常"着重"。所以,林语堂也自称为"孟子派中人"。① 其二,文体。在诸子中,孟子的文体比较独特。朱光潜就认为,《孟子》在先秦文章中是"显著的例外","孟子用对话,不但首尾自成一完整体,全篇用直接叙述语气;而且

---

① 林语堂:《孟子的才志欲气》,见《无所不谈合集》,东北师范大学出版社1994年版,第42~44页。

进展的方式不是横面的而是直线的。换句话说,他的手法与柏拉图的很相近,虽然篇幅较短。"①林语堂也认为,孟子的文体有一种"磅礴的文气","在他文章体格上,找不到什么太史公笔法,也不应该谈什么古文臭'义法''章法'。孟子在文字上,是性灵派中人,能发前人所未发,倒不在乎什么呼应、章法。行于所当行,止于所不得不止而已。此种文章文气特别雄厚。章法他是有的,但不是桐城谬种之所谓义法。"林语堂认为孟子为文好重叠、好辩,认为"《论语》问答是片段的,到了《孟子》,便有近于现代文的对白。"他例举了孟子与陈相的会话,然后说"很近自然","诸子中难见这样完全逼近口语的问答"。② 可见,孟子在林语堂心目中是有较高的地位的。

《论语》的"语录体"、《庄子》中的"会谈",以及"孟子的文体",都是具有对话色彩的中国文化资源。对于有着宽容心态和小品文性格的林语堂来说,这些自然都被累积甚至整合到他的文化解读视域之中。文化本身是笼统性的东西。"讲"作为文化输出(入)策略,毕竟需要一种蕴含文化内在特质性的东西。林语堂对"文化"的理解并不是泛泛的、感性的,而是超越了一般层面,是将之上升、化合到一种具体的使用之中。

二、对话意识

文化"对讲"蕴含一种深刻的对话精神,体现出林语堂具有一种强烈的对话意识。这种意识的形成除从中国文化中汲取资源之外,又是与他长期的文学实践相关。林语堂是现代闲适小品文体的积极提倡者、推动者。小品文作为现代散文文体,首先体现出的是他的一种文体改革意识和积极、大胆的对话意向。"语丝"时期和"论语"时期,他就以文体改革著称,反对"历朝文体"因文人做作而产生的迂腐萎靡的道学气,强调文体应该自然化、民间性,主张本色之美。无论是中文写作,还是英文写作,他都十分在意所使用的文体。散文、诗歌、戏剧、小说、传记等各种文体,他都尝试运用,其中当然以小品散文文

---

① 朱光潜:《谈对话体》,见《艺文杂谈》,安徽人民出版社1988年版,第189页。
② 林语堂:《孟子的文体》,见《无所不谈合集》,东北师范大学出版社1994年版,第264~266页。

体的提倡尤为后人所关注。

　　现代小品散文,亦称谈话体、闲谈体,也被后人誉为"林氏小品文"。它讲究一种面对面式的、交流的,而非教导式的言说态度;主张民间化的、日常生活化的语言、内容情调,因而对改造传统的"文以载道"、实现文学观念的现代化,以及确立文学独立地位起着革新导向。它具有"包容的心态"、"闲适从容的格调"、"灵光闪现的心灵"三方面的总特征。① 因此,现代小品散文包含了深刻的"对话"理念。同时,它的形成本身就是中西文化"对话"的结果。除受英国蒙田散文的影响之外,它对明清小品文化的吸收、改造最为明显。正如他自己所言的要寻出"中国祖宗"一样,现代小品文体的形成无不与中国文化有着密切联系(详见本书第三章第一节)。

　　"闲谈体"不同于"对话体"。对话体在西方有古老的传统。柏拉图的哲学著作大多采用对话体,数量约有 29 篇之多。朱光潜在译完柏拉图的《文艺对话录》后称赞说:"对话在文学体裁上属于柏拉图所说的'直接叙述'一类,在希腊史诗和戏剧里已是一个重要的组成部分。柏拉图把它提出来作为一种独立的文学形式,运用于学术讨论,并且把它结合到所谓'苏格拉底式的辩证法'。"所以,柏拉图式的对话体在西方尤为著名。作为文学文体而言,对话体"不从抽象概念出发而从具体事例出发,生动鲜明,以浅喻深,层层深入,使人不但看到思想的最后成就或结论,而且看到活的思想的辩证发展过程"。② 哲学思想的深刻性使得对话体成为西方文化的一种传统,但事实上林语堂并不喜爱这样的对话体。在写作《生活的艺术》时,他就有过这样的交代:"我颇想用柏拉图的对话方式写这本书,把偶然想到的话说出来,把日常生活中有意义的琐事安插进去,这是多么自由容易的方式。可是不知什么缘故,我并不如此做。或者是因为我恐怕这种文体现在不很流行,没有人喜欢读,而一个作家总是希望自己的作品有人阅读。"③"客观哲学",这是他一向反对的。因此,对

---

　　① 参见王兆胜《林语堂的文化情怀》,中国社会科学出版社 1998 年版,第 220～255 页。
　　② 柏拉图:《文艺对话集》,见《朱光潜全集》第 10 卷,人民文学出版社 1983 年版,第 334 页。
　　③ 林语堂:《生活的艺术·自序》,东北师范大学出版社 1994 年版,第 1 页。

话体固然具有哲思性,但是如果它不具私人性、生活化的特点,那么就不能在现代生活中使用。

"闲谈体"也并非巴赫金(M.M.Bakhtin)所说的"对话体"。在巴赫金复调小说理论中,"对话"是一个特殊的理论范畴,与独白、对白、对语等各种形式相区别。"对话"在根本上是作为思想形象的存在方式,是在"人"这个价值中心上建立起来的一种潜在力量,"意识的对话性质,人类生活的对话本质,用话语来表现真正的人类生活,惟一贴切的形式就是未完成的对话"①。林语堂并非从"对话体"的这一真理出发,更多使用的是它的"壳"而非其"核"。如《谈劳伦斯》、《谈中西文化》,还有"谈螺丝钉"系列(四篇)等文就是借朱、柳两先生"对话"的形式发表对中西文化的看法,其中朱、柳先生只是文化代言人,并非巴赫金所说的"思想形象"。

"闲谈体"往往成为一种隐蔽的比较形式。比较出真理,正是在比较中渗透出作家的一种强烈的理性思考与文化批判精神。林语堂常常利用对话体形式,或者设置一些闲谈情节来揭示中国国民性特点。在中文小品、剧本中,他以揭示国民性弱点为主,而在以英文写成的《吾国与吾民》、《生活的艺术》这样的中国文化介绍性著作与《京华烟云》等长篇小说中,他以张扬中国文化特色和国民性优点为主,并将之作为改造西方文化与国民性的参照。在这一点上,他倒与朱光潜有相似之处。朱光潜对"对话体"有独特的理解,强调"对话"的思想性、实用性。比如《苏格拉底在中国》一文,其副标题即为"谈中国国民性与中国文化的弱点"。朱光潜并没有通过直接的独言的形式,而是借苏格拉底的口说出中国国民性与中国文化弱点是"思想的守旧,懒惰和奴性化"。他的国民性批判指向的是知识分子的"懒怠"和"苟且因循"。朱光潜也与林语堂一样,都主张在不能放弃中国文化的前提下言说。林语堂主张用"批评的眼光",朱光潜认为要"扩大中国文化"和"吸收西方文化",把古希腊传统("思想的自由生发"、"爱知")这一西方文化精髓发扬光大。所以,朱光潜以西方文化为对照,主张在中西文化的比较中进行。朱光潜把中国国民性

---

① (俄)巴赫金:《文本 对话与人文》,河北教育出版社1998年版,第387页。

特点视为"质料太坏"，因此主张用西方这个"文"（"体"，即生活方式和生活理想）来"化"（"用"）之，以达到"对于个别分子薰染的效果"。① 但朱光潜对国民性的批判仍在"西体中用"的模式之中求得，并未超越以往的文化改造模式。林语堂并非以"体用"论来改造中国文化，他只是强调通过西方文化来衡量中国文化的优劣，强调中西文化之间应以比较的方式来实现中国文化的现代化。他说："儒家的中心思想，必须找到，始可以谈到中国固有的文化。尤其要与西方比较之下，权其轻重，知其利弊，弃其糟粕，取其精华，得一哲学条理，然后可谓学者的批评态度，然后可合大国之风。"②虽然林语堂与朱光潜的文化思想改造路数不一样，但是所指向的都是关于中国文化的现代走向。

除闲谈体外，对话意识也体现在林语堂关于艺术交流、文化沟通的观点上。他认为，两种文化的接触并不在于相互揭短，而"贵在互相吸收"。从最近故宫宝物在伦敦展出一事借以说明，中国艺术在西方极受人之欢迎、喜好。中西美术特点相异，两种艺术精神可以互补。这也反过来说明中西文化确有交流的必要，因为这是英国自身的一种"帝国主义"做法，它们把西洋耶教输出中国，而又从中国输出中国艺术。③ 输出与输入，使得文化之间相互补充，体现出现代文化应当具有的一种理性涵养。对于文化沟通，林语堂主要从民族自信心角度进行确认。他认为，要对民族文化怀有一种自信心，既不可妄自菲薄，也不可有"洋场恶少"的态度；如果不承认中国固有文化，自然谈不到东西沟通，"有东无西，也就谈不到东西沟通。"正当的研究态度应该是："讲中西文化固然不是十全十美的文化，外国文化也并不是十全十美，各国文化有其利弊优劣，外国月亮，也要欣赏，外国臭虫也要防范；对本国外国文化都具有真切的认识，批评的眼光，东西的优劣，各以大公无私的学者眼光见识去批评，这才是叫做东西文化沟通，而且才沟通得来。"④

---

① 朱光潜：《苏格拉底在中国》，《文学杂志》第 2 卷第 6 期（1947 年 11 月）。
② 林语堂：《论中西文化与心理建设》，《天下文章》第 2 卷第 4 期（1944 年 11 月）。
③ 参见林语堂：《艺术的帝国主义》，《宇宙风》第 11 期（1936 年 2 月 16 日）。
④ 林语堂：《论月亮与臭虫》，《文艺春秋》丛刊 1944 年 10 月 10 日。

三、协商之道

在跨语际的写作中,林语堂将对话意识渗入到文化行动中,以一种协商性的方式"讲"文化,呈现出重人生、重读者、重间性的叙事特点。

1.以人生为基点

在"对外讲中"写作中,林语堂以中国文化为主要内容。他的那些作品与其说是文学的,还不如说是文化的。《吾国与吾国》对中国社会、中国人作了全方位的透视,是一种纯粹的文化性小品散文;《生活的艺术》聚焦于中国人诗化的日常生活,给西方人提供了经典的生活榜样。相对这两部作品,《苏东坡传》作为长篇历史人物传记,文学色彩颇浓。但由于他善于将传主放在整个中国历史文化的背景之中进行考察,这使我们不仅读到一个以文学为人生的苏东坡,也了解到一个"文化中国"。这些都是基于林语堂对中国文化的独特感知,或者说用了"西方传教士的眼睛"(唐弢语)看待的结果。中西两种文化具有明显的异质性,但林语堂能够把两者进行"对话"。那么它的基点在何?

可以认为,中国文化既是一种存在,又是一种不存在,因为它需要被知识阶层不断地言说。近代以来,中国思想界存在着多种多样的言说方式,或主张以西学取代中学,或主张以中学化解西学,或主张中学西学共同发展。这些方式都肯定两种文化的异质性,但也不否定两者之间的同质性。西学显然对中国文化造成了一次次的冲击,但是并没有从根本上取缔中学。这也说明两者之间有共通的所在。文化问题在梁漱溟、罗素等人看来即是一个人生观问题。作为对中西文化问题"考虑最深、最有见地"的梁漱溟,他在那本被视为"现代新儒学的开山之作"《东西文化及其哲学》中提出了"文化复兴"等重大问题,其理论依据是叔本华哲学。梁氏将中西文化差异视为"意欲(Will)取向"的不同,西方文化精神是"意欲向前"的,中国文化是中庸、调和性质的。西方大思想家罗素(Russell)在中西文化大论战的五四期间造访中国。在结束访问之后回到英国之际,他出版了一本面向西方读者的《中国之问题》(*The Problem of China*),其中对中国政治、经济、文化等问题进行了全方位解析。"当罗素讨论中国的政治经济问题时,其立脚点是中国的利益;当罗素讨论中西文化问题时,其主要的立脚点不是中国,而是西方。"罗素的中西文化观是建立在一个"具有内在价值的事物"的评价标准之上,这个标准就是"知识、艺术、本能的快乐、友谊或温情",即对"自然的理解"。① 可见,梁漱溟、罗素评判中西文化具有一个共同的基点,即将文化预设在"人生"这个核心之上。

有着西学背景的林语堂,他也正是从文化哲学或文化人类学的高度来理解的。"文化也者,盖为闲暇之产物,而中国人富有闲暇,富有三千年长期之闲暇以发展其文化。是文化的基础。"②"我认为文化本来就是空闲的产物。所以文化的艺术就是悠闲的艺术。"③这与一些西方学者的观点是一致的。如约翰·赫伊津哈认为:"文明是在游戏中并作为游戏兴起并展开的。"④约瑟夫·皮珀认为,闲暇是文化的基础。这撇开了文化的地域性、时间性,用"闲暇"等词替代"文化",甚至把它当做人自身的一种本质:"当一个人和自己成为一体,和自己互相协调一致时,就是闲暇。"⑤所以,文化即闲暇即人生。林语堂理解的文化是基于一种中西可以共通的即具有普适性的人生观。他借朱、柳先生对谈文化之际点出了中西文化比较的"公分母":"谈不到人生便也谈不到文化","把东西文化放在人生的天秤上一称,才稍有凭准"。他还把是否趋于"完满的人生"作为评价文化的标准。⑥ 从这种文化人生观出发,我们可以在他的作品中发现:无论作为传主的苏东坡,还是其他被书写的中国人形象,他们都是"文化人生"的代表。况且这种重人生的倾向也是他一向的文学主张。"幽默只是一种态度,一种人生观,在写惯幽默文的人,只成了一种格调,无论何种题目,有相当的心境,都可以落笔成趣了。"⑦"《宇宙风》之刊行,以畅谈人生为主旨,以言必近情为戒约,幽默也好,小品也好,不拘定裁;议论

---

① 冯崇义:《罗素与中国——西方思想在中国的一次经历》,三联书店1998年版,第143页。
② 林语堂:《吾国与吾民》,黄嘉德译,东北师范大学出版社1994年版,第127页。
③ 林语堂:《生活的艺术》,张振玉译,东北师范大学出版社1994年版,第154~155页。
④ (荷)约翰·赫伊津哈:《游戏的人》,多人译,中国美术学院出版社1996年版,第1页。
⑤ (德)约瑟夫·皮珀:《文化:闲暇的基础》,刘森尧译,新星出版社2005年版,第40页。
⑥ 参见林语堂:《谈中西文化》,《人间世》第26期(1935年4月20日)。
⑦ 林语堂:《论幽默》(下),《论语》第35期(1934年2月16日)。

则主通俗清新,记述则取夹叙夹议,希望办成一金于现代文化贴近人生的刊物。"①可以说,人生是林语堂进行文学实践、文化比较的基点所在。

2.以读者为知己

"讲"文化实现的基本条件之一就是要建立一种能调达双方的共享机制,包括能够包容中西两种文化,能够符合读者的审美心理需求等的各种语境化条件。"受众"是林语堂格外关注的因素。在晚年谈到自己写作成功的经验时,他道出了其中玄机:"我创出一种风格,这种风格的秘诀就是把读者引为知己,向他说真心话,就犹如对老朋友畅所欲言毫无避讳一样。所有我写的书都有这个特点,自有其魔力。这种风格能使读者跟自己接近。"因此,我们看到:《吾国与吾民》在美国成为畅销书之后,为适应读者的需要,他就在后来的版本中,"把认真痛论中国问题取消,改为评论中日战争的爆发"。② 这种处处关怀读者,视读者为倾诉对象的做法实是林语堂写作的一大"法宝"。《作文六诀》中就有两条与"读者"密切相关,即"感动读者"和"敬重读者"。他说:"文字有作者与读者双方关系,读者固然要敬重作者,作者亦应当敬重读者,谁也不可看不起谁,不然双方感觉无聊,读者掩卷而去了。"③所以,作者与读者双方要互相尊重,在彼此之间要建立起一种良好的心理沟通心境,如此才能确保做好文章。"作家和读者之间的关系,不应像师生的关系,而应像厮熟朋友的关系。只有如此,方能渐渐生出热情。"④"对面只有知心友,两旁俱无碍目人。"⑤从这些言说中,我们可以感受到读者在林语堂心中具有无可替代的地位。他在提倡"小品笔调"、"闲谈体"或"娓语体"时,十分强调创作主体与接受者之间的民主、平等关系。"盖此种文字,认读者为'亲热的'(familiar)故交,作文时略如良朋话旧,私房娓语。此种笔调,笔墨上极轻松,真情易于吐

---

① 林语堂:《且说本刊》,《宇宙风》第 1 期(1935 年 9 月 16 日)。
② 林语堂:《八十自叙》,张振玉译,见《林语堂名著全集》第 10 卷,东北师范大学出版社 1994 年版,第 303、304 页。
③ 林语堂:《作文六诀》,《论语》第 36 期(1934 年 3 月 1 日)。
④ 林语堂:《生活的艺术》,越裔译,东北师范大学出版社 1994 年版,第 365 页。
⑤ 林语堂:《杂说》,见《林语堂名著全集》第 14 卷,东北师范大学出版社 1994 年版,第 39 页。

露,或者谈得畅快忘形,出辞乖戾,达到如西文所谓'衣不钮扣之心境'(unbuttoned moods),略乖新生活条件,然瑕疵俱存,好恶皆见,而作者与读者之间,却易融洽,冷冷清清,宽适许多,不似太守冠帽膜拜恭读上论一般样式。且无形中,文之重心由内容而移到格调,此种文之佳者,不论所谈何物,皆自有其吸人之媚态。"他把写作当成是作家与读者之间的一次对话、一次闲谈。作者与读者之间的关系就是"吾既忠,人亦忠","于己性灵耳目思感不忠的人,必不能使人亦忠",双方都坦诚相待而无关涉谈话的具体内容,"宇宙之大,苍蝇之微"皆可入文。"凡足称为'文学'之作品,亦大都用个人娓语笔调。"①他在小说、传记写作中也都渗入这些特点。"以读者为知己"的闲适小品写作取向,也表征为他在个人生活中持以一种自由的态度。在复杂的政治环境中,他并没有一味从始而终地倚靠某一团体或党派,而是保持相对自由的身份,成为一个"超然独立的批评家"。如从给英文刊物 Little Critic 写稿开始,他敢说敢写、"直言无隐"的个性得以尽情发挥。

3.以间性为取向

林语堂具有一种典型的间性思维。间性是指两种行为之间的相互关系,而文化间性所强调的是一种"异质融合",即不同的甚至是相反的两种文化成分都可能结合而成为一个统一体。这种取向在他的语言观、文化观和生活理想等方面得到了突出反映。

林语堂提倡"语录体","吾恶白话之文,而喜文言之白,故提倡语录体。"作为五四文学革命最为重要的议题之一,文言与白话的关系一度引起人们的关注。与胡适全面主张白话不一样,林语堂从实用的角度提出文言与白话并存的可能。在他看来,文言、白话都自有优处,如果能将两者结合进来,就不失为一种好主张。"盖语录体简练可如文言,质朴可如白话,有白话之爽利,无白话之噜苏。"所以,语录体是作为白话文言过渡之"津梁",主张语录体并不是要去恢复文言。②"语录体"主张看似略带折中、调和,甚至是保守的倾向,

---

① 林语堂:《论小品文之笔调》,《人间世》第6期(1934年6月20日)。
② 林语堂:《论语录体之用》,《论语》第26期(1933年10月1日)。

但对过度追求"欧化"以及"食洋不化"的现象确是一种反拨。对林语堂来说，文言与白话两种语言的共存不是形式上的彼此排斥，而是内容上如何有机融合的问题，只要有利于"闲谈体"，不管是文言，还是白话，甚或两者共存。而两种语言形式之间的张力能够使语言文本产生独特的魅力，就如各种俚语、俗字，以及简洁的语言都可得以在闲谈体中加以使用而并不失其义。

林语堂能够自如体验中、英两种语言文化。他是位极善长英文的作家，无论是翻译还是写作都堪称一流。他对汉语、英语两种语言本体都有深入的体会。在通过与欧洲语言的比较中，他发现了汉语"单音节"这一最为重要的特性。"单音节性决定了汉语写作的特性，汉语写作的特性又导致了文学遗产的连续性，因而甚至多少促成了中国人思维的保守性。进而言之，它甚至有助于书面语与口语的进一步分化。这又反过来使书面语变得难以学习，使之成为上层阶层的特权。最后，单音节性也直接影响了某些中国文学作品的风格特性。"①应该说，汉语与英语都有着自己的形象特征。林语堂充分了解汉语的文化形象特征，故而在"对外讲中"的英文写作中能以一种奇异的、陌生化的眼光去解读汉语，发掘蕴含其中的文化魅力。他的大部分英文作品基于对中国经典的写作或翻译。因此，写作或翻译中的文化间性特点也就表现得特别突出，写作和翻译成为一个具有多重性的互文过程。本着"以读者为知己"，他的作品追求一种视域融合，这在《中国传奇》中表现得非常突出。可以说，这种写作是一个双向的过程：读者期望能从作品中获得有关中国的文化常识和形象理解，能在一种异国情调中获得文化审美的体验，而这又反过来促使作家在写作中融入更多的文化内涵。

林语堂追求文化多元化的生活理想。他以一种相当开放的眼光面对生活，建构理想的生活、社会。他的理想生活具有十分浪漫的色调："住在一所英国的乡间住宅，雇一个中国厨子，娶一个日本妻子，结识一个法国情妇。"②"理想的大学应该不但是这里有一座三百年的古阁，那里可以碰见一位佛罗

---

① 林语堂：《中国人》，郝志东、沈益洪译，学林出版社 2002 年版，第 220~221 页。
② 林语堂：《英国人与中国人》，见《林语堂名著全集》第 15 卷，东北师范大学出版 1994 年版，第 11 页。

特,东屋住了一位罗素,西屋住了一位吴稚晖,前院是惠定宇的书房,后院是戴东原的住所。"①他推崇苏东坡的特殊禀性:"在玄学方面有印度教的思想,但在气质上,他却是道在的中国人的气质。从佛教的否定人生,儒家的正视人生,道家的简化人生,这位诗人在心灵视见中产生了他的混合人生观。"②苏东坡成为自我人格理想的写照。林语堂心目中的"理想国"也是杂交的。如《奇岛》中的"乌托邦"是一个拥有多元文化的组合型世界,在那里既有原始与现代共存的文明,又有像劳思这样的混血儿和多种宗教文化的皈依者。总之,在寻求中国文化和世界文化理想的过程中,林语堂不断地去融合各种文化,从而建构了一种所谓的"间性文化"。

---

① 林语堂:《谈理想教育》,见《林语堂名著全集》第 13 卷,东北师范大学出版社 1994 年版,第 99 页。
② 林语堂:《苏东坡传》,张振玉译,东北师范大学出版社 1994 年版,第 5 页。

第二章　和谐至上:历史的转义与
人格的传记表征

　　和谐与自然一样,本身就是道家思想的原义,而儒家也以和谐作为最高的人生境界。以"道家"自许并积极支援儒家的林语堂,自然对和谐或者说和谐文化有着最为深刻的体悟,这在他的小品文、长篇小说中都能让我们领会到。但和谐问题的再提出,应是与时代条件最为密切相关的,它表明现代人对社会工具化趋势的一种审视,预示着现代人对文化理解方式的变化,他的历史传记写作就深刻体现出这种审视与变化。

　　《苏东坡传》与《武则天传》是林语堂最为著名的两部长篇历史传记。苏东坡、武则天都是中国历史文化名人,旅居海外的林语堂分别为这两人作传,以传记形式对他们进行形象演绎,具有言说中国文化的明显旨向。同时,受20世纪四五十年代复杂、变幻的国内外形势,以及以西方读者为主体阅读对象等客观因素的影响,林语堂也有试图通过对历史的审美解读传达关怀现实的功利目的。在一定意义上,林语堂以自己的写作实践不自觉地回应了近代以来中国传体改革的呼声,其中和谐(人格)意识成为追求现代性最显著的一个方面。

　　鉴此,本章从和谐人格建构的角度对《苏东坡传》、《武则天传》这两部历史传记进行评析,并在此基础上对林语堂的传体观及传记思想进行梳理与评价,从而在较高、较广的层次上把握他对中国文化的现代理解。

第一节 《苏东坡传》:快乐士人的自我形塑

对于身居海外的林语堂而言,他的每次文学行动都意味着他对中西文化的积极考量。从理想状态而言,就是既要努力去认同现代西方文化,又要同时保持中国文化的独特品性。这就需要他在知识的普遍性与文化的特殊性之间建立一种"我性"的视角。知识分子问题即如此。在中国的历史、文化资源中存在着一种士人现象。士、士人或士大夫可以约略地相当于今天的知识分子。从这一角度而言,林语堂写作《苏东坡传》,将苏东坡这一个中国古代士人典型置于现代西方文化语境中进行传记书写就具有了多重效应,如对中国历史、文化资源的有效开发,对西方现代社会的批判性审视,对人格形象的自我反观与合理性寻译等。晚年林语堂自认为平生所写过的"几本好书"之一且并被排在首位的就是《苏东坡传》①,由此亦见该传对于他个人思想发展之重要意义。

一、"心"存苏东坡

《苏东坡传》出版于 1945 年,但是林语堂"记挂"苏东坡已多年。该传附录三"参考书及资料来源"共列有 13 类 124 种,资料相当丰富,说明林语堂作此传的认真态度。其实在 1936 年 8 月离开大陆去美国时,林语堂就曾携带大量苏东坡本人所著的以及与苏东坡密切相关的珍本古籍。他说:"存心给他写本传记的念头,已经存在心中有年。"②如此看来,林语堂写作《苏东坡传》已有相当充分的准备。但任何成功的艺术创作并非只此而已,仅就开始艺术创作而言,还需要恰当的时机。晚年胡适在读完黄郛的夫人沈亦云的回忆录后给沈亦云写信时曾这样感叹:"我在这三四十年里,到处劝朋友写自传,人

---

① 林语堂:《八十自叙》,张振玉译,见《林语堂名著全集》第 10 卷,东北师范大学出版社 1994 年版,第 314 页。

② 林语堂:《苏东坡传·原序》,张振玉译,东北师范大学出版社 1994 年版,第 1 页。

人都愿意,但很少有这闲暇,有这文学修养,更少人能保存这许多难得的'第一手'史料……"①胡适的这段话常被后人理解为作家作传记时所需要的准备,即要有闲暇时间、文学修养和资料准备。从 20 世纪 30 年代以来,林语堂创办了《论语》、《人间世》、《宇宙风》杂志,提倡幽默、闲适的文风、格调。然而这种文学人生态度遭到了强烈批评与攻击,加上趁机出国,林语堂更成为国内左翼人士非议的焦点。1944 年初,他曾有一次短暂回国,之后旋即在美国出版了一本"抗战游记"《枕戈待旦》。出版这本以反战为主调的小说本想关心国内混乱的局势,却事与愿违,遭到"想不到的攻击"。因此,在写作《苏东坡传》前夕,林语堂实际上处于一种"失意"状态。可以说,身处异乡的林语堂是在"闲暇"的时间里经受着精神上的折磨,他迫切需要一种生活动力的支撑。对于林语堂而言,写作《苏东坡传》至少有这样的精神寄托意义:一是"把小说与弘扬民族文化结合起来,最好的办法是为中国古代杰出人物写传记"。② 此前,林语堂写作了《京华烟云》。由于它成功地将民族精神以长篇小说的方式进行打造,而且初次尝试写作长篇小说就"一炮打响",获得了巨大成功,这无疑增加了他的写作信心。同时,抗战之后国内形势的急转,以及战后国际政治、社会局势的变幻莫测,也使作家清醒地认识到传记写作在介入现实生活、文化交流过程中的意义。二是苏东坡的人格风范能成为作家自我的精神参照。可以说,才华横溢的苏东坡不仅是现代政治文人膜拜的典范,而且是个人精神上的伴侣与生活上的知音。林语堂高度评价苏东坡:"像苏东坡这样富有创造力,这样刚正不阿,这样放任不羁,这样令人万分倾倒而又望尘莫及的高士,有他的作品摆在书架上,就令人觉得有了丰富的精神食粮。""他的一生是载歌载舞,深得其乐,忧患来临,一笑置之。他的这种魔力就是我这鲁拙之笔所要尽力描写的,他这魔力也就是使无数中国的读书人对他所倾倒,所爱慕的。"③善于面对现实,善于解脱困境,善于自我平衡,有这样处世能力的苏东坡自然极大地吸引了处于"围城"之中的林语堂。

---

① 耿云志、欧阳哲生编:《胡适书信集》(下),北京大学出版社 1996 年版,第 1550 页。
② 万平近:《林语堂评传》,重庆出版社 2001 年版,第 354 页。
③ 林语堂:《苏东坡传·原序》,张振玉译,东北师范大学出版社 1994 年版,第 4 页。

　　苏东坡一直被公认为中国历史上文人士大夫的理想样板。冷成今指出,苏轼的人格在中国传统士大夫中具有特殊的意义,具有"高度的典型性"和"人格结构的复杂性"等特点。前者指苏东坡的人格体现了一种民族文化精神和时代精神,后者主要表现在它不是简单的政治人格、学者人格、官僚人格等较为单纯的现实人格,而是建立在现实人格基础之上并超越种种现实人格的文化人格,具有文化上的相互融通、相互影响的复杂性。此外,苏东坡是为数不多的将文心与人心的统一起来并以自己的生命实践来体现自己思想和观点的一个士人代表,因而他是"最为难得也最为典型的一个"。①

　　苏东坡人格的形成与他的士大夫身份密切相关。士或士大夫这一文化事象在中国古代社会极富特征性,这首先表现在它本身具有双重身份,或者说"一身二任"。所谓官僚与知识分子的结合说明士大夫本身具有功能上的混杂性,这也使它游离出现代社会中极具细化的专业分工原则。与职业化的现代知识分子群体特征易辨情况不一致的是,士大夫身份的暧昧性使得西方的一些学者也爱莫能及,他们无法找到一个相应的英文词来置换,只能以amateur 代之。美国学者列文森(Joseph R.Levenson)说:"在政务之中他们是amateur,因为他们所修习的是艺术;而其对艺术本身的爱好也是 amateur 式的,因为他们的职业是政务。"②在萨义德(Edward Said)看来,知识分子可以分成专业性、业余性两类,而真正的知识分子是一种以"关爱和喜爱"而不是"利益和自私、狭隘的专门化"为动力的。他说:"今天的知识分子应该是个业余者,认为身为社会中思想和关切的一切,有权对于甚至最具技术性、专业化行动的核心提出道德的议题,因为这个行动涉及他或她的国家、国家的权力、国家与其公民和其他社会互动的模式。此外,身为业余者的知识分子精神可以进入并转换我们大多数人所经历的仅仅为专业的例行作法,使其活泼、激进得多;不再做被认为是该做的事,而是能问为什么做这件事,谁从中获利,这件事如何能重新连接上个人的计划和原创性思想。"③理性化、科层化制度是西方

---

　　① 冷成金:《苏东坡的哲学观与文艺观》(修订本),学苑出版社 2004 年版,第 320 页。
　　② 转引自阎步克《士大夫政治演生史稿》,北京大学出版社 1996 年版,第6 页。
　　③ (美)萨义德:《知识分子论》,单德兴译,三联书店 2002 年版,第 71 页。

现代意义上的知识分子得以分立、产生、存在的前提条件,而中国古代并不具备这样的文化土壤。但中国古代士人的处世哲学、人格境界等对于西方现代社会及其现代知识分子确立合理化行为具有重要的参照价值。林语堂在海外书写士人这种"中国古代社会非常富于特征性的现象"①,实则指涉中外之别、古今差异,其根本是由士人所具有的特殊禀性所引发的,即由于与政治之间的亲疏关系而造成的人生现实及其两者之间富有弹性的张力所带来的人生思考。

二、"幽默"的天才

《苏东坡传》以苏东坡其人为基本线索,叙写了他一生的活动轨迹,而贯穿其中的精神主题就是"快乐"。由于林语堂以极致之笔凸显苏东坡的"快乐哲学",因而有关苏东坡的一切都被著上了快乐的"釉彩"。他这样说道:"苏东坡是个秉性难改的乐天派,是悲天悯人的道德家,是黎民百姓的好朋友,是散文作家,是新派的画家,是伟大的书法家,是酿酒的实验者,是工程师,是假道学的反对派,是瑜伽术的修炼者,是佛教徒,是士大夫,是皇帝的秘书,是饮酒成癖者,是心肠慈悲的法官,是政治上的坚持己见者,是月下的漫步者,是诗人,是生性诙谐爱开玩笑的人。"但是林语堂认为,这些还不足以概括苏东坡性格的全貌,而最能概括苏东坡的就是"在中国总会引起亲切敬佩的微笑"②。在这里,林语堂使用了自己一贯主张的幽默论来评价苏东坡。"'幽默'二字,太幽默了,每每使人不懂。我觉得这会心的微笑的解释,是很确当,而且易解。""微笑"作为幽默的最高级、上乘的形式,不同于一般的"笑",是"极适中的使人在理智上以后在情感上感到会心的甜蜜的微笑的一种东西"③。幽默的这种心理机制成为"语丝"时期林语堂关注的重点。"论语"时期(以《论幽默》一文为代表)的他更多强调幽默的情感因素参与,并将它作为文学改革、人生批判与重建的中介,而在"对外讲中"写作中(如《生活的艺术》一书),他将幽默提升到文化进步、理想人性的高度进行审视。总之,林语堂对幽默的提

---

① 阎步克:《士大夫政治演生史稿》,北京大学出版社 1996 年版,第 5 页。

② 林语堂:《苏东坡传》,张振玉译,东北师范大学出版社 1994 年版,第 1~2 页。

③ 林语堂:《会心的微笑》,《论语》第 7 期(1932 年 12 月 16 日)。

倡是一贯的,并通过不断扩展功能来深化幽默的含义,其中又特别认为幽默所具有的力量都来自于"笑"。①

　　幽默是"笑",也是"快乐"。苏东坡的快乐表现为自然化、情感化和艺术化三个层次。自然化就是指对自然、感性、简单物质生活的追求。林语堂认为:"生活的目的即是生活的真享受。"②当你真正快乐的时候,是不分精神的,还是物质的,"唯物主义"就是一种欢乐。苏东坡是一个特别热爱生活的人。他常常在工作之余寄情自然,有时甚至将工作地点转移到郊外的山水之间。如在任职杭州太守期间,他随时随地自得其乐,尽量"逃向"大自然。情感化就是注重不被外界扭曲的真实情感的流露。林语堂曾提出幽默具有"真实、宽容、同情"③的特性。如果说"宽容"强调人与人之间的相互谅解,那么"同情"更偏重于人与社会之间的关联,两者都强调情感的真正效果,此即指广义上的"情感化"。在《苏东坡传》中,主要表现为苏东坡的人间世俗情怀。除与妻妾(王弗、王润之、朝云)之间特殊的情爱之外,苏东坡丰富的情感还体现在与兄弟之间的手足之情,与朋友之间的关爱之情,以及与普通百姓之间的鱼水之情。如苏家兄弟两人虽然在个性上有差异(弟弟属于沉稳型而哥哥属于开朗型),但是在政治立场、社会观点上极为相近,因而他们能在患难之中惺惺相惜,在生活上彼此照应。苏东坡交友甚广,县令、名妓、高僧(如参寥、吴复古),甚至普通的平民百姓都是他的朋友。"吾上可陪玉皇大帝,下可以陪卑田院乞儿。眼前见天下无一个不是好人",这是苏东坡对他弟弟说的一段话。如他在黄州时期,"脱去了文人的长袍,摘去了文人的方巾,改穿农人的短褂子,好使人不能辨识他士大夫的身份"。④　可见,他从根本上蔑视身份等级制度,既可在上为官,又可在下为民,显得十分自由、潇洒。自然化、情感化所指向的都是一种艺术化的人生态度,即一种生命意识。众知,文学、艺术、宗教都是人生现实的反映。它们的存在,"其目的,是辅助我们恢复新鲜的视觉,富

①　参见施萍《林语堂:文化转型的人格符号》,北京大学出版社 2005 年版,第 200~212 页。
②　林语堂:《苏东坡传》,张振玉译,东北师范大学出版社 1994 年版,第 126 页。
③　林语堂:《幽默杂话》,《晨报副刊》1924 年 6 月 9 日。
④　林语堂:《苏东坡传》,张振玉译,东北师范大学出版社 1994 年版,第 219 页。

于感情的吸引力,和一种更健全的人生意识"。① 林语堂所偏爱的就是"诗人"苏东坡。一方面,苏东坡的文学创作力十分旺盛,作品相当丰富;另一方面,他的人格特点比同样是才高八斗的大诗人如李白、杜甫、陶渊明等更为鲜明、突出,在他的生活和作品中也比他们显露得更加充分。因为现实政治波动对苏东坡的个人命运起了决定性的作用,这也促使他对人生无常进行深度体认。但无论处于何种逆境,苏东坡都持以一种乐观的态度对待生活、享受生活。他对生命也有着超常的自爱。如由于"乌台诗案",苏东坡被贬至黄州,后又流放到岭(南)海(南)。特别在海南时期,苏东坡彻底表现出追求道家养生的生命渴望。经过一次次政治风波的洗礼,此时的苏东坡已彻底超越了现实生活,并把自己的生命提升到本体的高度予以期待。

自然化、情感化、艺术化是三位一体的,贯穿之中的是一种和谐、自由的主体精神,它体现了中国古典士人的最高人格范式即文化人格之境界。苏东坡天生是一个乐天派,"苏东坡这个人,快乐时很难说不快乐,不快乐时也难做快乐状"。② 一个人的快乐并不是一时一刻的,他必须对生活持有一种本体性的认识,即不追问人生的终极目的而是直接肯定人生是什么。苏东坡的答案就是快乐、达观、幽默。同时,具有士人身份的苏东坡善处人世。文心与人心剥离的现象在中国文学史上比较普遍。然而苏东坡能将做文与做人的原则密切联系在一起,视艺术为人生,人生为艺术,且两者二位一体,共同呈现出一种圆智的、灵活的生活情味。余英时认为,士作为中国文化传统中的一个相对的"未定项",具有自己的社会属性,但并没有被其所完全规定,有时却能超越这种属性,因而士具有相对的自由度。③ 苏东坡和谐、自由的人格本性正是在政治与生活的绞结、变动中得以实现。所以,他的艺术化人生态度既是对钩心斗角的黑暗政治的反讽,又是对政治的一种美学超越,这样的"快乐哲学"也就蕴含了一种颠覆性、本真性。

---

① 林语堂:《生活的艺术》,越裔译,东北师范大学出版社1994年版,第145页。
② 林语堂:《苏东坡传》,张振玉译,东北师范大学出版社1994年版,第169页。
③ 参见余英时:《士与中国文化》,上海人民出版社2003年版,第8页。

三、"伊壁鸠鲁派的信徒"

林语堂声称自己天性就是一个享乐主义者，即所谓"伊壁鸠鲁派的信徒"①。在他笔下，苏东坡亦是一个"快乐天才"。林语堂与苏东坡相隔近千年，这是生活在完全相异时代条件下的两个中国人。一个在现代，一个在古代，但一致的天性使得他们具有了共时的意义。无疑，林语堂偏爱的不是苏东坡的时代，而是苏东坡的气质、人格。如果说苏东坡与中国传统士大夫有不一致之处，那就是他一直没有割裂"兼济"与"独善"的关系，而是能把两者统一起来并使之成为自我发展的手段。与陶渊明离市居野的隐逸不一样，苏东坡不须辞官、不须归隐也同样能自我平衡、自我完善。相比陶渊明，苏东坡更加具有现实意义。林语堂偏爱苏东坡就在与之有如此共同精神之契合。

《苏东坡传》表现出了一种强烈的自我偏执的倾向。现代传记不同于传统史传。史传是一种特殊的文学样式，具有历史与文学的双重性质。它既张扬史学著作的史鉴与劝惩职能，讲求实录的原则和褒善贬恶的道德目标，又依据文学功能对历史真实进行故事化的处理，采用语言、细节、心理描写等各种手法对历史人物进行个性化的塑造。这两方面相互促进、相互制约，如文学性可以丰富内容的生动性，增强传主形象的可感性，提高文本整体的感染效果，但史学的客观原则终究阻碍了作家的情绪化抒写。无论是传主的选择还是写作手法的运用，现代传记都更趋灵活多样，对真实历史的描述更显主观。相比于史传属"史"的主导倾向，现代传记更重"文"的表现。林语堂在写作中夹入了大量的历史常识，起着知识传递和凸显传主文化特性的功能。历史被抽取而集合到一般性的、常识性的叙述程序之中，有可能造成深度意义的削平和本真精神的逐放，但是决定历史意义的并不是历史事件本身而是它的叙述者，因为任何话语的叙事都将受到权力编码的制约，它服从于叙述者的内在需要。所以，历史与表述之间的张力关系是导致历史失真的重要原因之一。比如，"王安石变法"是早有定论的历史事件。林语堂除大量摆弄政治、经济、文化

---

① 林语堂：《林语堂自传》，工爻译，见《林语堂名著全集》第 10 卷，东北师范大学出版社 1994 年版，第 7 页。

的史识外,还着重表现了变法派与反对派两者之间明争暗斗的过程。其中对王安石形象的描写尤其刻薄:

> 王安石是个怪人,思想人品都异乎寻常。学生时代很勤勉,除去语言学极糟糕之外,还算得上是个好学者,当然是宋朝一个主要的诗人。不幸的是,徒有基督救世之心,而无圆通机智处人治事之术,除去与他自己本人之外,与天下人无可以相处。毫无疑问,他又是一个不实际的理想主义者,倘若我们说理想主义者指的是不注意自己的饮食和仪表的人,王安石正好就是这等人。①

此外,包括吕惠卿、章惇、李定诸人在内,林语堂都一一进行了挖苦和讽刺,对他们的沽名钓誉、投机取巧的恶行进行了嘲笑和痛斥。林语堂不惜以史实失真为代价的历史书写在根本上是为了服从自我内在的需要。对于一个长期受困于政治生活的作家来说,他往往需要寻找一种情感上的平衡,在历史与自我之间进行调适。"传记家同他的写作对象之间有一种特殊的关系,他对传主的分析实际上也是一种自我分析,至少是对自我的某一方面的分析。"②实际上,林语堂所厌弃的正是党派纷争的局面以及"文人政治"的时代。林语堂毕竟是一个接受过"五四"文化洗礼的现代文人作家,在二三十年代感受过"文人政治"的阴暗氛围,现虽身居海外,但仍不免眷顾国内的政治形势。《苏东坡传》透露出一股现实的气息。在"边缘"游走的林语堂寄情于苏东坡身上,正是他厄于精神困境以及寻求突围的一种表征。

林语堂极为崇尚苏东坡的"快乐哲学",但这种哲学实际上恰恰是建立在人生并不快乐的现实中的。苏东坡凭借自己的才气,扶摇直上,既受皇帝及皇后的信任,同时又受小人的猜疑。他在朝廷中有顺风顺水的时期,也有遭遇挤压排斥的痛苦时期。特别是在王安石变法过程中,苏东坡受到了当权派的强烈攻击,郁郁不得已而只能离开京城。在流放岁月中,他甚至无衣无食,贫病交加。即使在物质生活极度匮乏及生命垂危的情况下,他仍然被当权者所追

---

① 林语堂:《苏东坡传》,张振玉译,东北师范大学出版社1994年版,第77页。
② 杨正润:《传记文学史纲》,江苏教育出版社1994年版,第17页。

杀。政治上的不得意和生活上的困窘曾一度使苏东坡陷入绝境。苏东坡的人生境遇何尝不是一种悲剧呢？他的个人命运都由与政治的亲疏关系而发生沉浮、变动。决定苏东坡命运的不是自己而是他人，是当朝执政者及其同僚。但可贵的是，苏东坡并不屈服这样的残酷现实。相反，他以一种超然、达观的态度觑之，甚至不惜皈依佛教和追求道家的养生术聊以自慰安存。正如林语堂自言："唯有承认现实人生的哲学才能够使我们获得真正快乐，也唯有这种哲学才是合理的、健全的。"①实际上，苏东坡以苦为乐的自我安慰式的"快乐哲学"代表着士人或传统知识分子悲剧性的一面。在封建科举体制下，他们是将政治作为唯一的出路，因而他们普遍缺乏参与现实的生活背景。他们生存的立足点基本游离于大众社会之外，既被封建专制统治者所收编，又始终被他们所排斥。所以，当他们遇上政治时往往只能以牺牲自己这样的悲剧为代价，这似乎已经成为传统知识分子的宿命。悲剧性也因此被视为中国知识分子特有的一种文化性格标记："一部中国知识分子的历史，就是'道'反抗'势'，又被'势'排斥的悲剧。"②显然，林语堂对传统知识分子的这种悲剧特性有所领悟。如对于政治理想，他与苏东坡一样，没有抱积极的愿望，只是寄望于生命的寻常演变。林语堂在晚年如此感叹："生命就像风前之烛。在生命这方面，人人平等，无分贫富，这弥补了民主理想的不足。"③对生命的悲剧性感叹是林语堂个人经验的一部分，没有长期的社会累积（包括苦闷、徘徊、观望和退缩的心态）也就不能获得珍视生命的人生价值观。对生命"平等如一"的体受是林语堂试图实现民主这种个人政治理想的反映，其内在事实不是要求根本取消政治而是对政治无奈的反抗。自称"一团矛盾"的林语堂称自己是一个"现实的理想家"，实际上它所隐匿的逻辑是"理想的现实主义者"。他竭力遮蔽苏东坡穷苦人生的历史维面，并把苏东坡达观的生活态度予以放大处理，从而削平了历史与现实两维之间的鸿沟，美化了作家的个人哲学。其实，透过诗性

---

① 林语堂：《生活的艺术》，越裔译，东北师范大学出版社1994年版，第139页。

② 许纪霖：《知识分子十论》，复旦大学出版社2004年版，第92页。

③ 林语堂：《八十自叙》，张振玉译，见《林语堂名著全集》第10卷，东北师范大学出版社1994年版，第312页。

化的语言、欢快的情调以及所谓的"愉快的哲学",我们分明体会到沉积在林语堂心中的那层悲剧性。因此,林语堂对苏东坡的由衷赞美所表达的是作家本人对现量人生的竭力充实,对生命精神的褒扬和民主理想的奢望。

应该说,这个快乐的苏东坡与中国历史上真实的苏东坡或许有诸多的出入,因为任何的历史还原也只能是无限地接近本真历史,它不可能与历史截然一致。同时,由于作家在中西两种文化的接受、改造中并没有形成一种相对完整而有系统的政治观、历史观,反而是本人始终持守的个人生活哲学弱化了这种进步观念。他的政治、历史的观念都是服从于他的个人人生哲学并以其作为检验和评判任何事物的尺度。所以,《苏东坡传》具有局限性也是无法避免的。但是,作为对中国古代文化的一种想象,该传又是通过重建历史语境中的文化人来建构中国文化的新价值,是在寻求中阐发历史的现代意义。以古典士人形象呈现的苏东坡正是现代知识分子的一种写照。林语堂称赞苏东坡是一个"具有现代精神的古人"①,旨在强调苏东坡具有一种现代民主精神,一种公共意识。不管是为官,还是为民,知识人都要自觉担荷起社会责任,这一点无论古今还是中外,都是相通一致的。瑞士精神分析学家荣格(Jung Carl)指出:"能够配得上这个称号(指现代人——引者注)的人寥寥无几,因为他们必须具备最高程度的意识。完全是现代的就意味着对自己作为一个人的存在具有充分的意识,所以,它要求最广泛最强烈的意识和最低限度的无意识。我们必须清楚地理解,仅仅是生活在现代这个事实还不能使一个人成为现代人,因为如果那样的话,每个现在活着的人就都是现代人了。只有完全意识到现代的人才是现代人。"②现代意识是超越了属于过去的意识,同时具有完全担负起时代所赋予职责的一种认识。因此,真正意义上的知识分子必须具有坚定的批判立场,强烈的人文理想,能自觉意识到作为自身存在的合法性的反思意识。所以,"把否定过去与现代意识混为一谈,这纯粹是颠倒是非。'今天'站在'昨天'和'明天'之间,形成连接过去和未来的一环;它没有其他的意义。

---

① 林语堂:《苏东坡传·原序》,张振玉译,东北师范大学出版社 1994 年版,第 16 页。
② (瑞士)荣格:《未发现的自我》,张敦福、赵蕾译,国际文化出版公司 2000 年版,第 269 页。

现在代表着一个过渡的过程,能够从这个意义上意识到现在的人,就可以自称为现代人"。① 这样,历史意识、责任意识成为知识人的共有心理。

第二节 《武则天传》:悖谬智性的历史反讽

《武则天传》是林语堂的另一部长篇历史传记。不同于《苏东坡传》,《武则天传》完全显示出另一种风格。一般认为,这部作品因文本带有暴露、偏激的政治口吻以及对传主个性把握方面的某种缺失,而并不是一部成功的传记作品。但对身处海外的林语堂个人而言,该传依然是他用于认同中国文化和诉求人文价值的一次积极行动。因此,我们不能武断评价《武则天传》,而必须持以一种既全面而又深入的眼光对待之。如果说《苏东坡传》显示了作者对传主的偏爱,是通过历史对和谐人性的张扬,那么《武则天传》则是完全暴露了作者对传主的厌恶,是通过历史对悖谬智性的反讽。

一、"犯罪者"

据林语堂自己交代:"我写这本武则天传,是对智能犯罪做一项研究。她的野心已到疯狂的程度,但方法则精确可靠,稳扎稳打,她冷静镇定,方寸不乱。……无论如何,武则天的按部就班对她丈夫皇朝的进行推翻之所以成功,就是由于她敏锐冷静的智慧与厚颜无耻胆大包天的野心合而为一的结果。若是她的行动犯罪,她却时时能使之合理合法。她的狡黠,她的机敏圆滑,她的强悍无耻,是无可怀疑的。"②《武则天传》就是要表现一位极权主义者的权力欲、谋杀欲及高智商的犯罪情结。文中特别交代了武则天依据自己的经验而逐渐形成的谋杀原则与方法:第一,凡是对武则天有妨碍的都要害死;第二,近亲中的女人暗中在宫中对付,或毒死,或用苦刑,或用饥饿等方法;第三,王爷

---

① (瑞士)荣格:《未发现的自我》,张敦福、赵蕾译,国际文化出版公司2000年版,第270~271页。

② 林语堂:《武则天正传》,张振玉译,(台北)德华出版社1986年版,第2页。

与大官贵臣皆诬以叛国之罪,而且定罪办法谋求"合法化"手段;第四,武则天颇能坚忍。① 这些都颇能说明武则天谋杀方法的过人之处,而这种高素养的谋杀策略及犯罪情结正是由她的一种"自我崇拜"的畸形心理所致。

武则天的前半生被描写成一个极具疯狂夺权欲的人,而后半生则是一个"暴虐的君王"和"淫荡的皇后"。可以说,武则天天生就是一个反人性的,甚至是超人性的"半神"形象。她罪恶滔天,杀人无数,具有无与伦比的淫、阴、毒、狠等性格特征。"武则天是一个顽强任性野心极大而又非常聪明的女人。中国历史上,也可以说世界历史上,女人从未做过的事,她做出来了。在一般中国人的想象中,她晚年的荒淫败德,使她执政时的惊人才干黯然失色。在中国历史上她的地位是无与伦比的,在世界历史上她当得的地位也足与伟大的邪恶之徒遗臭万年了。"②对此,林语堂并非像对待苏东坡那样称赞有加,而是完全痛斥之。虽然武则天是一个公众人物,但是林语堂并没有将她局限于一个统治者的角色进行描写,而是把她的私生活暴露无遗:不惜浓墨重写她的乱伦、迷信等诸多丑闻。由于与高宗关系暧昧,武则天迫于地位,被沦为尼姑,却发生了怀孕的事件,高宗只得将她还俗。其实,那时的武则天只是先王太宗之妾,如此乱伦之事自然也就不合国法。在权力欲望渐以满足后,武则天表现出异乎寻常的"性"欲:"以摔跤卖药为业走江湖的壮汉"冯小宝(后改名薛怀义)、御医沈南璆、年仅二十多岁的张氏兄弟张易之和张昌宗,这些人大抵都成为了武则天的"情人"。他们也在宫中为所欲为,犯下与武则天一样的滔天罪恶,尤其是冯小宝和张氏兄弟。冯小宝从一卖艺者升至大将军和梁国公,不仅大肆笼络财富,而且制造事端,后终被打死。张氏兄弟自从成了武则天的"宠儿"后就整日在后宫胡作非为。为"名正言顺"起见,武则天合法地把这两个"未经阉割的男人"留在宫里,并特设控鹤府,任命张易之为控鹤府监。但是这个控鹤府随即又成了一个"男色同性相恋的天地",而张氏兄弟尔后又干涉起朝政来。武则天政权终因他们而走向彻底没落。武则天也崇信神迷,如

---

① 参见林语堂:《武则天传》,张振玉译,东北师范大学出版社1994年版,第80~81页。
② 林语堂:《武则天正传》,张振玉译,(台北)德华出版社1986年版,第5页。

弃原隋朝大殿而建乾元殿，后又专修大明宫，进行祭祖祭天活动，大搞"封泰山"，大肆挥霍国家人财物力；如将自己神化，视为"弥勒佛转世"，崇尚佛教，大兴迷信活动，搞得满朝乌烟瘴气。

由于将传主定位为一个"犯罪者"，林语堂特别注意对武则天各种行为动机的揭露，即通过对她内在心理活动的剖示展现其欲望，借以说明"她的野心已到如何疯狂的程度"。如在谋求皇嗣这一问题上，文中这样写道："武则天不幸身为妇人，嫁于李家，儿子却姓李不姓武。虽然可以赐姓武，究属表面形式。王子哲和王子旦因系李氏骨肉，总是向李不向武。武则天现在不想看一看王子哲，虽然王子哲被幽禁外地，已经十五年没见武则天。武则天不想召他入京。现在有王子旦系在她的裙子上，更确切点儿说，王子旦是武则天留在衣袋里最后的一个赌注。"①武则天自从进入皇宫，一直平步青云，几乎实现了所有欲望，但也遇到了一个亘古未有的大难题：一位女性开朝立代，却没有子嗣继承皇位。所以，此时的武则天要面临伦理、道德、法律的挑战，要应对公与私、道与法等各种矛盾的纠缠。这种复杂心理矛盾是造成武则天疯狂的变态心理状况的重要原因之一。此外，由于文本借用武则天孙子邠王守礼回忆的形式来叙述唐太宗开始至武则天去世为止不足百年的煌煌历史，亦使读者产生"直接的真实感"。如文中有一段描写武则天把自己与吕后相比，颇具代表性：

> 我常听见武则天拿她自己和汉朝的吕后相比，吕后的情人没有别的长处，只是其势雄伟，房中术见长而已。武则天与那个疯和尚的偷情，也可与吕后的与人私通先后媲美。不过汉朝的吕后是个一字不识的村妇，聪明智慧与丈夫刘邦不相上下，是一个精力强盛的妇人，因为地位显贵，才弄得丑事流传。她并不具生而犯罪的天性，也不是生而有谋杀之癖。而武则天则根本就是那种原始的掠夺本性，再加以残忍聪慧，这却是吕后所无。而且武则天虽非学者，究竟曾读圣贤之书。她像一般政客一样，对自己一知半解的历史文化，也略有敬意。她可以随时引经据典，藻饰自己

① 参见林语堂：《武则天传》，张振玉译，东北师范大学出版社1994年版，第193页。

的言谈。以读书之头脑,而役于原始掠夺之本性,自然比起愚蠢村妇之阴险狡诈,更为危险。①

以当事人的视角,间接或者部分地参与到历史中,突出了王室宫廷内部尔虞我诈残酷斗争的现实,这从一个侧面反衬出武则天是因争权而导致心理上的变态。

二、"反智者"

《武则天传》主要围绕传主武则天而展开叙述,但它又是两个家族相互斗争的隐喻:"这是一个典型的家族故事,一方面是唐朝王公李家;另一方面是武则天武家,是这两家的仇恨故事。"②李氏家族创立了强大的唐帝国,而武氏家族只是后来才发迹的。武则天当初不过是太宗皇帝的一个侍女,一个"六级的才人";后来她凭借自己的歪才鬼能,获得高宗的宠幸;在一步步升至皇后后,她又架空了高宗,废弃了中宗、睿宗,自设了一个新周国。在这一"发迹"过程中,武则天受到的最大障碍就是李氏家族。于是,武则天把高宗身边的异己逐一铲除,同时也把唐朝元老重臣个个驱尽,渐步建立起以她为核心的武氏政权。为光宗耀祖,武则天不仅改立宗祠,而且欲为自己的子侄开创朝代,将权力过继给武承嗣或武三思(两人是堂兄弟)。武则天的妄想最终没有得逞,其原因正是受到"拥李派"的坚决反对和抵制。所以,《武则天传》成为李、武两个家族为掌控国家权力而进行明争暗斗的历史写照。

如果说《武则天传》具有这种家族隐喻的特点,那么这种隐喻实际上是对现实政治境况的折射。该传出版于20世纪50年代后期,当时整个世界范围内正处于"冷战"的阴影之中。林语堂虽然生活在物质丰裕的西方现代都市,但在精神上有不少的困扰,这可以从他在此时期写作的《啼笑皆非》、《枕戈待旦》、《远景》等多部长篇小说中见出。这些小说都以现代战争为背景和题材,表达的是他个人厌恶战争的情绪和"反物质"的要求。林语堂所谓的"反物

---

① 林语堂:《武则天传》,张振玉译,东北师范大学出版社1994年版,第83~84页。
② 林语堂:《武则天正传》,张振玉译,德华出版社1986年版,第4页。

质"其实并非指那种反对追求物质进步的物质主义，而是反对"作为一种方法，一种技巧，一种视角"的科学物质主义："可以证明，由于侵蚀我们的文学和思想的科学物质主义产生的直接后果，这个世界已经变成了碎片。人文教授已经降低了发现机械法则统治人类行为的地位，而且，越是证明'自然法则'的森严，就越能证明意志自由是一个假想怪兽，教授的智力愉悦就越大。"①林语堂正是欲借《武则天传》的所包含的历史文化观照现实，用以拯救失落的现代人文精神。

无疑，现代人文价值的失落应归因于片面化的人类智性。智性或者说智能，本来就是人类的一种天性，一种可以被称为正面的、有价值的、有意义的成分。在《吾国与吾民》、《生活的艺术》、《美国的智慧》、《中国印度之智慧》等几部生活哲学著作中，林语堂就把智性作为一种人类对生活和常识的思索功能，"智慧主要是一种均衡意识，更是一种对我们人类局限性的把握"②，因而它与那种单纯追求物质、舍离精神的理性哲学形成了对比。与此相应，中国文化蕴蓄着一种可与西方理性文化互补的内性："中国的和平主义不是那种人道的和平主义——不以博爱为本，而以一种近情的微妙的智慧为本。"它属于道家型，是以享受人生、追求简朴的生活为基本内涵，中国古代哲人的弃智、尊崇愚者观念就是这种"近情哲学"的体现。林语堂并认为："最合于享受人生的理想人物，就是一个热诚的、悠闲的、无恐惧的人。"此即孟子所谓的"仁、智、勇"（林语堂将之理解为"情、智、勇"）。中国人的生活哲学就是三者的合理统一，其中的"情"代表着对人生的热爱之情。然而人生毕竟是严酷的，必须及"智"而"勇"之，"如果智不能生勇，智便无价值。智抑制了我们愚蠢的野心，使我们人这个世界的骗子（Hnmbug）——无论是思想上的或人生上的——手中解放出来而生出的勇气"。此处所谓的"骗子"就是指人生中的那些名、利、权，以及次等的时尚（Fashion）等。③ 武则天就是被名、利、权这些"骗子"所诱惑的。极端的功利主义使武则天彻底丧失了"艺术化人生"，而这

①　林语堂：《中国印度之智慧》，杨彩霞译，陕西师范大学出版社 2006 年版，第 7 页。
②　林语堂：《美国的智慧》，刘启升译，陕西师范大学出版社 2006 年版，第 3 页。
③　参见林语堂：《生活的艺术》，越裔译，东北师范大学出版社 1994 年版，101～107 页。

在根本上违背了中国文化精神。

因此，《武则天传》是一部用于强烈批判背离人性基本价值行为的"反现实"之作。把武则天作为一名"智能罪犯者"来研究，不仅体现了林语堂对时局极端厌恶的态度，而且彰显出一种"反智"或"反智主义"的思想倾向，具有较为鲜明的人文主义立场。一般地说，"反智主义"乃指两个相互干涉的部分：一是对于"智性"本身的憎恨和怀疑，认为"智性"及由"智性"而来的知识学问对人生皆有害而无益；二是对代表'智性'的知识分子表现一种轻鄙甚至敌视。"反智主义"并非是一种学说，一套理论，而只是一种态度，它在各种文化领域中都有广泛的反映，既可表现为政治思想上的愚民政策、思想学说中攻伐异端的思想，又可表现为对知识分子摧残迫害的理论与实践，等等。① 林语堂的"反智主义"偏于对"智性"的反感，诉求回到一种远离知识，回到中庸的、常识的、感性的生活状态之中。正如此，披露武则天的智能犯罪情结是给予了极端(异化)人性以一种最低层次的控诉和一种最高强度的鞭挞，这深刻体现出林语堂的一种"反智者"立场，以及对人性、人生等基本生存问题的现代考量。

三、"移情者"

显然，《武则天传》具有十足的反讽意味。从本质上说，"反讽的理解"始于"世界的隐喻"，导向的是对一切知识不可还原的"相对主义"。因而在特定的话语系统中，实现"转义"(包括反讽)需要一种特别的历史思维方式，如此方能"洞察某一时期历史想象之深层结构"。②《武则天传》反讽意味的真正生成在于林语堂在中西文化互渗背景参照下渗入了一种特别的历史观念，对历史进行了自我观照和诗意想象，体现出一个"移情者"的身份底色。主要表现在三个方面：

1.在传记与小说的文体间性中凸显历史观念

由于以西方读者为阅读对象，林语堂是在坚持可能的前提之下发挥了言

---

① 参见余英时：《历史与思想》，联经出版事业公司1981年版，第2页。
② （美）海登·怀特：《后现代历史叙事学》，陈永国、张万娟译，中国社会科学出版社2003年版，第8~9页。

说文化普遍性的长处，即通过致力于消除因历史观念造成的文化差异而进行文化传达，这也决定了他偏好选择原型历史人物。武则天具有特殊的文化身份，即作为中国历史上唯一的女皇帝。林语堂充分抓取武则天的这一文化个性，对她无恶不作的劣性进行艺术渲染，舍弃了传统历史主义者的诸多顾虑，杂糅了集体与个人观念，发掘了传统史学一度漠视的、边缘化了的日常生活。这使得《武则天传》成为一部"有意味的形式"的历史小说，诚如林语堂研究专家万平所说：我们未尝不可把《武则天传》当成一部小说来看待。① 虽然林语堂已申明这部传记是"历史传记"而非"历史小说"，但终究因其文体形式的间性取向而反映出一种另类性。

2.在传主与自我的主体混融中阐扬历史理性

虽然《武则天传》是一部他传作品，但仍有鲜明的自传成分，因为"像任何别的文学体裁一样，传记最终必然是其作者自身感受的一种表达"②。林语堂本以一种现实理性精神去反思历史、批判西方社会。他把武则天政权视为"无与伦比的专制独裁的政权"，并把她比作当代的一些统治者，实际上是要求接受历史经验，改造造成人性异化的理性文化。正如台湾翻译家张振玉在谈到为何翻译该传时所指出："近数十年，邪说异端，泛滥成潮，阴谋残杀，如火如荼，林语堂英文原著在美国出版，将古今罕见大奸大恶凶残伪善如武则天者之犯罪经过和盘托出，自具深刻意义。在我国二十四史虽为史学家所必读，一般读众，则绝少接触，故林氏英文原著 *Lady Wu* 之有中译本，实为必要。本译本之出现，正可供需求。"③

3.在移情与想象的诗性运作中还原历史本真

张振玉还提醒读者应当注意一个问题，即在阅读之际不能忽视《武则天传》在作家表达自我的同时，也在传达一种历史文化知识。对于广大西方读者而言，中国历史毕竟是一个陌生的存在，因而传记文本对历史的描述方式必将起着引导甚至决定西方读者中国观的作用。为消除历史偏见，柯文曾反对

① 参见万平近：《林语堂评传》，重庆出版社1996年版，第446~462页。
② （美）艾伦·谢尔斯顿：《传记》，李永辉等译，昆仑出版社1993年版，第70页。
③ 张振玉：《武则天正传·原序》，德华出版社1986年版，第3页。

那种西方中心主义的历史观,强调一种"移情"(empathy)的方法。① 林语堂通过"亲身感受"的方式去理解历史、认知历史。他以《旧唐书》、《新唐书》所记载的相关事实为底本:"这两部唐史含有一个重要特色:就是其中十之七八为当代人的传记,其中有人生戏剧、偶发事件、直接的对白——这样的内容在整部旧唐书二百卷中估一百五十卷,新唐书二百二十五卷中估一百五十卷。从这些'列传'系谱表,及有关礼仪、音乐、风俗、舆服、外藩、地理、天文、五行星占——五行星占一项记载的,除去天文气象之外,从双生儿、四胎儿、三条腿的猪到母鸡变公鸡等怪事——从如此之多的资料,不难于构想武则天这个亘古未有的女人的所作所为的那些非常之事了。"②同时,他又在依史据实的基础上"假设"历史本原,"凭借头脑的想象力",以虚构的艺术手段去填补和重组历史,用以恢复那种由偶然、碎片所组成的历史本然状态,从而重构了武则天的"历史"语境。

总的来说,《武则天传》这部作品因林语堂特定的历史思维定向而产生了一种特殊的反讽意味。必须指出的是:由于林语堂把武则天定位为中国历史上"最骄奢淫逸,最虚荣自私,最刚愎自用,名声坏到极点"③的皇后,把唐武则天时代渲染为一个"你争我斗"的黑暗年代,这种前提设定必然造成他对"历史"的某种误读。事实上,武则天执政时代仍是唐朝极盛时代,不仅国富民强,而且在政治文化上也都达到相当高度,这个时期仍被后人称为"盛唐气象"。但是,林语堂根本撇开了这些具体实绩,他将重心聚集于"犯罪者"武则天一人之身上并肆意放大之,从而导致了传记本身的重度"失真",这终究是由作家个人本位主义所引发。

① 参见(美)柯文《在中国发现历史》,林同奇译,中华书局2002年版,第41~53页。
② 林语堂:《武则天正传》,张振玉译,德华出版社1986年版,第3页。
③ 林语堂:《武则天传》,张振玉译,东北师范大学出版社1994年版,第223页。

第三节 传体革新:另一种意义

从上述两节论述可知,《苏东坡传》《武则天传》具有极高的传记价值,且体现出林语堂对传体的喜爱。他所呈现给我们的传记作品和所开辟的传记写作方法都是相当有特色的,也是与国内众多传记作家的做法有重大区别的。在这个意义上说,林语堂也是现代中国传记文学的改革者和推动者。著名的传记文学理论家杨正润曾这样高度评价:"林语堂对中国传记的发展有着特殊的贡献,在学习西方传记方面,他比胡适、朱东润等人都走得更远,他的试验不一定成功,但他提供了经验和教训。作为一位幽默大师,他也是第一个把西方的幽默和趣味性引入中国传记。"①基于此,本节将结合林语堂各个时期在传记方面的所为,以两部长篇历史传记为重点参考对象,对他的传体观及传记思想进行总结,总体上认为在文体形式、真实原则、小品笔调、人格意识四方面具有突出特点,特别是人格意识,别具时代意义。

一、传体形式的扩展

1.类型的丰富多样

林语堂的传记作品可以分为三类:一是译传,包括中译与英译两种,前者指《易卜生评传及其情书》(1929)②,后者指《孔子的智慧》(1938),该书中关于孔子的传记就是直接翻译了《史记》中的《孔子传》,并未作任何的改动;二是自传,包括《林语堂自传》(1968)、《从异教徒到基督徒》(或译《信仰之旅》,1959)、《八十自叙》(1975),以及"自传小说"③《赖柏英》(1963);三是他传,

---

① 杨正润:《传记文学史纲》,江苏教育出版社 1994 年版,第 615 页。
② 当时作为春潮书店出版的《现代读者丛书》第一种,原著者为丹麦批评家布兰地司(今译勃兰兑斯)。在梅中泉主编的《林语堂名著全集》第 27 卷中名为《易卜生评传》。
③ 参见林语堂:《八十自传》,张振玉译,见《林语堂名著全集》第 10 卷,东北师范大学出版社 1994 年版,第 317 页。

包括《苏东坡传》(1947)和《武则天传》(1957)。除中译本，其他均用英文翻译或写作，这些作品足以构成一个相对完整的传体系谱。

2.书写体例的更新

林语堂的传记写作试图打破传统史传写法而采用西方现代传记写作形式。胡适在谈到东西方传记之文体差异时曾说："余以为吾国之传记，唯以传其人之人格（Character）。而西方之传记，则不独传此人格已也，又传此人格进化之历史（The development of a character）。东方传记之体例（大概）：（一）其人生平事略。（二）一二小节。西方传记之体例：（一）家世。（二）时势。（三）教育（少时阅历）。（四）朋友。（五）一生之变迁。（六）著述（文人），事业（政治家，大将，……）。（七）琐事（无数，以详为贵）。（八）其人之影响。"①应当说，胡适的这个归纳是在充分了解西方近代以来传记文学发展的实际，并将之与中国传统史传相比较之后所作出的一个事实判断。因此，这两者之间的差异是根本性的。传统史传注重宏大的历史叙述，传主往往缺失个性，而现代传记较为突出个人主义，注重传主个体精神之发展与演化，是"人格进化之历史"。《林语堂自传》、《八十自传》的写法与西方现代传记较为一致。前者纲目为：弁言、少之时、乡村的基督教、在学校的生活、与西方文明初次接触、宗教、游学之年、由北平到汉口、著作和读书、无穷的追求。后者纲目为：一团矛盾、童年、与西洋的早期接触、圣约翰大学、我的婚姻、哈佛大学、法国乐魁索城、殷内镇和莱比锡大学、论幽默、三十年代、论美国、论年老——人生自然的节奏、精查精点。可知两部自传在叙述结构、行文方式上已仿同西方现代传记书写体例。《从异教徒到基督徒》则完全是"西化"的产物。这是一本"个人探求宗教经验的记录，记载自身在信仰上的探险、疑难及迷惘，与其他哲学和宗教的磋研，以及对往圣先哲最珍贵的所言、所诲的省求"②，其文本结构基本就是按照"神话—原型"批评所阐释的方式进行。把个人的精神发

---

① 胡适：《传记文学》，见耿云志、李国彤编：《胡适传记作品全编》第 4 卷，东方出版中心 1999 年版，第 200~201 页。

② 林语堂：《从异教徒到基督徒》，谢绮霞译，见《林语堂名著全集》第 10 卷，东北师范大学出版社 1994 年版，第 37 页。

展诉诸于宗教信仰,这在西方早已经形成一个传记传统。从奥古斯丁和卢梭的同名作《忏悔录》、歌德的《诗与真》到高尔基的"自传体三部曲"(《我的童年》、《在人间》、《我的大学》),其中贯穿的都是一种基督教文化精神。

3.叙述形式的小说化

除《赖柏英》属于自传体小说外,《苏东坡传》与《武则天传》都采用了小说化的叙述形式。这是林语堂最为著名的两部长篇历史传记。台湾著名的翻译家张振玉如此评价:"像林语堂先生这两本名人传记写的实在好,但可惜我们所拥有的这类书实嫌太少。"①张振玉肯定林语堂自觉接受西方传记思想进行传记文体的革新,并认为他开创的长篇传记具有"填补空白"的意义,因为以往的传记多以短篇见长,即使现代传记提倡者胡适也不过是"心有余而力不足",只写过中篇性质的自传而已。长篇性质的传记可以使作家在写作过程中更能从容地处理史料,广泛容纳政治、社会、历史、地理、文化等丰富的内容。同时,还可以借助情节设置、细节描写、心理剖析等各种小说的写作手法展示传主性格,从而可以构造出鲜明的、更接近原型的历史人物。故在林语堂笔下,无论是快乐、幽默的苏东坡,还是疯狂谋杀的"犯罪者"武则天,都能给读者留下深刻的印象。传记与小说两种文类因素的互渗,在一定程度上助长了传记书写的可操作性,而小说化的叙述方式也实现了郁达夫的愿望:"所以若要写新的有文学价值的传记,我们应当将他外面的起伏事实与内心的变革过程同时抒写出来,长处短处,公生活与私生活,一颦一笑,一死一生,择其要者,尽量来写,才可以见得真,说得像。"②

二、小品笔调的输入

以小品文写作著称的林语堂将小品笔调输入传记写作乃是十分自然之事。他曾在一篇文章中说:"斯脱奇(Lytton Strachey)以小品间闲散笔调作传

---

① 张振玉:《苏东坡传·译者序》,见《林语堂名著全集》第 11 卷,东北师范大学出版社 1994 年版,第 1 页。

② 郁达夫:《什么是传记文学?》,见《郁达夫文集》第 6 卷,花城出版社 1983 年版,第 283 页。

记,在传记文学中别开生面,似小说,似史实,于叙事之中加以幻想,于议论之中杂以轶闻,此有可采者一。中国人作传记太幼稚了;史论太道学,传记太枯燥,少能学太史公运用灵活之笔,百忙中带入轻笔,严重中出以空灵,所以中国传记技巧上极其幼稚。"斯脱奇被誉为西方现代传记的宗师,以提倡"个人笔调,即系西洋现代文学之散文笔"而著名。林语堂对斯脱奇借小品笔调革新传记文学的实践极为赞赏。在同一文中,林语堂也表达了以小品笔调革新传记的愿望:"愚见以为西文所谓谈话(娓语)笔调可以发展而未发展之前途甚为远大,并且相信,将来总有一天中国文体必比今日通行文较近谈话意味,以此笔调可以写传记,述轶事,撰社论,作自传,此则专在当代散文家有此眼光者之势力。"①

从文体改革角度而言,小品笔调与幽默是两位一体的。林语堂提倡一种幽默的小品文。幽默是一个具有特定内涵、指向的范畴。在被林语堂翻译的《易卜生评传》中有一段话可作为我们理解时的参考:"平常的作家,生于一个语言文字不普及世界的国度,可谓一种厄运。一位使用普遍文字的三等作家要被世界承认,比一位须靠翻译的一等天才还容易。"②如果说勃兰兑斯(林语堂译为"布兰地司")是在赞成易卜生戏剧的世界意义的话,那么这种文字的"普遍"意义也可以成为我们用于理解林语堂努力寻找东西文化何以共通的一个视角。易卜生用语言的通行义来体现作品的普世性文化价值,但林语堂所说的"幽默"大大超过了语言的本体价值,它是在普世性价值("一种态度、一种人生观")的基础上同时作为社会文化批判的武器,即幽默既具有革除道学气,又具有改造国人精神痼疾的功能。"无论哪一国的文化,生活,文学,思想,是用得着近情的幽默的滋润的。没有幽默滋润的国民,其文化必日趋虚伪,生活必日趋欺诈,思想必日趋迂腐,文学必日趋干枯,而人的心灵必日趋顽固。"③因此,幽默具有深刻的文化内涵。林语堂既将之写进中文的小品文,又

---

① 林语堂:《与又文先生论〈逸经〉》,《逸经》第 1 期(1936 年 3 月 5 日)。
② (丹麦)布兰地司:《易卜生评传》,林语堂译,见《林语堂名著全集》第 27 卷,东北师范大学出版社 1994 年版,第 51 页。
③ 林语堂:《论幽默》(下),《论语》第 35 期(1934 年 2 月 16 日)。

输入英文的各种文体著作，如《中国人》、《生活的艺术》、《苏东坡传》等都蕴含了这种幽默的小品格调（详见本书第三章第二节）。

小品笔调最重要的特点还在能"冶情感议论于一体"，其实质是一种情感的批评把握，其要义在于把对人生的看法提升为一种经验化、情理化的而非知识性、逻辑性的对象。这要求作家在传记写作过程中要注入自己的情感，并能与传主之间达成相融共处的和谐状态。情感的张扬不仅使作家对传主的一切喜怒哀乐尽于文本之中，而且可以增添不少起伏的情节，从而可以增强传记的可读性。对此，林语堂也是深有体悟，他不赞成那种过分理性化的做法，特别反对道学气的传记著作。如关于萧伯纳的两个传记版本，他反对亨德生（Archibald Hendersen）的而喜欢赫理斯（Frank Harris）的，原因有二：一是文笔差异，前者只会发陈词滥调，说不偏不倚的公道话而已，而后者"亲切逼真"，"读来津津有味，有骨气，有风味，有谐谑，有深思，有警语，有观感"；二是态度差异，即作者对传主的评价立场，前者力求保持"学者面具"，后者则持"反对批评"的态度。① 在具体的写作中，林语堂主张自我与传主之间的互通，强调情感的一致性，这使得他的传记往往在文本叙述中带有一种强烈的自我偏向性。如以享乐主义者自居的他把苏东坡书写成一个"在中国总会引起人亲切敬佩的微笑"的"快乐天才"，体现出两人共有的幽默本性与和谐气质。正如他人所评价："《苏东坡传》与其说是在叙述一个有关苏东坡心灵的故事，倒不如说是林语堂通过它有意无意地进行了一次自我阐释，文本成了林氏自我的一种确证和延伸。"②

三、真实内蕴的谋求

这里所说的"真实"包括历史真实、生活真实、艺术真实等。显然，追求真实是传记写作过程中最值得重视的问题之一，它要求作家既要坚持艺术创作的原则，又要体现科学的、历史的精神，要真正做到两者的有机统一。如果说

① 林语堂：《有不为斋随笔·再谈萧伯纳》，见《林语堂名著全集》第 13 卷，东北师范大学出版社 1994 年版，第 336~337 页。

② 杜运通：《伊甸园之歌——林语堂现象透视》，河南大学出版社 1997 年版，第 152 页。

文学性、历史性是传记的两大品性,那么传记文学写作的成功与否也就在此。如胡适就认为传记最重要的条件就是"纪实传真",即要说"老实话",不要有所忌讳而不敢讲真话;"传记写所传的人最要能写出他的实在身份,实在神情,实在口吻,要使读者感觉真可以尚友其人。"①郭沫若也指出,艺术家在进行历史剧创作时"必须坚持把科学与艺术在一定程度上结合起来","把历史的真实和艺术的真实在一定程度上结合起来"。② 实际上,包括历史传记、历史剧、历史小说等在内的各种文体,由于与"历史"发生了特定的关联,因而都无可避免地要面对历史主义的挑战。而要处理好历史真实与艺术真实的关系,其前提就是要处理好历史真实与艺术真实各自的问题。

对于历史传记,林语堂十分重视在充分占有并吸收史料的基础上进行文学重构。如为了写《武则天正传》,他参阅了不少关于武则天的材料,包括《旧唐书》、《新唐书》、《资治通鉴》、《唐文粹》、《唐诗纪事》等书,凡有关武则天的记载和她自己的著作,大抵都查看过了,同时把近人的研究和剧作也都尽可能找来看。关于该传的写作,他这么解释:

> 我不是把这本书当做小说写的,而完全是当做历史传记写的。因为若当做小说看,那些书中的事实便会认为不可置信。不可信的事永远是真的,而真也的往往不可信。书中的人物,事件,对白,没有不是全根据唐史写的。不过,解释说明之处,则以传记最客观的暗示含蓄为方法。事实虽然是历史上的,而传记作者则必须叙述上有所选择,有所强调,同时凭借头脑的想象力而重新创造重新说明那活生生的往事。③

历史与小说之间既是矛盾的,又是统一的。历史传记是一种艺术真实。小说由于是虚构的,所以是不真实的;小说由于不真实,所以又是不可信的。历史传记是根据史料进行重写的,因而是真实的、可信的。历史事实本身是真

---

① 胡适:《南通张季直先生传记·序》,见耿云志、李国彤编:《胡适传记作品全编》第4卷,东方出版中心1999年版,第203页。
② 郭沫若:《我怎样写〈武则天〉?》,见《郭沫若全集》(文学编)第8卷,人民文学出版社1987年版,第229页。
③ 林语堂:《武则天正传》,德华出版社1986年版,第3~4页。

实的,但作家根据它进行重写的这一事实就是不真实的。历史传记由于是经作家主观想象而成的,所以它具有艺术真实,因而又是可信的。这些解释足以说明历史传记中真实性的吊诡。在该传中,林语堂通过运用回忆体、逸闻追溯、家族隐喻、心理剖示等多种文学手段努力去实现一种艺术真实,丰富了武则天形象。

这里顺便提及武则天形象的塑造问题。据统计,武则天在纷繁众多的中国历史人物传记中"数量之多,无疑是唐代人物之最"①。武则天形象被戏剧、传记、小说等多种文体所建构。20世纪80年代之前就有三种剧本,分别是宋之的《武则天》(1937)、吴琛的《则天皇帝》(1960)、郭沫若的《武则天》(1962)。80年代中后期则有杨书案的《风流武媚娘》、甄秉浩的《则天登封榜》、李端科《女皇武则天》、吴因易的"则天皇帝"系列等。90年代的国内文坛出现了一股新的书写历史人物传记的风潮,武则天一时也成为作家的"宠儿",个性化、情感化的武则天形象纷纷出笼,如风流型(野岭伊人《风流女皇武则天》)、权欲型(葛思绪《武则天大帝》)、寻常女人型(冉平《武则天》)、疯狂型(须兰《武则天》)等。可以认为,以武则天为题材的历史传记、历史小说已经成为当代文化视野中的一道靓丽风景。但是,对比80年代前后对武则天形象的塑造,我们发现两者明显存在理解上的差异:前者基本是在政治话语的框架中塑造的,因而存在类型化的趋向;而后者显然受到新历史主义等西方文艺思潮的浸染,武则天形象被演化得更为个性化、生活化。林语堂笔下的武则天形象介于两者之间,既有对传统政治藩篱的突破,又有新史观因素的介入,因而成为一个过渡型形象。难得的是,《武则天传》以海外读者为对象,用英文写作而成,这在武则天形象书写史上是非常少见的,因而是对武则天形象的另一方式的展现和丰富。

《苏东坡传》具有历史真实、生活真实与艺术真实三者高度完美的统一性,体现出作者具有熟稔史料、情感认同与审美至上的能力把握。如他对苏东坡跌宕起伏的人生命运展示,并不是通过简单罗列传主为官为文的重大人生

---

① 胡戟等编:《二十世纪唐研究·政治卷》,中国社会科学出版社2002年版,第36页。

事项,而是侧重对其独特人生情趣的表现。以士大夫身份而居的苏东坡,他的命运由其个体与政治的离合关系所规约,但苏东坡并未被政治所陷,反而表现出一种善于生活的快乐主义。这种儒道互补式的人生态度体现了苏东坡的一种和谐人格特点,同时他也代表了中国传统知识分子的性格优点,并成为现代知识分子的精神印照。因此,作家与传主之间的情感共鸣保证了传记写作的成功。

在传记体小说中同样体现出林语堂对真实性的谋求。传记体小说由于较为强调主体的经验成分,因而作家在生活真实与艺术真实关系问题的处理上更显微妙。美国著名文论家韦勒克(René Wellek)曾这样批评传记式的文学研究方法:

> 传记式的文学研究法忘记了,一部作品不只是经验的表现,而且总是一系列这类作品中最新的一部。无论是一出戏剧、一部小说,或者是一首诗,其决定因素不是别的,而是文学的传统和惯例。传记式文学研究法实际上妨碍了对文学创作过程的正确理解,因为它打破了文学传记的连贯性而代之以隔离的、作家个人的生活经历。传记式的文学研究法也无视很简单的心理学方面的事实。与其说文学作品体现一个作家的实际生活,不如说它体现作家的"梦";或者说,艺术作品可以算是隐藏着作家真实面目的"面具"或"反自我";还可以说,它是一幅生活的图画,而画中的生活正是作家所要逃避开的。①

韦勒克意在表明:传记文学中所反映的生活事实并不能取之代以作家真正个人的生活经验。《赖柏英》这部自传体小说讲述主人公新洛与赖柏英团圆的故事。他们原是青梅竹马的一对,有着一段浪漫美满的初恋。后来由于家庭等原因而各有选择,新洛外出求学而赖柏英在家照顾年迈的爷爷。在各自经历了婚姻变故之后,两人最后又在异地重逢,重拾了那段旧时的爱情之梦。如果我们把小说与作家生平相比较,会惊奇地发现两者的确有不少部分的重合,但不符合之处也是到处存在的,比如重逢这一结局实际上已远远背离

----

① (美)韦勒克、沃伦:《文学理论》,刘象愚等译,江苏教育出版社2005年版,第79~80页。

了作家本人的生活实际。所以，《赖柏英》虽有作家童年经验的真实再现，但更大程度上是艺术虚构。① 因而如果把小说完全当作作家个人的经验，不仅不可能，而且根本违反艺术规律。作家如此写作的目的往往在于表现一种个人情绪，即在经历多年的海外漂泊与远离祖国的生活后，渴求一种回归故土、皈依家园的情感。

四、人格意识的凸显

人格是一个具有普遍性和决定性意义的文化关键词。首先，人格具有存在的客观性："任何有理解力的认识论或形而上学都无法逃避人格（我们的认识者和当事人的基本事例）是什么及其它们如何与世界契合的问题，无论是作为幻想、现象还是自在之物。"②其次，人格又不是抽象之物，它体现为主体的一种生存状态，呈现为主体在外部事物之间寻求一种平衡的努力。人格以社会人的存在为根本，但是人又总是穿梭于文化交往之中。因此，人格认同也是一种文化危机、社会危机的表征。正如美国人本主义心理学家 E.弗洛姆（Erich Fromm）所言："只有当我们着手了解人的现实、人的心理特征以及生理特征，考察人性与人生存的所必须且不得不掌握的外部条件之间的相互作用之后，我们才能理解社会的进程。"③人格问题的重要性由此可见一斑。

对于有浓厚中国文化情结而又置身海外的林语堂而言，中西文化差异既成为他写作时的心理障碍，又成为写作中的感发机缘，这将逼使他在两种文化的冲突与融会的视域中进行艺术体验。20 世纪四五十年代国际形势风云变幻、动荡剧烈。在这个"非常"时期，林语堂将这种时代性因素渗入他的写作中。从《苏东坡传》、《武则天传》这两本长篇传记中，我们可以明显感受到他对政治权力的逆反和现代战争的厌恶。他本着一种把文学写作与弘扬民族文化相结合的态度，以中国古代历史人物为中介，用于表达对当代政治、时局的

---

① 林语堂长篇小说的自传性成分较多，如《唐人街》中的汤姆几乎就是童年作家自己（详见第四章第三节）。

② （美）J.佩里：《人格认同和人格概念》，韩震译，《世界哲学》2004 年第 6 期。

③ （美）E.弗洛姆：《健全的社会》，孙恺祥译，贵州人民出版社 1994 年版，第 64 页。

贬斥,以及对合理社会的憧憬,而这在根本上是作家自我情绪的真实反映。这种事实是林语堂在传记写作中凸显人格意识的最重要之原因。具体说明如下:

1. 持守个性主义,突出传主的人格特性

在20世纪20~30年代,一些知识分子都曾有过一个共同的思考,即现代传记为何在中国不发达? 因为在他们看来,传记文学的成熟度是一国文化是否发达的标识。在西方文化冲击、影响之下,他们认为传统史传已经不能适应中国现代文化的发展潮流,甚至说它已经阻碍了中国文化的现代发展方向。因此,从传统的史传过渡到现代传记是时势必然。由于中国文学的现代发展在很大程度上是视西方文化为圭臬,因而要真正实现中国文化的现代复兴,传记也就成为一种不得不大力提倡的新文学文体。包括胡适、郁达夫等人皆决意革新中国传统的、旧式的、充满假道的文化现实,认为要促进文学的发展就必须主张个性解放,要以新的道德伦理、思想理念来取代传统的文化价值观。因此,个人主义思想在本土受限制也就必然被视为中国传记文学不发达的最主要缘由之一,而持守以个性解放为前提的个人主义也就自然成为传记文学写作的重大原则之一。林语堂对中国传统传记文学有着较为明显的革新意识。在这方面,他与胡适较为接近。① 以西化著称的胡适是一位至晚年都在大力提倡"传记文学"的改革家:一方面,深感"传记文学"这一中国文学最缺乏的门类,时时劝朋友写自传,目的在于"给史家做材料,给文学开生路"②;另

---

① 林语堂与胡适之间的交往是现代中国文化史上的一段佳话。1916~1919年,林语堂在北京清华学校(1928年改名清华大学)任英文教员。留美博士胡适于1917年7月回国并任北京大学教授。林语堂当时是以一个清华学校普通教员身份参加胡适的欢迎会。林语堂引起胡适的注意是因为他在当时倡导文学革命的《新青年》杂志上发表了两篇关于语言学的重要文章。此后,两人才正式开始交往,并有"约定"。由于在清华学校获得了官费奖学金,林语堂于1919年夏赴美留学。1923年夏回国,之后即进入北京大学任教,当时的引荐人就是时任英文系主任的胡适。特别值得一提的是,林语堂当时获得的只是"半奖学金",留学生活一度陷入困难,曾两次打电报给胡适,每次请寄一千元。其实胡适寄给林语堂的是他自己的钱,不是北京大学的公款。林语堂回国之后才发现。为表感谢,林语堂在《八十自叙》中正式记下了这件事。
② 胡适:《四十自述》,见耿云志、李国彤编:《胡适传记作品全编》第1卷,东方出版中心1999年版,第3页。

一方面,具体指出了西方传记写作"不独传此人格已也,又传此人格进化之历史"的特点。他在众多场合竭力呼吁广大作家写作传记文学。所以,胡适对现代中国传记文学的贡献是毋庸置疑的。但也正如杨正润所说:"胡适虽然在理论上颇为深刻地指出了中国传记的弱点和西方传记的长处,但在实际写作时又仍然走上了传统的老路,他对中国传记文学发展的最大贡献,并不在他的作品,而是他为发展中国传记文学所作的呼吁,由于他在学术界的重要影响,这大大提高了传记在公众心目中的地位,引起了普遍的重视。"①相比于胡适的这种情况,林语堂将更多的努力放在传记作品的具体写作上。本以个性主义精神,他在传记写作中输入西方的幽默理论、小品笔调,并结合历史经验以及自己的人生体验,有力地突出了传主的人格价值、人性本色。同时,他从人性这一底层进行彻底的价值颠覆与张扬,努力废除那种深受道学影响的传统史传的写法,从而在一定程度上实现了发现人、解放人的现代文学革命目的。

2.反对片面理性,追求审美人格

林语堂的英文写作具有谋求视域融合的强烈取向,并试图以中国文化为理想去弥补西方文化的某些缺失。因而,他的传记写作往往表现出强烈批判理性文化与弘扬近情文化的特点,其目的在于要求建立一种具有超越性的审美人格文化。众知,由"定量"与"抽象化"的生产过程造成的"同自己离异"的"异化现象"是作为资本主义影响人格的主要因素,它一直受到西方学者的批判。② 他们不仅攻击这种因理性造成的片面化事实,而且提出美学拯救的新方案。早在18世纪末,德国美学家席勒(Friedrich Schiller)就曾提出建立"审美人格"或说"自由人格"的设想。他把人格自由不仅仅是当作一个"政治问题",而且是一个"美学问题","政治问题的解决必须假道于美学问题,因为正是通过美,人们才能达到自由"。③ 同时,他把人性(Humanity)这一历史性的范畴进行高度的抽象。他直言自己所追求的既不是自然国家,也不是伦理

---

①　杨正润:《传记文学史纲》,江苏教育出版社1994年版,第587~588页。

②　参见(美)E.弗洛姆:《健全的社会》,孙恺祥译,贵州人民出版社1994年版,第98页。

③　(德)席勒:《审美教育书简》,冯至、范大灿译,北京大学出版社1988年版,第14页。

国家。前者是盲目的,受物质必然性的支配,后者则是依据理性假设的。理性固然有了人原来缺乏的人性和尊严,但它的生存在现代陷入了险境。席勒所谓的理想国家是具有"第三种性格"即是美的国家。在这个国家中,既保存着自然的多样性和理性的一体性,又能把自然性格和伦理性格统一成完整性。所以,席勒的审美理想既具有现实性,又具有超越性,体现了对和谐文化秩序的追求。席勒把审美人格理想的文化渊源追溯到古希腊,这是富有意味的。由于他的美学方案是"依康德原理"而成,在西方思想界一度产生广泛的影响。林语堂的文化批判资源来自中国文化内部。他认为,中庸哲学是世界上所有的一切哲学中最健全最完美的理想人类生活,它的直接表现就是"和谐的人格","这种和谐的人格也就是一切文化和教育所欲达到的目的,我们即从这么和谐的人格中看见人生的欢乐和爱好"。其典型代表就是陶渊明,"它永远是最高人格的象征"①。陶渊明既具有儒家生活的一面,又具有道家生活的一面。而"苏东坡乃是庄周或陶渊明转世","袁中郎乃是苏东坡转世",此即在中国文化中存在的一种虽然生活时代相距千百年,但是仍能存在彼此思想和感觉相同、精神相融洽的"灵魂的转世"现象。② 这从根本上肯定了中国文化具有和谐本性。《苏东坡传》与《武则天传》都体现了作家对和谐人格的诉求,只不过两位传主的人格特点刚好相反,形成了一种对照:苏东坡是理想型的、和谐性人格的典型,而武则天则是反人道的、缺失性人格的代表。因此,两大中国历史文化名人的人格特点对于西方现代社会建构健康人格具有重要的借鉴价值。

3.作家自我人格的全面反映

"任何传记都会依赖于其作者不可避免的偏见。"③这是指作家依据个人在不同关系中的事实所采取的一种立场,一种自我提示。社会环境的特殊性使得华裔作家写作的"偏见"表现得更为明显。从直接目的看,林语堂的自传、他传写作都不乏迎合西方读者的强烈动机。须知,读者阅读习惯是影响华

---

① 林语堂:《生活的艺术》,东北师范大学出版社 1994 年版,第 119~120 页。
② 参见林语堂:《生活的艺术》,东北师范大学出版社 1994 年版,第 353 页。
③ (美)艾伦·谢尔斯顿:《传记》,李永辉、尚伟译,昆仑出版社 1993 年版,第 84 页。

裔作家写作的显要因素之一,正如一位美国学者指出:"自传这种体裁形式在亚裔美国人作家当中一直是十分流行的,这主要是因为这类体裁的作品销路最好。如果亚裔美国人在一般人眼里终究不过是个'老外'形象,一些出版商自然就只愿出版那些具有人类学趣味的书,而不愿接受虚构的小说作品。另有一些出版商则大力鼓励亚裔美国作家尽可能将作品以自传体的形式发表,即便他们的作品并非自传也是如此。"①但从深层的审美动机而言,林语堂具有特别强烈的对中国文化审美认同诉求。华裔作家具有身份的多重性。故与西方主流作家相比,他们面临的写作压力更强大,心理矛盾也更复杂,因为接近他者的同时即可能意味着自我与社会的疏离。他们在理解异域文化的过程中必须具有某种程度上的像萨义德所说的"自我的东方化",使作品本身既具有传达东方文化形象的特性,同时又成为自我形象的一种隐喻。在直接阅读中国文化的过程中,林语堂深深地植入同情的体认方式。《苏东坡传》与《武则天传》都以中国历史人物为传主。作家在两位传主身上倾注了强烈的情感:苏东坡被描写成一个始终亲切、温暖、幽默、快乐的天才,而武则天被塑造成一个"名声坏到极点"的"智能犯罪者"。这两位在中国社会历史进程中曾产生过重大影响的历史人物事实上早有公论,作家却将之主观化、情感化、审美化。作家将自己的情感移进历史的内部,从而实现历史、现实与创作主体之间的多向互动。尤其是《苏东坡传》,它对如何书写历史与其表述之间存在的复杂关系提供了范本,为缝合两种时间的断裂,使历史与文学更为密切地结合,并突出历史审美的重要性提供了一个尝试。"当我们解读者过去的文学和文学中的过去时,我们也被文学所解读。当我们试图找到具有历史身份的作品的隐在细节时,作品也寻找、发现甚至某种程度上生产我们自己的历史身份。这种交互作用并不消除审美价值;它是审美价值的必要前提。"②在传记文学中,历史知识并非文本价值产生的唯一来源,历史事实往往被"颠覆",成为历史的审美化或是"审美的历史",此是其一。其二,"阐释者在与'讲述话

---

① (美)埃默里·埃利奥特主编:《哥伦比亚美国文学史》,朱通伯等译,四川辞书出版社1994年版,第676~677页。

② 张进:《新历史历史主义与历史诗学》,中国社会科学出版社2004年版,第295页。

语的年代'和'话语讲述的年代'展开双向辩证对话时总会显露出自己的声音和价值观。不参与的、不作判断的、不将过去与现在联系起来的写作是不可能的,也是没有价值的。历史阐释的主体,对历史不是无穷地迫近和事实认同,而是消解这种客观性神话以建立历史的主体性。"①因此,《苏东坡传》体现了一个文化审美主义者书写历史的理想方式。

---

① 张进:《新历史历史主义与历史诗学》,中国社会科学出版社 2004 年版,第 334 页。

第三章　入忙贵闲：闲适文化的
小品依托与化分

　　林语堂原以写作闲适小品散文而为人所知。小品散文或者说小品文也是"对外讲中"中最为重要的载体甚或内容之一。他的最早的两个以英文著成的作品《吾国与吾民》(又译《中国人》)、《生活的艺术》就集中了小品散文的精华,其中对于中国闲适文化的"开发"尤具经典性。而这两部作品在西方的成功对林语堂本人后来继续从事"对外讲中"写作具有激励作用。因此,"闲适"既是林语堂用于解读中国文化的重要视角之一,又是我们审视林语堂的重要视角之一。

　　本章立足于《吾国与吾民》、《生活的艺术》这两部作品,并结合林语堂的中文散文写作,主要从三方面展开论说:一是从文体角度追踪闲适小品散文的历史形成,认为林语堂借克罗齐的表现理论"发现"了性灵传统,在深度体认中汲取了晚明小品的笔调、本色之美以及晚明士人的诗性、浪漫的反抗精神,从而开拓了兼具中西特色的现代小品文体;二是从"忙"、"游"、"隐"三个方面明晰中国闲适文化的现代生活蕴含;三是从国民性建构角度探视中国闲适文化的现代价值。在跨文化语境中,林语堂着力宣扬中国闲适文化,构建诗意的中国国民新形象,不仅起着修正中国人形象的意义,而且使中国文化的潜在价值得以彰显。

第一节 "闲适小品"的现代生成

现代小品文又称"闲适小品"。由于论语派中人林语堂的大力提倡而蔚然成风,后人又多以"林氏小品"称之。在现代中国文学史中,林语堂的名字也总是与现代小品散文、"闲适小品"等词紧密地联系在一起。作为一种现代散文文体,"闲适小品"主要是从传统小品发展而来,其中从晚明小品那儿借鉴的成分最多。可以说,现代小品文的生成无不与晚明文学息息相关。诚如后人所说,晚明文学虽然不是中国文学史上最为辉煌的一章,但是与 20 世纪中国文学的关系"最为直接、最为密切"[①]。由王阳明心学衍化而来各文学流派实际上都可以归诸性灵派文学(以公安派为代表)。林语堂充分地接收了性灵说,着重汲取了那种闲雅的笔调,本色、自然、浪漫的艺术精神,渐而形成了一种自适的生活态度和一种悠闲的文化情味。他对晚明文化的深度体认成为现代小品文得以发现、发展、成熟与完善的最重要缘由之一。

一、在误读中发现

林语堂说:"对于一切批评都是'表现'的缘由方面,我完全与意大利哲学家克罗齐的看法相吻合。所有解释都太浅薄。"[②]克罗齐"艺术即直觉即表现"的观点在 20 世纪初的欧美国家中甚为流行。从 1919 年 9 月起,林语堂在美国哈佛大学比较文学研究所学习,师从布里斯·皮瑞、白璧德、契特雷治等著名教授。当时,美国文化界正展开一场以白璧德等为代表的旧派和以斯宾格勒为代表的新派之间的论争。林语堂颇不认同白璧德主张的新人文主义,讥其为"宋朝的性理哲学",而对斯宾格勒主张的那种原汁原味的克罗齐的表

---

① 吴承学、李关摩编:《晚明文学思潮研究》,湖北教育出版社 2002 年版,第 1 页。
② 林语堂:《八十自叙》,工爻译,见《林语堂名著全集》第 10 卷,东北师范大学出版社 1994 年版,第 281 页。

现理论较为推崇。斯宾格勒即为"克罗齐在美国的代言人"。①他认为,克罗齐的主要贡献体现在把"艺术即表现"这一流行观念发展成为"表现即艺术"这一著名结论。1929年5月梁实秋在《新月》杂志上发表由吴宓诸友人所译的白璧德的论文《白璧德与人文主义》,对白璧德的新人文主义思想进行介绍。此事触及了林语堂,不久他就译编了《新的文评》一书,其中节译了克罗齐《美学原理》第七章即《表现与一般的科学》中的24节,也包括斯宾格勒的文章。林语堂夜作序言,极尽表现了对克罗齐表现论的膜拜。他说:"'表现'二字之所以能超过一切主观见解,而成为纯粹美学的理论,就是因为表现派能攫住文学创造的神秘,认为一种纯属美学上的程序,且就文论文,就作家论作家,以作者的境地命意及表现的成功为唯一美恶的标准,除表现本性之成功,无所谓美;除表现之失败,无所谓恶;且认任何作品,为单独的艺术的创造动作,不但与道德功用无关,且与前后古今同体裁的作品无涉。"②在他看来,"所以现在中国文学界用得着的,只是解放的文评,是表现主义的批评,是 Croce, Spingarn, Brooks 所认识的推翻评律的批评。"③

正如茅盾所说:"中国一向没有什么正式的文学批评论,只是诗赋、词赞……文体的主观定义罢了,所以我们现在讲文学批评,无非是把西洋的学说搬过来,向民众宣传。"④青年林语堂不满于中国文学批评现状,急切地引进西方理论并表现出对表现理论的认同,其实是很自然之事。但究其实际,林语堂所接受的表现理论是有局限的。与斯宾格勒一样,他所接受的是克罗齐前期的理论,而且自身也没有对克罗齐的表现主义美学作过系统研究。《美学原理》(1902)作为克罗齐美学思想的最初轮廓,是人们了解克罗齐早期美学思想的一个途径,但它并不能代表克罗齐美学思想的全貌。林语堂对克罗齐的

---

①　朱立元主编:《当代西方文艺理论》,华东师范大学出版社1997年版,第27页。

②　林语堂:《新的文评·序言》,见《林语堂名著全集》第27卷,东北师范大学出版社1994年版,第193页。

③　林语堂:《批评家与少年中国·译者赘言》,见《林语堂名著全集》第27卷,东北师范大学出版社1994年版,第293页。

④　茅盾:《"文学批评"管见一》,见《茅盾全集》第18卷,人民文学出版社1991年版,第254页。

"误读"主要表现在对克罗齐前期思想的移用。如果说他对克罗齐观点有所延伸的话,那就是使克罗齐的理论"中国化"了。他说:"表现派所以能打破一切桎梏,推翻一切典型,因为表现派认为文章(及一切美术作品)不能脱离个性,只是个性自然不可抵制的表现。个性既然不能强同,千古不易的抽象典型,也就无从成立。"①在这里,他把"表现"等同"个性",是对克罗齐表现论能指的暗换,不过这样倒与"性灵"的观念一致了。在林语堂看来,"表现"与"性灵"两者是二合一且互为一体的。因此之故,后人也基本以"表现—性灵"说加以概括。

　　显然,从西方表现论的发生看,林语堂接受表现论缺乏一定的文化基础。但是以表现论对接性灵论,显示出他试图以西方文论阐释甚至更新中国文论的努力,透露出他对国内流行文论的"焦虑"。这种主体姿态颇与美学家朱光潜一致。朱光潜主要接受了克罗齐《美学纲要》(1920)中的观点,他因此而被认为是一个克罗齐的"信徒"。但他在晚年《文艺心理学》中文版自序中予以否认,认为自己并非"克罗齐式的唯心主义信徒",而是一个"尼采式的唯心主义信徒"。实际上,这个误解可以从朱光潜对克罗齐的几次批判中得以消除。针对这个误解,殷国明认为其中原因有两种:一是朱光潜本身美学思想的复杂性和多义性;二是由于理论家自身的知识结构所致,"朱光潜原本受过很好的中国古典文学教育,特别是老庄思想、陶渊明诗文、《世说新语》对他的影响很大,这也造成了他后来倾向于西方浪漫主义文学的潜在基础"。为此,殷国明提出了"理论的距离"的观点,认为这是理论家主体的一种"姿态和策略","是他们追求个性和独立性的途径"。② 林语堂认同克罗齐的表现论也正体现出这种"姿态和策略",但他并非在拉开文化上的"距离",而是片面地把这种理论扩大,以一种竭尽放大的方式进行发挥,不是"无不及",而实是"有过之"。他试图通过克罗齐的表现论来"发现"中国文学,以陌生化眼光去"打量"中国

---

　　① 林语堂:《新的文评》,见《林语堂名著全集》第27卷,东北师范大学出版社1994年版,第194页。
　　② 殷国明:《20世纪中国文艺理论交流史》,华东师范大学出版社1999年版,第207~208页。

文学批评:"自然中国只有评文美恶的意见,而没有美学,只有批评,而没有关于批评的理论,所以许多美学上的问题,是谈不到(刘勰《知音篇》稍稍谈及,但是仍未能提批评本身的问题)。"①因此,林语堂接受表现论也是一种调适之策,预示着他对文学批评空间的拓展,集中体现就是"发现"中国文学。

"近来识得袁中郎,喜从中来乱狂呼。"(《四十自叙诗》)这是林语堂在"发现"袁中郎作品后所表达的一种兴奋之情。袁中郎是晚明公安派的领军人物,主张"独抒性灵,不拘格套"。这一观点是对明代中期以来复古主义思潮的一次强劲反叛,也是他对中国古代文论的重要贡献。林语堂高度评价以袁中郎等为代表的性灵派,视其为"近代散文的正宗":

> 但是这派成就虽有限,却已抓住了近代文的命脉,足以启近代文的源流,而称为近代散文的正宗,沈君以是书名为《近代散文钞》,确系高见。因为我们在这集中,于清新可喜的游记外,发现了最丰富、最精彩的文学理论,最能见到文学创作的中心问题。又证之以西方表现派文评,真如异曲同工,不觉惊喜。大凡此派主性灵,就是西方歌德以下近代文学普通立场;性灵派之排斥学古,正也如西方浪漫文学之反对新古典主义;性灵派以个人性灵为立场,也如一切近代文学之个人主义。其中如三袁弟兄之排斥仿古文辞,与胡适之文学革命所言,正如出一辙。这真不能不使我们佩服了。②

从克罗齐表现理论到公安派、竟陵派的性灵文学,从晚明散文到胡适文学革命,这段话最为集中地体现了林语堂调适古今中外文学的革新意识。

近代以来中国社会最为显著的特点就是中西激荡、新旧交织。如果说"古今"与"中外"构成了两个层次,那么这两个层次实际可以归之于"旧"与"新"之间的关系,即古、中为"旧",今、外为"新"。林语堂对古今中外文学的调适也就集中体现在他对文学新与旧的关系处理上。但他并没有将新、旧文学两者进行对立,而是努力地在两者之间寻找中介和突破,因为"只有突破了

---

① 林语堂:《新的文评·序言》,见《林语堂名著全集》第27卷,东北师范大学出版社1994年版,第197页。

② 林语堂:《论文》,《论语》第15期(1933年4月16日)。

新旧对立的思想障碍,作家们在接近古典文学时,才不至于胆战心惊,如履薄冰;文学中的古典化诉求,才能获得存在的合理性"①。

林语堂与梁实秋、闻一多、李长之等一些文化民族主义者一样,支持新文学的理性要求,但对斩断与旧文学之间的联系持反对态度。梁实秋曾说:"文学无新旧之分,只有中外可辨。旧文学即是本国特有的文学,新文学即是受外国影响后的文学。"②林语堂亦将旧与新视为中、西文学各自的一种特征,即认为中国文学为"旧",西方文学为"新","文学无新旧之分,惟有真伪之别。现在所谓的新旧文学,不过谓白话与文言之不同而已。其实这都不是新旧文学之分野界线。"③文言与白话只不过是作为思想感情表达之工具,而文学的根本在于"表现优美的情思"。所以,"言志的"、"抒情的"文学是"所说是自己的话,所表是自己的意"。又说:"新中有旧,旧中有新。"④新、旧文学之间是不可截然分开的,两者是相互影响的。那种把两者单纯对立起来的观点是由"一道同风"的"单轨思想"所致,而这与个人主义思想是极不相容的。可以说,文学无分新旧的观点,是对胡适提出的"文学革命"思想的一种反拨。胡适提出"八不主义",主张全面推倒封建的、旧的文学,符合人道的、新的文学。但这种提倡容易陷入全面激进的泥淖,在很大程度上是对中国古典文化的否定。在建设新文学的过程中,全面学习西方必然是不可取的。为此,梁实秋曾将现代中国文学受外国影响的情势批之为"浪漫的混乱"。他反对"革命的文学"之说法,认为"这个名词根本的就不能成立"。⑤ 林语堂认为,文学"革命"即是一场地地道道的"仿古"运动:

> 文学革命为事实上之需要,卒于一九一七年发动了。这个文学革命运动是由胡适与陈独秀所领导,他们主张用白话文为文学工具。在这一次运动之前,古时亦有过革命。唐朝韩愈的反抗五六世纪之骈体文,主张

① 武新军:《现代性与古典传统》,河南大学出版社 2005 年版,第 114 页。
② 梁实秋:《现代中国文学之浪漫的趋势》,见《梁实秋批评文集》,珠海出版社 1998 年版,第 33 页。
③ 林语堂:《新旧文学》,《论语》第 7 期(1932 年 12 月 16 日)。
④ 林语堂:《谈天足》,《人间世》第 13 期(1934 年 10 月 5 日)。
⑤ 梁实秋:《文学与革命》,见《梁实秋批评文集》,珠海出版社 1998 年版,第 131 页。

使用简明之体裁,导文学归于比较健全的标准而给予吾人稍为可读之散文。但韩愈的革命运动却是复古运动,是更遥远的返于周代的文学形式。这在观点上仍不脱为经典的,他仅想努力仿古。可是这件工作大不容易。自经韩愈倡导之后,文学时尚逡巡于模仿周文与秦汉文之间,及韩愈本人成为古代人物,唐代文章亦为后代竞相模仿。宋人模仿唐文,明清作者模仿唐宋,文学风尚乃成为模仿竞争。①

否定文学的"革命"就是否定了文学的政治性和意识形态化。换言之,就是要从根本上肯定文学的主情性。"性灵"与"表现"都强调文学只是表现自我,只是表现个人情感。然而,两者毕竟是发生在不同文化时空之中的概念,林语堂却以"个人主义"名义将它们收编,并以此扩展文学批评的空间。这是对文学史面貌的一次更新:

明末文学观念大解放,趋于趣味,趋于尖新,甚至趋于通俗俚浅,收民歌,评戏曲,传奇小说大昌,浩浩荡荡而来,此中国文学一大关头也。故十七世纪文学在中国文学史上最放光明。而世人不察,明末清初文学史当从头做起也。②

林语堂"发现"了晚明以来的李贽、三袁、金圣叹、李渔等人。这批作家在主流文学史中并不占据特殊地位,因为他们重情的取向根本不相容于重道的文学观念。但林语堂借助表现论,协同了性灵论,从而打通了中外古今文学之间的联系,解开了文论的症结。这当是对文论传统的重新审视,与所谓的"直接的拼接"、"创造性的误解"③一样,转化了文化传统。因此,文学观念的调适不仅重新厘定了文学的新边界,解除了文学长期被道统束缚的罪名,而且确立了一种现代文学观念,为现代小品文体观念的生成奠定了重要基础。

二、在信任中契合

林语堂器重、信任晚明(包括明末清初)的这批具有独特文学气质和人格

---

① 林语堂:《中国人》,郝志东、沈益洪译,学林出版社 2002 年版,第 237 页。
② 林语堂:《烟屑(一)》,《宇宙风》第 1 期(1935 年 9 月 16 日)。
③ 陈平原:《在东西文化碰撞中》,浙江文艺出版社 1986 年版,第 81 页。

魅力的"边缘"作家,从他们身上获得了精神自慰,在文学理念上也形成了一种宗源关系。他与"晚明"之间的契合,具体表现在如下三方面。

1.小品笔调

小品或者说小品文在中国文学中是一个特定的概念,既有古今之别,又具广狭之分。文学中的小品大抵是从明朝(1368~1644)中叶以后开始发达起来,主要指与那些"高文大册"(袁中道:《答蔡观察元履》)、"经制大编"(沈光裕:《与友》)、"春容大篇"等相对照的"小文小说"(王纳谏《叙苏文小品》)的文学创作。这些小品创作,本源于"性灵"之真情实感,不受传统礼教之束缚,在形式和内容各方面作别人所不能、所不敢的探触,故所作的文字皆自然显现,正所谓"幅短而神遥,墨希而旨永"(唐显悦:《文娱序》)。因此,"晚明小品"可以作为一个约定俗成的概念。广义上的晚明小品既包括散文,又可包括诗、词、歌、赋等韵文创作;狭义的晚明小品则只包括"短而隽异"(陈继儒:《苏长公集选序》)的散文创作。清代《四库全书总目》所谓的小品,实际上与晚明小品含义略有不同。它不仅略带贬义,而且所指范围较为狭窄,专指笔记类的散文著作。正如林语堂所言:"余意若郑元勋《文娱》,刘士璘《古文今致》,陈继儒《古文品外录》(注),这些明人所选'外道'文章,内中亦大有佳品,差足见出'小品文'之用途及范围非可以笔记偶谈漫钞丛录等尽之也。"①通常认为的晚明小品作家或作品是指公安、竟陵两派,以及在诗文创作和理论上与他们气质相同的一群作家或作品。这种理解并无大错误,因为晚明小品确实是明代后期公安、竟陵"性灵"文学思想实践的具体产物。但是晚明小品这一词语本身的概念、词义与范围自晚明起至今日尚未有明确而统一的说法,以致今日在理解和研究晚明小品时造成了不少困难。这种现象也许既与人们对晚明"小品"这一词语的独特理解有关,又与不同时代人们对文学的看法有关。

林语堂所理解的小品文也正是一种小品笔调。一方面,他主张学习西方的散文。《人间世》是专门用于提倡小品文的刊物。他说:"本刊宗旨在提倡

① 林语堂:《论小品文笔调》,《人间世》第6期(1934年6月20日)。

小品文之笔调,即娓语式笔调,亦曰个人笔调,闲适笔调,即西洋之 Familiar Style,而范围却非如古文之所谓小品,重点在扩充此娓语笔调之用途,使谈情说理叙事纪实皆足以当之。其目标仍是使人'开卷有益,掩卷有味'八个大字。"①可知,他理解的小品文主要是一种个人笔调、闲适笔调。另一方面,他又主张寻出"中国祖宗":"在提倡小品文笔调时,不应专谈西洋散文,也须寻出中国祖宗来,此文体才会生根,虽然挨骂,亦不足介意。"②这个"中国祖宗"就是周作人早年就已经提出过的晚明文学。但是他又没有全盘接受晚明文学,而只是有选择地继承其中的主要"一脉",即公安派(另论)。1932~1933年之间,林语堂购得沈启无先生编的《近代散文钞》上下卷。阅毕,他竟十分兴奋,并做出了一个折中的评价:"此派文人的作品,虽然几乎篇篇读得,甚近西方之 Familiar essay(小品文),但是总括起来,不能说有很大的成就,其长处是,篇篇有骨气,有神采,言之有物;其短处是,如放足妇人。"③他承认公安派文学的优点,也看到公安文学中存在的问题,此即"放足"与"天足"的问题。可以说,晚明公安文学相对于唐宋时代的文学复古潮流是一大历史进步。但由于它的文化根基略显单一,只是一味地反对前人,因而脱离不了一些道德内在因素的制约。林语堂所提倡的小品散文是建立在个人主义、自由主义基础之上的一种带西式的个人笔调、闲适笔调。虽然两者之间存在差距,但是林语堂仍以一种开放的眼光回归到晚明当中,体现了他对小品笔调以及小品传统的高度信任。

2.本色之美

林语堂主张文学的纯洁性。他认为中国诗文与西方相比,存在人为性特点,即做文的文人化、专利化,结果是"脱离人生,虚而不实",表现出的是"萎弱、模仿、浮泛、填塞"的不正文风。因此,要拯救这种文学弊病就必须"把文学范围放宽","而非提倡本色美不可"。林语堂从中国文学传统中寻找经验,认为文学本非人所为,"历朝文体,皆起于民间,一到文人手里,即失生气,失

---

① 林语堂:《关于〈人间世〉》,《人间世》第 14 期(1934 年 10 月 20 日)。
② 林语堂:《小品文之遗绪》,《人间世》第 22 期(1935 年 2 月 20 日)。
③ 林语堂:《论文》,《论语》第 15 期(1933 年 4 月 16 日)。

本色，而且趋迂腐萎靡"，如楚辞、赋，而像《国风》之诗，"本非文人所作，所以甚好"。同时，他也认为："袁中郎、李卓吾、徐文长、金圣叹等皆提倡本色之美。其意若曰，若非出口成章便不是好诗，若非不加点窜，便不是好文。"所以，"文人稍有高见者，都看不起堆砌辞藻，都渐趋平淡，以平淡为文学最高佳境；平淡而有奇思妙想足以运用之，便成天地间至文。"①总的看，林语堂强调文学的真实、平淡、自然。

"本色"一词在《文心雕龙·通变》篇中已使用："夫青生于蓝，绛生于茜，虽逾本色，不能复化。"刘勰用比喻的方式说明学若非本原就不能变化的道理。显然，这是就一般的治学方法而言，并没有将之化用为一个文论范畴。宋元诗、词、赋、曲、文中皆多有涉及"本色"。而在明代后期文学批评中，尤其是在戏曲评论中已较多使用这一范畴，其意在强调诗、词、曲、文等各种文体中都要有自己的特点，否则便有失"行当"、"本色"的危险。如徐复祚提出"愈藻丽，愈远本色"（《曲论》）的观点，其意为在作曲中要力求质朴浅近、口语化，作家不能藻绘太重，要保持戏曲自身的特点。这表现了晚明作家对艺术真实性的追求。正如徐渭所提倡与批评的："宜俗宜真"，"略着文采，自谓动人，不知减却多少悲欢，此是本色不足者，乃有此病。"（《题昆仑奴杂剧后》）

其实，从明代中期直至晚期，"本色"一直被作为一个重要的文论范畴。明代中期唐宋派代表人物唐顺之是本色说的集大成者，他是一个真正能够把本色作为文论范畴来使用的批评家。他最早详细阐述其本色论的是《答茅鹿门知县二》，其中云："秦、汉以前，儒家有儒家本色，至如老、庄家有老、庄本色，纵横家有纵横本色，名家、墨家、阴阳家皆有本色。虽其为术也驳，而莫不皆有一段千古不可磨灭之见，是以老家必不肯剿儒家之说，纵横必不肯借墨家之谈，各自其本色而鸣之为言，其所言者，其本色也。"它的最基本的意义是强调作家要有独特精神，以及要有独得的见解。但唐顺之所用"本色"的意义，不止于此，他还从表达风格的角度看本色。如《与洪方洲书》一诗云："近来觉得诗文一事，只是直写胸臆，如谚语所谓开口见喉咙者，使后人读之，如真见其

---

① 林语堂:《本色之美》,《文饭小品》第 6 期(1935 年 7 月 3 日)。

面目，瑜瑕俱不容掩，所谓本色，此为上乘文字。"此乃强调创作主体与文本之间的关系，并不关涉文体的特性。

由于唐宋派是宗法唐宋，所以他们强调学习古人，即强调创作主体的道德修行，同时，由于它们毕竟受到儒家道德理想的束缚，对于"本色"的理解仍不够清晰。相比之下，公安派主张顺行人的主观意见，任性而为，以自然为本，因而更接近"本色"的真义。如袁宏道说其弟袁中道诗云："不拘格套，非从自己胸臆流出，不肯下笔，有时情与境会，顷刻千言，如水东注，令人夺魄。其间有佳处，亦有疵处，佳处自不必言，即疵处亦多本色独造语。……不效颦于汉魏，不学步于盛唐，任性而发，尚能通于人之喜怒哀乐嗜好情欲，是可喜也！"（《叙小修诗》）又如其兄袁宗道诗云："弇州才却大，第不奈头领牵掣，不容不入他行市，然自家本色，时时露出，毕竟不是历下一流人。"（《答陶石匮》）

所以，"本色"实际上与"自得"（王阳明）、"童心"（李贽）、"性灵"（公安派）、"言情"（汤显祖）等一脉相通，换言之，它属于以王阳明心学为哲学基础的性灵文学思想即性灵论，而唐顺之的本色论实际又是性灵论在唐宋派那儿的"阶段特征"。[①] 因此，林语堂在小品文写作上提倡"本色之美"与其对性灵文学的理解是相一致的。

3.浪漫情怀

五四以来，西方的现实主义、现代主义、象征主义、浪漫主义、古典主义等各种思潮都被贩入到中国，为中国新文学发展提供借鉴。应该说，浪漫主义是其中影响最大的思潮之一，但人们对它的理解是不尽一致的。如在梁实秋看来，浪漫主义是一种有害的思想倾向。他在《现代中国文学之趋势》一文中批判现代中国文学的泛浪漫化趋向，"凡是极端的承受外国影响，即是浪漫主义的一个特征"，并从"情感的推崇、重印象主义的人生态度、皈依自然与侧重独创性"等方面进行了全面阐述。由于梁实秋接受的是白璧德的新人文主义思想，因而特别反对浪漫主义而推崇古典理性。浪漫与古典成为了两种相成相

---

① 参见左东岭：《从本色论到童心说——明代性灵文学思想的流变》，《社会科学战线》2000 年第 6 期。

反的人性力量、文学"质地"。"'古典的'与'浪漫的'实是西洋文艺思想的两大主潮,我们只要统观西洋的批评史,便可以很清楚看出这两大潮流的消长盛衰。并且若确切地讲,我们亦不能说某一时代是古典时代或浪漫时代,亦不能说某一国土是古典的或浪漫的,更有时很难决定某一作品是古典的或浪漫的。……'古典的'与'浪漫的'两个名词不过是标明文学里最根本的两种质地。这两种不同的质地可以在同一时代同一国土同一作家甚至同一作品里同时存在。"另一方面,他对两者进行了浓烈的价值判断:"我以为'浪漫的'与'古典的'不是两种平等对待的名称。'古典的'即是健康的,因为其意义在保持各个部分的平衡;'浪漫的'即是病态的,因为其要点在偏畸的无限发展。"因此,基于人性观的梁实秋主张以古典理性消除"浪漫的混乱"。①

与梁实秋对浪漫与古典进行情感判断不一样,林语堂谨慎得多。一方面,他反对新人文主义者崇此抑彼的极端化做法,肯定浪漫主义的"进步"意义。浪漫主义是在人性经受过压抑之后才会表现出来,因而是对人生的解放。"在文学上,这重要区别,可以说是在'工'与'逸'二字。古典文学取工字,浪漫文学取逸字。我常想到中国现代文学,从广义讲是在经过浪漫的时期。在此地,浪漫二字几乎就是等于解放的意义罢了。凡在经典主义过活的人及社会,其人态度必经过浪漫主义的洗礼,然后可以达到现代西洋文化的阶段。"②另一方面,他认为浪漫与古典是可以并置的,不只是相对的而是相互的,两者是共依存的。如体现在文学风格上就是"工与逸的转替,也是这寻常生律起伏之端"。它可以成为文学的两种特性。中国与外国文学的不同,"与其说是文体上,毋宁说是实质上。总而言之,就是思想格调的不同。再推究下去,就是经典主义与浪漫主义的不同。西方文学思想,自卢骚以下,经典主义已被推翻。那种中世纪传统下来的固定不易的天经地义,已淘汰无遗。换来的是个人的私感与观察,是自我的文学。文章格调也随之改变。做文章的人再不能引经据典,谈心说性,敷衍场面,以表示其鸿沟。所谓谈心说理,也不能引古人

---

① 梁实秋:《文学批评论·结论》,见《梁实秋批评文集》,珠海出版社 1998 年版,第 123~124 页。

② 林语堂:《说潇洒》,《文饭小品》创刊号(1935 年 2 月 5 日)。

的至理名言,作笼统概括的论调,而思想乃趋于切实的、精细的、基于个人的见解,或新的事物以为根据。"①古典与浪漫还被作为人性的两面。"古典主义与浪漫主义乃是人性之正反两面,为自然现象,不限之于任何民族,故以名教独霸天下之中国亦不能免。"②"人生永有两方面:工作与消遣,事业与游戏,应酬与燕居,守礼与陶情,拘泥与放逸,谨慎与潇洒。其原因在于人之心灵总是一张一弛,……其在人,发而为狂与狷二派;其在教,发而为儒与道二门;其在文,发而为古典与浪漫二类。此二派人生态度,虽时有风尚之不同,而无论何时何地,却时时隐伏于我们的心灵中,未尝舍然泯灭,只是盛衰之气不同而已。"③

所以,林语堂对浪漫主义的理解实比梁实秋等人宽泛得多。对浪漫主义与古典主义两者的调和使得他对晚明文学的理解更为自由。如他认为,晚明文学观念具有解放性质:"我从袁中郎《狂言》中看到明末李卓吾已看得起《西厢》,而评点《西厢》,并且推重其本色之美,是推重《西厢》文学价值,金圣叹只承李卓吾之遗绪而已。那时袁中郎赏识《金瓶梅》,冯梦龙赏识山歌童谣,及李卓吾之赏识《西厢》,都可以说是浪漫文学观念之开始。"④同时,他也承认晚明作家的自由反抗精神。周作人曾高度称赞明末文学运动的现代性质:"明清有些名士派的文章与现代文的情趣几乎一致,思想上固然难免有若干距离,但如明人所表示的对于礼法的反动则又很有现代的气息了。"⑤明末的这场文学运动同样受到阿英、刘大杰、郁达夫等人的肯定。阿英说:"中郎是可学的,在政治上,应该学他大无畏的反抗黑暗,反抗暴力,反对官僚主义的精神。在文学上,应该学他反对因袭,反对模拟,主张创造的力量,以及基于这力量而产生的新的文体。"⑥刘大杰则曰:"货色虽是旧,但是他那种文学革命的精神,还是新的。"他并把公安文学上的主张,归结为四点:"一反对模拟;二不

---

① 林语堂:《说新旧文学之不同》,见《无所不谈合集》,东北师范大学出版社1994年版,第261页。
② 林语堂:《说浪漫》,《人间世》第10期(1934年8月20日)。
③ 林语堂:《说潇洒》,《文饭小品》创刊号(1935年2月5日)。
④ 林语堂:《说潇洒》,《文饭小品》创刊号(1935年2月5日)。
⑤ 周作人:《〈陶庵梦忆〉序》,《语丝》第110期(1926年12月)。
⑥ 阿英:《袁中郎与政治——袁中郎全集序之一段》,《人间世》第7期(1934年7月)。

拘格套;三是重性灵;四是重内容。"①郁达夫曾说:"由来诗文到了末路,每次革命的人,总以抒发性灵,归返自然为标语;唐之李杜元白,宋之欧苏黄陆,明之公安竟陵两派,清之袁蒋赵龚各人,都系沿这一派下来的。世风尽可以改易,好尚也可以移变,然而人的性灵,却始终是不能泯灭的;袁中郎的诗文,虽在现代,还有翻印的价值,理由就在这里。更何况全书遭焚毁之后,流行不广,贫门寒士,要想一赏袁中郎的奇文,非受尽书贾的恶势不可的今日呢?"②林语堂的态度也颇与此一致。他说:"明末后有浪漫思想出现,自袁中郎、屠赤水、王思任以至有清之李笠翁、袁子才皆崇拜自然真挚,反抗矫揉伪饰之儒者,而至今明清尚有一些文章可读者,亦系借此一点生气。此些人尚可自称为儒,并肯自称为儒,实系孔子人本主义基础打得宽的缘故,故在其'近情'范围之中,仍容得下浪漫反抗,许人归返自然也。"③

其实,晚明以公安为首的反复古思潮也是进化历史观的一大体现。一方面,如前、后七子的反复古思想本身是建立在传统理性诗教的基础之上的,只不过是它们"矫枉过正",走入了回归前人的因袭守旧的路数,承传文统、道统的作风,因而再次跌入了历史的陷阱之中。前后七子复古活动的弊端在于它们的文学主张与创作实践存在着差距。虽然求真写实的观念并没有在它们的作品中得以体现,但是它们文学变革的主张在某种意义上也开启了后世文学新精神。公安派承继刘勰所谓的"时运交移"、"质文代变"的文学史观,提出了"世道既变,文亦因之"(《袁宏道集笺校》卷十一《江进之》)以及"诗之奇之妙之工无所不及,一代盛一代"(《袁宏道集笺校》卷六《与丘长孺》)的时势观。这种"通变"思想,加上反对拟古和突出个性的主张,使得明末成为中国文学史上一个相当独特的时段。

可以说,林语堂所具有的浪漫精神与对晚明文化的理解密切关联。浪漫或浪漫主义一度被视为一种消极精神的体现。对林语堂而言,这反而能成为

---

① 刘大杰:《袁中郎的诗文观——中郎全集序》,《人间世》第 13 期(1934 年 10 月)。
② 郁达夫:《重印袁中郎全集序》,《人间世》第 7 期(1934 年 6 月)。
③ 林语堂:《说浪漫》,《人间世》第 10 期(1934 年 8 月 20 日)。

一种动力因素。林太乙这样评价其父:"他说自己是现实主义的理想家,我则认为他是有自律的浪漫主义者。"①所谓"有自律的浪漫主义者"就表明林语堂对浪漫主义的理解不是消极的而是积极的,不是泛泛的而是蕴藏深意的。

三、在沉溺中超越

一个众所周知的事实是,晚明文学与现代文学的结缘首先是与周作人的名字联结在一起的。早在1926年,周作人就指出了这一点:"我常这样想,现代的散文在新文学中受外国的影响最少,这与其说是文学革命的还不如说是文艺复兴的产物,虽然在文学发达的路途上复兴与革命是同一样的进展。……我们读明清有些名士派的文章,觉得与现代文的情趣几乎一致,思想上固然难免有若干距离,但如明人所表示的对于礼法的反动则又很有现代的气息了。"②1932年,周作人应沈兼士之约赴辅仁大学讲演,前后共计八次。此次讲演稿由邓恭三先生整理成《中国新文学的源流》,并于同年9月由北平人文书店印行。周作人提出了重估中国文学史的设想。他的"中国文学始终是两种互相反对的力量起伏着,过去如此,将来也如此"③这一观点在当时影响了包括林语堂在内的一大批现代文人。林语堂与周作人有着很好的私交。应该说,他对晚明文学的推崇很大程度上得益于周作人的指点和鼓励,如他倡议重印《袁中郎全集》时,周作人就认为"这是很有意义的事"。④他对周作人的文学史观、散文风格也都十分欣赏:"近人著作中,最擅长个人笔调者,莫如周作人。此自公论,非余捧场。"⑤他也特别指出周作人受晚明文学影响的事实:"周作人受公安派散文影响极深。"⑥可以说,论语派两位主将之间的相互"呼应"对晚明小品在现代中国文学史上取得经典地位起着积极作用。

如果我们仔细比较,林语堂与周作人对晚明的理解仍是有一定差异的,这

---

① 林太乙:《林语堂传》,北岳文艺出版社1994年版,第117页。
② 周作人:《〈陶庵梦忆〉序》,《语丝》第110期(1926年12月)。
③ 周作人:《中国新文学的源流》,河北教育出版社2001年,第18页。
④ 周作人:《重印袁中郎全集序》,《大公报》1934年11月17日。
⑤ 林语堂:《说个人笔调》,《新语林》创刊号(1934年7月5日)。
⑥ 林语堂:《文学革命》,见《林语堂批评文集》,珠海出版社1998年版,第191页。

种差异主要表现在考察晚明作家的微观与宏观之别。如针对陈西滢把现代白话文体以胡适之和周作人分属两派的看法，他就表达出了与周作人不同的见解：

> 一人有一人之笔调，本难于分类，所谓二大类，亦只是就大体上分出而已。二者之中，也没有什么鸿沟。但此二大派之分法，却甚有意义，推之于古今中外之论文，皆可依此略分其派别出来。周作人不知在那里说过，适之似公安，平伯废名似竟陵，实在周作人才是公安。竟陵无异辞，公安竟陵皆须隶于一大派。而适之又应归入别一系统中。愚见如此。①

其中述及周作人的话可以在《中国新文学的源流》中得到印证：

> 两次的主张和趋势，几乎都很相同。更奇怪的是，有许多作品也都很相似。胡适之，冰心，和徐志摩的作品，很像公安派的，清新透明而味道不甚深厚。好像一个水晶球，虽是晶莹好看，但仔细的看多时就觉得没有多少意思了。和竟陵派相似的是俞平伯和废名两人，他们的作品有时很难懂，而这难懂却正是他们的好处。同样用白话写文章，他们所写出来的，却另是一样，不像透明的水晶球，要看懂必须费些功夫才行。然而更奇怪的俞平伯和废名并不是读竟陵派的书籍，他们的相似完全是。从此，也更可见出明末和现今两次文学运动的趋向是相同的了。②

显然，周作人是从文学革命的主张、趋势以及现代作家个性的相似性而见出两次文学革命之间"无意中的巧合"，并由此得出那个著名的结论："明末的文学，是现在这次文学运动的来源，而清朝的文学，则是这次文学运动的原因。"③周作人从微观的现象入手，看到作家个性的相似，以此揭示出一条在主流文学史中未被发现的线索。周作人欣赏像李贽那样具有反抗精神和叛徒气的晚明士人，追求的不是公安派原有的那种"清新流利"，而是拙朴、雅致、趣味、冲淡、苦涩的散文风格。但林语堂所欣赏的是"没有徐渭那样的狂傲孤

---

① 参见林语堂：《小品文之遗绪》，《人间世》第22期（1935年2月20日）。
② 周作人：《中国新文学的源流》，河北教育出版社2001年版，第26～27页。
③ 周作人：《中国新文学的源流》，河北教育出版社2001年版，第29页。

傲,没有李贽那样的激情谵妄,也没有汤显祖那样的情与理的激烈冲突"①的袁中郎,是那种适意的、避世的而非出世的处世生活方式。因此,林语堂比较宏观地考察晚明作家,所重视的只是他们呈现的共同的性灵风貌,并不重视各派作家之间的微观差异。周作人亦被林语堂归入公安即性灵派,实则说明他对"性灵"说的过度自信,因为他是将公安、竟陵皆隶于"言情"("言志")派门下的。

　　周作人与林语堂都未能对公安与竟陵两派之间的分野作过多的阐述。实际上,两派之间具有批判性的继承关系。公安派对秦汉派、唐宋派的"文推秦汉、诗必盛唐"的"尊古卑今"的复古主义思潮持反对态度,对"抄袭"、"虚浮"、"雷同"的文风极为不满,主张坚决革新之。公安的"独抒性灵"并走向极端的俚俗肤浅,淡化了作品的文学审美性,而竟陵虽承继了公安的性灵说和对文学趣味的追求,但又似有矫枉过正,片面地把文学引入幽深孤峭、奇情孤诣的"幽情单绪,孤行静寄"(谭元春:《诗归序》)的超远之境界,这实则意味着晚明整个激进文学精神的衰落。所以,在明末才会有陈子龙提出的"情以独至为真,文以范古为美"(《佩月堂诗稿序》)的主张。

　　与鲁迅相比,林语堂对晚明喜爱甚过之。鲁迅对晚明的关注始于论语派,即他并非一开始就关注晚明,而是直至论语派的"挑战"才被激起的。针对林语堂的小品文写作,鲁迅发表了《〈论语〉一年》、《小品文的危机》、《"招贴即扯"》、《再论小品文危机》等系列文章进行自卫。在这些文章中,我们见出鲁迅对晚明的态度。一方面,鲁迅所着重的是晚明中"立意在反抗"的主题,如认为明末小品"虽说比较颓放,却并非全是吟风弄月,其中有不平,有讽刺,有攻击,有破坏"。② 对袁中郎,鲁迅认为他"还是一个关心世道,佩服'方巾气'的人"。③ 所以,鲁迅是本着"知人论世"态度解读晚明。在错综的历史维面中,他从儒、道两面对古典士人人格进行了剖析,着力歌颂他们悠然闲雅的反

---

① 　周明初:《晚明士人心态及文学个案》,东方出版社1997年版,第251页。
② 　鲁迅:《小品文的危机》,《现代》第3卷第6期(1933年8月27日)。
③ 　鲁迅:《"招贴即扯"》,《太白》第1卷第10期(1935年1月26日)。

面,即所谓的"猛志固常在"的内在旨意,并对他们忧世愤俗、爱民济世的入世情怀寄以同情。这些都与林语堂偏执晚明士人追求闲雅逸趣的看法相异。另一方面,鲁迅的批评也实在是对论语派那种把晚明历史简单化的校正。此外,晚明在鲁迅整个思想构成中向来不是思想用力的重心。"取今复古,别立新宗",这是鲁迅对现代中国文化欲建构的总体态度,但所谓的"复古"并非意味着对中国古典文化的平均用力。一般以为,他与魏晋之间的关系最为密切,《魏晋文学与文章及药与酒之关系》一文便是明证。甚而近来有学者指出:"鲁迅与先秦的关系更为要紧,更为内在。"①这些都无非表明,晚明对鲁迅的影响不是根本的。所以,面对共同的文化遗产,周作人、鲁迅、林语堂三人表现出了不同的态度。周作人就这样坦言:"公安派的文学历史观念确是我所佩服的,不过我的杜撰意见在未读三袁文集的时候已经有了,而且根本上也不尽同,因为我所说的是文学上的主义或态度,他们所说的多是文体的问题。"②当然,造成态度差异的基本原因在于一种文学功利观的选择。

　　文学功利性是新文学建设中遭遇到的最直接的问题之一。围绕新文学是"为艺术"还是"为人生"这样的文学目的,遂逐渐分离出不同倾向的文学派别和文学团体。文学革命的深入开展、作家们文学观念的变更以及政治立场的游移等,也都与此问题相关。论语派的"闲适"姿态代表了一种审美性功利观。他们以小品为武器,看中的是文学的审美自主性,把文学作为自我的一种发现与表达。"文学只有感情没有目的。若必谓为是有目的的话,那么也单是以'说出'为目的。"③周作人的观点代表了论语派的一种文学功利观。而他之所以较能引起后人的重视,正是因为他对文学的认识相对全面。实际上,周作人对文学功利观经历过一次"蜕变"。"人的文学"、"平民文学"这两面旗帜是他早在 1918 年就举起的。由于他坚持文学的社会功用,从而顺应了整个新文学的发展。这也是他在新文学史上地位得以确立的主要原因。但此

----

① 廖诗忠:《回归经典——鲁迅与先秦文化的深层关系》,上海三联书店 2005 年版,第 4 页。

② 周作人:《中国新文学的源流》,河北教育出版社 2001 年版,第 2 页。

③ 周作人:《中国新文学的源流》,河北教育出版社 2001 年版,第 14 页。

后,一种"无用"的论调开始在他的文中闪现,如"教训之无用"(1924),"文学
是无用的东西"(1935)等。周作人认为,文学只是"个人的私事",不是为大众
代言的。正是在这样的原则下,他"苦"心经营"自己的园地",在散文写作和
美文理论建设方面进行了开拓。从社会效用"退守"到个人目的,反映了周作
人本人对文学功利主义的一种深刻理解。但他并没有将其简单地处理,而是
作为一个"普遍的原则"①加以运用。因此,真正体现周作人个性的并不是
"人的文学"和"人道主义的文学"观,而是体现自己情思的散文作品②,因为
前者无非还在表现文学是"代言者",它并非在载自己的道,而是在载社会的
道。周作人的观点表明:把言志与载道这两种思维认知模式进行分立是有弊
端的,因为言志只能说是对载道观的补充而不是根本上的对立。这样周作人
也把对文学致用观的怀疑与对自己的文学启蒙观反思密切联系在一起。温儒
敏说:"如果说新文学的历史发展是由各种合力构成的,周作人在倡导'人的
文学'阶段是代表基本发展趋向的主力,那么到了主张'自己的园地'时,他就
成为'反主力',有点拉车屁股了,不过这种自己'反主力'不等于反动,从整体
格局看也是有利于新文学发展的,因为它起到某种纠偏制衡的作用。"③这个
评价是对周作人的文学功利观的一种肯定。

　　同为论语派中人的林语堂,他对文学功用的认识与周作人基本一致。如
他十分反对传统"经世致用"的"文以载道"观。针对"为艺术而艺术"与"为
人生而艺术"的分野,林语堂则表现了与周作人一致的见解。他说:"世人常
有两种艺术,一为艺术而艺术,一为人生而艺术;我却以为只有这两种,一为艺
术而艺术,一为饭碗而艺术。不管你存意为人生不为人生,艺术总跳不出人生
的。文学凡是真的,都是反映人生,以人生为题材。要紧是成艺术不成艺术,
成文学不成文学。"④因此,这种文学自主性的追求正是论语派对文学功利性

---

① (英)卜立德:《一个中国人的文学观——周作人的文艺思想》,陈广宏译,复旦大学出版
社2001年版,第45页。

② 周作人曾如是说:"我的头脑是散文的,唯物的。"(《永日集·桃园跋》,河北教育出版社
2001年版,第72页)

③ 温儒敏:《中国现代文学批评史》,北京大学出版社1993年版,第35页。

④ 林语堂:《做文与做人》,《论语》第57期(1935年1月16日)。

问题认识上的一种必然反映。但是，就从对晚明的态度而言，两人仍是有所区别。周作人着重文学的审美自主，他的兴趣在于重梳和新构中国文学史。他很快地从晚明转向魏晋，这也是非常自然的。（鲁迅着重文学的社会效用，自然不会对晚明太过专注）只有林语堂，他沉溺在晚明中，并寻绎到一个"自我"。他借助西方表现论对晚明进行了全面检视，以一种"我注六经"的方式保持了对晚明的新鲜感，甚而造成人生轨迹的转变。

可以说，真正继承晚明文学（文化）精神的是林语堂，而并非周氏兄弟。他对晚明的重度"发现"，是对"革命文学"的一定程度上的反拨，甚而促进，但实在又是一次有意味的"传统的发明"。英国著名历史学家霍布斯鲍姆（E. Hobsbawm）认为，"传统的发明"是一个理性的活动过程，提倡传统意味着既与过去的一种连续，又是一种断裂，而此中所留存的价值"真空"正是一些自由知识分子精神活动的领域，因而维持与变革成为了隐含在传统之内的隐性逻辑。① "晚明"这个被"发明"的"传统"，成为了现代作家林语堂的精神动力之源。可以说，他对晚明文化体会之深，超越了同时代其他任何一位作家。

1934 年，林语堂创办《论语》杂志，专为登载小品文，"盖欲就其已有之成功，推波助澜，使其愈臻畅盛"。他认为，小品文具有散文的个人笔调性质，"故善冶情感与议论于一炉，而成为现代散文之技巧"。"以自我为中心，以闲适为格调"就是对小品文取得阶段性成功后所作的特征分析。② "以自我为中心"即指对个性力量的要求，强调的是主体在写作时的自由姿态，"以闲适为格调"是对小品文的美学特征要求，也是写作主体对作品特征的理想追求，两者具有承接关系。可以说，小品文的现代性内涵几乎全部凝缩在这一概括当中。尤其是"闲适格调"成为成熟小品文的一种标志，甚至象征。它既成为林语堂长期提倡性灵、幽默散文美学特质的综合体现，又代表着林语堂对小品文应有的丰富内涵的期待。所以，"以闲适为格调"是"有意味的形式"。除"闲适"本身之外，"格调"也是一个富有中国文化意味的美学概念。它既能充分

---

① 参见（英）霍布斯鲍姆、兰格：《传统的发明》，顾杭、庞冠群译，译林出版社 2004 年版，第 9~10 页。

② 参见林语堂：《发刊〈人间世〉意见书》，《论语》第 38 期（1934 年 4 月 1 日）。

体现出写作主体的情感与艺术作品的形式两者之间的合规范性,又能体现一种强大的文化内涵包容力的诗学、美学术语。这种圆活性、包容性的内在特征使得"格调"成为作家个性、人品、趣味、才情等在作品中的艺术化体现形式。"格调"就是作家主体内质的外化,就是作家人格在作品中的积淀。因此,"格调"与"闲适"也是相辅相成、二位一体的,都彰显出现代小品文的文化内涵和生活韵味,而这些都与林语堂对晚明文化的深度体认密不可分。

第二节　"格调"的生活化

林语堂不仅开创了富有特色的闲适小品文体,而且善于把这类散文的闲适之"格调"融入到跨文化的写作之中。他在长篇传记写作中就输入了这种小品笔调(详见第二章第三节)。不只此,"三十年代中后期林语堂写成的《吾国与吾民》《生活的艺术》属于小品文范畴,这包括其题材的广泛细致,精神的自由开放,见解的卓尔不群,笔调的谈话风格,文体的放逸自在,语言的平易纯粹等;即使到后来林语堂小说《京华烟云》、《奇岛》和文化随笔《辉煌的北京》、《从基督徒到异教徒》也都没有失落小品文的精神。"①可以说,"对外讲中"也是闲适小品在域外的"格调"之旅。极易被误解的"闲适格调",反而成为写作时的一个向度。林语堂进行了富有针对性的意义"延伸",建构了一种具有创造性的闲适生活文化。

一、以"闲"药"忙"

相比其他作品,《生活的艺术》一书反映中国闲适文化最集中、最全面。林语堂起初并无意写作,而只是拟翻译五六本中国中篇名著,如《浮生六记》、《老残游记二集》、《影梅庵忆语》、《秋灯琐忆》,足以代表中国生活艺术及文化精神的专书,加点张山来的《幽梦影》格言,曾国藩、郑板桥的"家书",李易

---

① 王兆胜:《林语堂与中国文化》,社会科学文献出版社 2008 年版,第 253 页。

安的《金石录后序》等。但是这种想法很快被"否决"了：

> 然书局老板意见，作《生活的艺术》在先，译名著在后。因为中国人
> 之生活艺术久为西方人所见称，而向无专书，苦不知内容，到底中国人如
> 何艺术法子，如何品茗，如何行酒令，如何观山，如何玩水，如何看云，如何
> 鉴石，如何养花、蓄鸟、赏雪、听雨、吟风、弄月。……夫雪可赏，雨可听，风
> 可吟，月可弄，山可观，水可玩，云可看，石可鉴，本来是最令西人听来如醉
> 如痴之题目。《吾国与吾民》出，所言非此点，而大部分人注目到短短的
> 讲饮食园艺的《人生的艺术》末章上去，而很多美国女人据说是已奉此书
> 为生活之法则。实在因赏花弄月之外，有中国诗人旷怀达观、高逸退隐、
> 陶情遣兴、涤烦消愁之人生哲学在焉。此正足于美国赶忙人对症下药。
> 因有许多读者欲观此中底奥及一般吟风弄月与夫家庭享乐之方法，所以
> 书局劝我先写此书。不说老庄，而老庄之精神在焉，不谈孔孟，而孔孟之
> 面目存焉。这是我写此书之发端。①

"于美国赶忙人对症下药"，这一句话的确也代表了林语堂的一种"偏见"。何以"闲"能"药"忙？"忙"又何以"闲"祛之？

"闲"是一个内涵丰富的汉字，在中国古代有"闲暇"、"闲情"、"闲适"等不同含义，其义项可基本分两类。其一为"闲暇"，如《庄子》中的"天下无道，则修德就闲"（《天地》）与"其心闲而无事"（《大宗师》）。此处的"闲"乃指一种无事的生活状态。《文心雕龙·物色》有"入兴贵闲"一说："然物有恒姿，而思无定检，……莫不因方以借巧，即势以会奇，善于适要，则虽旧弥新矣。是以四序纷回，而入兴贵闲，物色唱繁，而析辞尚简，使味飘飘而轻举，情晔晔而更新。"刘勰之"闲"基本指一种审美的创作心境，与《庄子》所指"闲暇"有一定关联，但它将其用于文论范围。其二为"防闲"，如陶渊明《闲情赋》中的"闲情"之"闲"即是。其他如："掌十有二闲之政教"（《周礼·瘦人》）；"大德不逾闲，小德出入可也"（《论语·子张》）；"虽收放心，闲之维艰"（《书·毕命》）；"闲之以义"（《左传·昭公六年》），等等。这里的"闲"明显具有道德或情感

---

① 林语堂：《关于〈吾国与吾民〉》，《宇宙风》第 49 期（1937 年 10 月 16 日）。

性因素,隐含着约束、规范之义。①"闲"义的复杂性是造成后人在理解上产生偏差的重要原因。由于"闲"易被视为一种消闲的或消极的人生态度,因而在一个"风沙扑面、虎狼成群"的非常时期势必使人们持有一份警觉,即使以提倡闲适散文而著称的论语派中人也是谈"闲"色变。周作人说:"在这个年头儿大家都在检举反革命之际,说起风致以及趣味之类恐怕很有点违碍,因为这都与'有闲'相近。"②简又文先生办了一份《逸经》杂志。林语堂在"赞成"之余,也不免一种担心:"'逸'字与'闲'字相近,而'闲'字与'消闲'相近,而'消闲'、'有闲阶级'又与'资本家'、'小资产阶级'相近,其弊类《文通》作者不应姓马。"③显然,林语堂对"闲"仍时有顾忌,但并没有刻意"防闲","倡闲"才是他的根本。

至于"忙"与"闲"的关系,林语堂有过深入的思考。他说:"自'有闲阶级'之口号发生,'忙闲'二字常在我脑中盘旋。什么是忙,什么是闲,越想越糊涂。忙者未必有功于世,鸡鸣而起孳孳为有利是也;闲者未必是新名教罪人,删诗讲《易》作《春秋》之某翁是也。现在物质主义侵入中国,大概若非谈出口入口通货膨胀之徒,便不足齿于忙人之列。我即异于是。张山来说得好:'能忙人之所闲者,始能闲人之所忙。'"④这个解释似有为自己开脱之嫌,但也表达了自己真实的看法。20世纪30年代,他在现代化都市上海主办《论语》、《人间世》和《宇宙风》。这三个杂志实际上都是围绕"闲适小品"展开的。由此所造成的"小品效应"对于改变当时单调的文化氛围、调节都市人心起着强心剂的作用。但同时遭致左翼人士的批评也是赫然的。鲁迅曾以"轰的一声,天下无不幽默"(《一思而行》)来形容,甚至讽刺论语派。1935年,左翼刊物《太白》以"小品文与漫画"为题进行征文活动。活动结果见陈望道当年所编的同名一书。在各方对小品文的态度中,以抨击小品文远离现实而不关注时事为主,认为它不应只是"浪漫的现实主义"而应是"革命的现实主

---

①　参见赵树功:《"闲情与文学"研究论纲》,《文艺理论研究》2006年第3期。

②　周作人:《苦雨斋序跋文·杂拌儿跋》,河北教育出版社2001年版,第116页。

③　林语堂:《与又文先生论〈逸经〉》,《逸经》第1期(1936年3月5日)。

④　林语堂:《关于〈吾国与吾民〉》,《宇宙风》第49期(1937年10月16日)。

义"。但林语堂认为,小品文自有存在的理由,主要在于它具有一种对社会和人生的启蒙价值。

针对流行的"启蒙"文章,如"电影启蒙"、"皇家启蒙"、"宣传启蒙"等,林语堂认为,这些文章不仅"内容一律取问答体裁,一母一女",而且这些所谓的"慈善启蒙"不仅违背人性,而且根本起不到社会效果:"世上如许欺诈、虚伪、陋俗、顽固之事,那堪一聪明孩子本着天真纯朴的眼光去追究? 因此他这体裁,几乎对社会上无一事业不可用来戳穿,讽刺。"①他主张的是一种更有针对性的启蒙策略。主流启蒙以纯粹吸取西方先进的科学、技术与民主思想用于匡世救国,是对知识、理性、个性的充分信赖。实际上,这种单向的侵入方式十分违背他的闲适精神。以"闲适"进行启蒙,具有现实基础和社会的必然。一方面,他看到"现在物质主义侵入中国"的事实;另一方面,他也注意到因物质化而产生的精神需求,这是他一向的主张。在 20 世纪 20 年代,他就认可西方物质文明的优越,强调物质文化发达在先的思想,且认为:"今日中国,必有物质文明,然后才能讲到精神文明,然后才有余暇及财力来保存国粹。"②因此,物质化的现实,使得他深切认得"闲适"(休闲)生活的意义成为可能。因此,当 1936 年再抵美国时而置身西方现代生活时,他已充分感觉到物质的发达必将使人认识到"休闲"的重要,"'闲暇'必成为各种文明的中心问题"。他肯定资本主义和机械文明所带来的物质财富,赞赏西方的科学、民主精神,"美国未必是罪恶的渊薮,亦不准是机械文明的福地,却只是尚可过得去的,而将来也许能使人们可安乐的文明而已。"但他认为,我们不应做浅陋的唯物论者,不是不需要机械文明,也不可拘执于势利之气,而是更加注重那种自由、民主的生活方式;如果说机械文明有何优点,那就是促进了休闲主义的产生。因此,在物质机械极为发达的社会中,休闲必将成为人们生活的焦点。③ 因此,以一向标举"闲适"的林语堂,当他的视点落于西方,他对中国闲适文化就有

---

① 林语堂:《慈善启蒙》,《文饭小品》第 3 期(1935 年 4 月 5 日)。

② 林语堂:《机器与精神》,见《林语堂名著全集》第 13 卷,东北师范大学出版社 1994 年版,第 138 页。

③ 参见林语堂:《抵美印象》,《宇宙风》第 30 期(1936 年 12 月 1 日)。

了一个更为合理的参照，进行一次写作"爆发"也是十分顺理成章之事。

正如此，在林语堂看来，美国是物质文化发达的社会，美国人忙碌于物质创造，是"赶忙人"。美国人更需要精神文化，而不是物质文化。从心理需求看，美国"忙"文化与中国"闲"文化是能够形成互补关系。"闲"与"忙"有时是排斥的，但又是合二为一且可以互为利用的。"忙"是使"闲"产生意义的前提，而"闲"对"忙"则起着调适的作用。这是他津津乐道的"闲忙"辩证法。他"忙"于写作中国"闲"文化，目的是满足西方"忙"人的"闲"需要。有了这种前理解，他也就愿意把这种原创的中国闲适文化"变换"为一种消费时尚，用于满足忙碌中的西方人的精神生活需求。

二、以"游"适"闲"

1935 年林语堂全译了沈复的《浮生六记》(只存四记，英译 *Six Chapters of a Floating Life*)。无论就人物、故事，还是叙事形式来说，《浮生六记》这部小品都使林语堂十分陶醉，并且对他的英文写作产生了特别广泛的影响。他誉主人公陈芸为"中国文学史最可爱的女人"，因为"她只是我们朋友家中有时遇见有风韵的丽人，因与其夫伉俪笃厚，令人尽绝倾慕之念"。陈芸的形象特征可以在姚木兰(《京华烟云》)、杜柔安(《朱门》)、梁牡丹(《红牡丹》)等女性身上得以体现。在谈到为何英译时，他这样解释："我现在把她的故事翻译出来，不过因为这故事应该叫世界知道：一方面以流传她的芳名；另一方面，因为我在这两位无猜的夫妇的简朴的生活中，看他们追求美丽，看他们穷困潦倒，遭不如意事的折磨，受狡妄小人的欺负，同时一意求享浮生半日闲的清福，却又怕遭神明的忌。在这故事中，我仿佛看到了中国处世哲学的精华，在两位恰巧成为夫妇的生平上表现出来。"同时，他认为这部小品"其特别的体裁，以一自传的故事，兼谈生活艺术，闲情逸趣，山水景色，文艺评论等"①而吸引人。《京华烟云》、《红牡丹》、《唐人街》等长篇小说都汲取了与《浮生六记》类似的"记游"这种"特别的体裁"和那些"兼谈"的内容。作为明清小品中的精品，

———————

① 林语堂：《〈浮生六记〉英译自序》，《天下》创刊号(1935 年 8 月)。

《浮生六记》传达出中国文化的闲适本性,成为林语堂视域中的中国文化的最重要部分之一。

在中国闲适文化中,"游"也是一个相当重要的概念。它的本义是指一种轻松、愉悦、休闲的活动方式。作为一个美学范畴,"游"指一种审美的人生态度。如《庄子·人间世》"乘物以游心"中的"游",即指逍遥游,一种超越有限人世的自然的精神性活动,一种虚静、敞亮的自由心态。从这方面看,"游"与"闲"之间具有内在一致性。但"游"不等于"游戏",在中国文化中实际上只有"游"、"戏",而没有"游戏"的概念。从一般的玩嬉、杂耍的角度看,"戏"才等同于"游戏"。把中国古代的"游"、"戏"等概念合并延伸为现代或西方的"游戏"概念,实际上只是到了近代才形成。李伯元在解释《游戏报》(1897)的本意时说:"《游戏报》之命名,仿自泰西。……故不得不假游戏之说,以隐寓劝惩,亦觉世之一道也。"另外,还有寅半生的《游戏世界》(1907)等。这些报纸都假"游戏"之名,进行讽世劝诫,而他们所说的"游戏","实际上都是心灵的自由与表现的自由,颇与晚明公安三袁力主的'性灵说'相似;但此自由的概念,显然是从西方拿来的"①。

在林语堂的小说中,自然有大量的描写中国人的日常游戏活动,但他在《生活的艺术》中所提出的"游戏"作为艺术本体的观点更值得注意和说明。他说:"艺术是创造,也是消遣。我以为艺术为消遣,或以艺术为人类精神的一种游戏,是更为重要的。""游戏的特性,在于游戏都是出于无理由的,而且也绝不能有理由。游戏本身就是理由。"具体包括几方面:第一,艺术是正确反映人生的,此乃"真艺术观"。唯美主义即主张"为艺术而艺术"是被坚决反对的。只有真、假的艺术之别,而无什么"为艺术"还是"为人生"之差异。第二,艺术与政治是不相容的,因为"艺术的灵魂是自由"。游戏是"力的泛滥",是"创作的冲动"。"当一个小孩的体力供给过量时,他便会将寻常的跨步改做跳跃。当一个人的体力供给过量时,他即将跨步改做跳舞,……一个人在跳舞时绝不会顾到爱国的,所以命令一个人遵照着资本家或法西斯主义或普罗

_____

① 杨联芬:《晚清至五四:中国文学现代性的发生》,北京大学出版社 2003 年版,第 31 页。

主义的预定方式跳舞,简直就是毁灭游戏的精神,以及使跳舞的神圣效能减低。"同样,把"艺术与宣传混为一谈",实际上也就是混杂了艺术的本性和个性特征。第三,艺术与道德的关系必须"澄清"。一方面,两者都要符合一定的要求,如道德要符合伦理规范,而艺术也要"合式","所谓美者不过是合式而已"。"世界上有合式的行为,如同有合式的画或桥一般。"另一方面,艺术又不是仅仅局限于普通的范围之内,它又是超越于道德的。相对于文学来说,艺术更具有民主性,因为艺术精神存于一切日常生活中。因此,"业余主义"是被赞成的。第四,艺术的特性缘于艺术家的个性("德性"),因为艺术即个人的表现。"一切的艺术都是相同的,以性灵的流露这一原则为根据,不论是在电影的表现中,或是在书画中,或是在文学著作中。"同样,创作主体即艺术家应具备"学问和雅韵"。①

　　从上可见,林语堂的艺术游戏观具有双重的文化底色:既是西方的,又是中国的。如他把艺术看做是"力的泛滥"就明显与斯宾塞、席勒的"精力剩余"说一致,"艺术的灵魂是自由"也与康德的"审美游戏"、晚明的性灵论等相通。所以,"游戏"一词在他心目中是有特殊定位的。他认为,《人间世》提倡小品文,刊发"游乐雅趣"是"健全的批评"所容许的;"游名山,读古书,写小品"不是"玩物丧志",而"小品文只是一种笔调,等于西洋之 familiar essay,如何能令人丧志,百思不得其解"。② 因此,"游戏"也并非指那些无聊的笔墨文字之类。关于《论语》半月刊,他主张"以提倡幽默文字"为主要目标,反对"专载游戏文字",反对"出《笑林广记》供人家茶余酒后谈笑的资料",而认为"幽默文字必是写实主义的"。③

　　因此,"游戏"观与"幽默"观是密切联系在一起的。在谈到如何办杂志时,他认为必须学习西洋的杂志,"要达到这八个字(指"开卷有益,掩卷有味"——引者注)的目标,非走上西洋杂志之路不可"。④"我每读西洋杂志文

---

① 参见林语堂:《生活的艺术》,越裔译,东北师范大学出版社 1994 年版,第 339~349 页。
② 林语堂:《论玩物不能丧志》,《人间世》第 7 期(1934 年 7 月 5 日)。
③ 林语堂:《我们的态度》,《论语》第 3 期(1932 年 10 月 16 日)。
④ 林语堂:《关于〈人间世〉》,《人间世》第 14 期(1934 年 10 月 20 日)。

章,而感其取材之丰富,文体之活泼,与范围之广大,皆足为吾国杂志模范。"①
除标举"幽默"的大旗帜外,林语堂还着重要求学习西方杂志的意见自由、文
字通俗、作者普通等优点。正是这种西化的取向使得林氏刊物形成了既中又
西,雅俗皆赏的办刊风格,《论语》等杂志也成为适合现代中国都市市民的消
费性、大众性的读物。这些也成林语堂闲适观的重要部分。《生活的艺术》中
的游戏艺术观,即是中国文化闲适精神的新理解。以"游戏"概念解读中国文
化,有着更新中国文化、融解西方文化的意味,也有便于引起西方读者的兴趣,
起到精神消费的意义。

三、以"隐"彰"闲"

《苏东坡传》是林语堂自认为"平生写过的几本好书"之一,其中高度评
价、赞美了苏东坡的和谐人格(详见第二章第二、三节)。实际上,这部传记作
品也体现出林语堂对中国隐逸文化的某种认同。中国闲适文化也可理解为一
种"隐"文化或"隐逸"文化。"隐"原指人所能达到的一种境界。《庄子·刻
意》曰:"就薮泽,处闲旷,钓鱼闲处,无为而已矣,此江湖之士,避世之人,闲暇
者之所好也。"庄子认为,要达到一种"隐"的境界,必须"无为而为",要不刻意
而高,无仁义而修,无功名而治,总之要"澹然无极"。彻底的当属那些大隐之
士:圣人无名。真正的隐者是不为人知的,为人太知便不为"隐"。庄子所谓
的"闲隐"就指臻至真人境界的必要修养方式,是一种纯粹的自然主义哲学体
现。然而,"隐"作为古典士人行世方式,却具有更丰富的内涵与表现方式。
如古代常有"吏隐"的提法。袁宏道就有诗作:"端居持简体,吏隐见仙才"
(《赠江进之》);"市朝无拘管,何处不渔蓑?"(《述怀》);"明伦堂上不可非谓
避世之地"(《答朱虞言司理》)。这种"隐"的方式与庄子所说的很不同:此
"隐"并非是一种"真隐"。真正的"隐"并不是那种刻意去弃绝尘世的,独与
天地来,它只不愿与世俗相融,或是参透事理人生而与现实隔而远之。所以,
古人有"小隐"与"大隐"之别,即所谓的"小隐隐陵薮,大隐隐朝市"(王康琚:

---

① 林语堂:《〈西风〉发刊词》,《西风》月刊创刊号(1936 年 9 月 1 日)。

《反招隐诗》）。可见，要做一个真正的"伟大的隐士"是困难的。林语堂欣赏陶渊明、苏东坡这些古代隐逸士人，但他喜爱苏东坡、袁中郎甚于陶渊明，因为陶氏那种所谓的"真隐"在他看来既不可能也不可行。他曾在一篇小文中记下了对"隐者"的感受，他发现"真隐"是不可能的，"天下隐者皆肝肠热，非冷肠热"。① 他也称自己只是个与"深林遁世者"不同的"大荒旅行者"，因为"遁世实在太清高了，其文逸，其诗仙，含有不吃人间烟火意味，而我尚未能"。② 因此，以隐逸为特点的闲适文化体现了林语堂对一种审美人格的追求。而这种人格精神也正是西方现代文明人所缺失的，且必须给予校正、弥补。

以道家为主，同时糅入儒家、禅宗等多种文化特征综合而成的隐逸人格精神具有这样的特点："其一，它是以积极主动出世与消极被动抗世结合的姿态来对待现世社会生活。其二，它是一种情绪化的、悲剧性的、'超常'的人格精神。隐士因情性及志向的不同，要么完全笃守精神自由及主体超脱，要么在精神及行为上表现出一种分裂倾向或双重性——即又想明哲保身，又想大济苍生。其三，它又是一种追求精神自由（不仅是肉体自由）、重视生命意识、甘于孤独沉寂的人格精神。"③隐逸文化在林语堂的英文作品中有广泛体现。特别是一些长篇小说中所塑造的道家形象，如姚思安（《京华烟云》）、杜忠（《朱门》）等，实际上他们都是具有隐逸人格精神的"现代隐士"。

一般而言，"隐"与"闲"一样，易被视作是与现实扞格不入，既逃避社会，又远离人间。正如杨邨人对现代闲适小品的批评："现在的小品文趋势所之一日千丈，已经大有重上象牙塔钻入牛角尖的危机，小品文作家也大有山林隐士烟茶自娱的神气，这对于文化运动已经是漠不相干的堕落现象了。"④但林语堂倡"隐"并非主张"真隐"，实质是"怀疑都市文化，而崇尚田园理想"⑤。

①　林语堂：《记隐者》，《论语》第 79 期（1936 年 1 月 1 日）。
②　林语堂：《大荒集·序》，见《林语堂名著全集》第 13 卷，东北师范大学出版社 1994 年版，第 115 页。
③　徐清泉：《隐逸人格精神与中国古代艺术美追求》，《学术月刊》1996 年第 6 期。
④　杨邨人：《小品文与大品文》，《现代》第 1 卷第 5 期（1934 年 5 月 1 日）。
⑤　林语堂：《吾国与吾民》，黄嘉德译，东北师范大学出版社 1994 年版，第 334 页。

他对现代都市中滋长出来的时代弊病十分警惕,对现代城市也持极端的反感和厌恶。如他发现上海是一座"地狱般的城市",是"东西浊流的总汇",它"浮华、愚陋、凡俗与平庸";相反,他对北京(京华)、杭州这样的具有乡村式、田园风味的现代都市十分依恋,这在《京华烟云》、《红牡丹》、《辉煌的北京》等作品可以见出。如《京华烟云》对于地域文化的描写极富特色。北京、杭州等地的古迹名胜、季节气候、草木虫鱼、言语歌谣等尽入笔下。这些大多是作为人类日常活动范围的延伸所致,或者说与人类活动密切相关的,起着一种增强小说文化韵味的重要功能。对这些自然、人文景观的描写,除在体现作家审美情趣的同时,也积淀了作家的历史理性精神。比如小说第十二章"北京城人间福地 富贵家神仙生活"描写了北京城的天气、地理、历史、民风、建筑、艺术之众美,盛赞了北京城优美的自然风光与浓厚的人文气息。然而北京城这个巨型空间也被作家历史化、内在化。在近四十年的风云中,北京城内发生了如此众多的历史事件,可谓瞬息万变(这部小说名称也被译为《瞬息京华》)。这些历史事件经过个人记忆、集体记忆、历史记忆等诸多形式被编织成生动情节而成为小说的内在形式,也成为作家和读者追忆北京城的一条通幽曲径。还有使姚木兰深深迷恋的杭州城,它"没有北京的壮丽,但是秀雅宜人"。江南的美虽然呈现的多是自然景色,但它是命运多舛的主人公在历经家国劫难后所身临其境的体会。无论是北京的美,还是杭州的美,都代表了中国的美。而都市自然景观都经过了作者的反复描写,体现出作家对田园式生活理想的无限渴望和追求。

现代文化主要是都市(城市)文化。一般而言,都市与乡村是被作为对立面而存在的。林语堂却力图将两者进行融合,将田园的生活融入都市。在他看来,"田园式"都市理想对于克服现代文明病,净化现代人类的心灵,以及反对物质主义的侵害等都具有反拨作用。《生活的艺术》也正是这样书写中国人的生活高度:"中国最崇高的理想,就是一个不必逃避人类社会和人生、而本性仍能保持原有快乐的人。如果一个人离开城市,到山中去过着幽寂的生活,那么他也不过是第二流隐士,还是环境的奴隶。'城中的隐士实是最伟大的隐士',因为他对自己有充分的节制力,不受环境的支配。"①

从根本上说,认为中国人具有"隐"意识是林语堂性格的必然表征。作为文化人,他的性格颇引人注意,原委之一就是曾从"浮躁凌厉"蜕变为一个"太平人",自享着其中的"寂寞与悲哀";从一个"声嘶力吼"的主流战将沉沦为一个"大荒旅行者"。个人前后性格的反差极为鲜明地体现出时代对林语堂的深重造化,"时代既无所用于激烈思想,激烈思想亦将随而消灭"②。唐弢说:"流氓鬼与绅士鬼萃于一身,用于概括林语堂先生的为人,也许再没有比这个更恰当的了。"③"流氓鬼"与"绅士鬼"本是周作人用于分析自我双重性格的两个名词。这是借鉴了戈尔登堡(Isaac Goldberg)批评蔼理斯(Havelook Ellis)话,说他里面有一个叛徒与一个隐士。周作人说:"这句话说得极妙。"④在1926 年写的《两个鬼》的文章中,周作人延续了相同的看法,意思是说"绅士鬼"与"流氓鬼"住在他的心头。"他不想只取其一,我对于两者都有点舍不得,我爱绅士的态度与流氓的精神","我为这两个鬼所迷,着实吃苦不少,但在绅士的从肚脐画一大圈及流氓的'村妇骂街'式的言语中间,也得到了不少的教训,这总算还是可喜的。"⑤林语堂的"一团矛盾"性格与周作人的这种复合型性格相一致。由此看来,现代文人的"复杂的存在"是与他们同时代之间的某些隔阂密切相关。由于不满文学革命的阶段性成果而容易产生对自我的内审,似有抛弃责任而一味走入自我解脱的超越之道,因此而产生的对文学价值的偏向认识也就自然被外人所误解。但是林语堂善于将这种"隐"的性格置换为他的心目中的"中国人"的生活性格,甚而成为是"文化发达的社会"所真正需要的。

在谈到谈话艺术是文化发达的表现时,林语堂说:"有闲的社会,才会产生谈话的艺术,这是很明显的;谈话的艺术产生,才有好的小品文,这也是一样

---

① 林语堂:《生活的艺术》,越裔译,东北师范大学出版社 1994 年版,第 116 页。
② 林语堂:《翦拂集·序》,见《林语堂名著全集》第 13 卷,东北师范大学出版社 1994 年版,第 4 页。
③ 唐弢:《林语堂论》,《文艺报》1988 年 1 月 16 日。
④ 周作人:《泽泻集·序》,河北教育出版社 2002 年版,第 2 页。
⑤ 周作人:《两个鬼》,见《谈虎集》,河北教育出版社 2002 年版,第 252~253 页。

明显的。大概谈话的艺术与小品文,在人类历史上都比较晚出,这是因为人类之心灵必须有相当的技巧,而这种技巧只有在有闲的生活里才能够产生。我知道今日享受有闲的生活或属于可恶的有闲阶级,可是我相信真正的共产主义及社会主义,都是希望大家都能够有闲,或有闲能够普遍。所以有闲并不是罪恶,善用其闲,人类文化可发达,谈话乃其一端。"①谈话,还有读书、写作、旅游、垂钓等,这些休闲活动既是林语堂个人的嗜好,也代表了中国人的生活艺术,但更是西方现代人所需要甚至是向往的人生。

第三节　诗意的"中国人"

《吾国与吾民》(又译《中国人》)、《生活的艺术》两部作品广为人知,前者介绍了中国人的族性、德性、心灵、理想,以及妇女、社会、政治、文学艺术生活等,后者真正描述了中国人是如何近人情,如何享受人生、生命、家庭、大自然、旅行、文化等,它是对前者局部章节内容的细化和扩充(《吾国与吾民》第九章的标题即为"生活的艺术")。因此,两书无论是写作风格还是主题都具有同一性,不仅展示了中国文化的闲适特点,而且构建起了崭新的中国人形象。在"对外讲中"中,这个追求生活艺术的、诗意的国民新形象具有一种特殊的意义。

一、"淳朴"之美

国民性反思是近代以来的中国知识分子普遍关注的问题之一。重建现代民族国家需以改造国民性为根本,而以何种方式建构国民性和建构何种国民性又成为需继续面对的问题。林语堂对中国国民性问题有着深刻的思考,大致经历了一个从急"急性"到倡"中庸"的重要转变,这在他20世纪30年代中期的写作中反映出来。此中他对中国文化有了一个"最"的理解:"中国文化

---

①　林语堂:《论谈话》,《人间世》第2期(1934年4月20日)。

最健全最优美处,乃在'淳朴'二字,教人认得简朴生活之美。"①"淳朴"成为中国人的"最"大优点和中国文化"最"美之体现。这两个"最"成为林语堂解读中国文化的最为重要出发点。如在写作《吾国与吾民》时,他也是说"一方面需要超越的观念,一方面也需要一个淳朴的心地"。可以说,他正是以一种"淳朴的心地"去建构"淳朴"的中国人,从而发现了中国文化的"淳朴"之美。

　　林语堂有着娴熟的语言驾驭能力,对中、英两种语言能自如转换。他写作《吾国与吾民》与赛珍珠有关。这是一位曾长期生活在中国的美国女作家,熟悉、通晓中西文化。住南京时,她从英文杂志《中国评论周报》的"小评论"专栏中了解到林语堂,并对他的英文写作能力深信不疑。在赛氏"亲切的鼓励"下,林语堂写作出这本被她誉为"历来有关中国的著作中最忠实、最钜丽、最完备、最重要的成绩"②的作品。《吾国与吾民》等作品在西方十分成功,也尽使西方主流作家极为"惊讶"。③ 这些都说明了他的语言能力的确非一般人所能达到。对他而言,重要的是寻找到一个可以理解文化的支点。这个支点是可以引起西方人注目或者说消费欲望的,能够融通中西两种文化的,能够实现一种文化内在价值转化为另一种文化价值的。文化即语言,亦即一种国民性的反映,但反思国民性就必须得重建文化的另一条理路。应该说,林语堂写作中国文化不在于语言的考量,而在于更为根本的文化层面上的理解。他采取否弃传统式理解,渐而发掘中国文化隐性的一面,以此突出中国文化的道家特征,并着意建构具有诗意的、艺术化的中国人形象。《生活的艺术》的写作即如此。该书不仅仅是"一种私人的供状",供认"自己的思想和生活的经验",而是具有他者视点。他说:"我也想以一个现代人的立场说话,而不仅以中国人的立场说话为满足。我不想替古人做一个虔诚的移译者,而要把我自己所

---

　　① 林语堂:《说耻恶衣恶食》,《宇宙风》第 7 期(1935 年 12 月 16 日)。

　　② (美)赛珍珠:《吾国与吾民·序》,见《林语堂名著全集》第 20 卷,东北师范大学出版社 1994 年版,第 6 页。

　　③ See Edited generally by Sacvan Bercovitch, *The Cambridge history of American literature Volume 6 prose writing 1910-1950*, Cambridge University Press, 2002, p.431.

吸收到现代脑筋里的东西表现出来。"①因此,林语堂既基于自我的视角,又以一种"现代人"立场去审视中国文化传统。他写作中国人的艺术生活具有十足的人化维度。

在跨文化实践中,国民性写作往往会陷于一种话语的困境,即屈从于西方的话语来维系自己的话语优势。刘禾曾指出现代中国国民性理论的特点:"它把种族和民族国家的范畴作为理解人类差异的首要准则(其影响一直持续到冷战后的今天),以帮助欧洲建立其种族和文化优势,为西方征服东方提供了进化论的理论依据,这种做法在一定条件下剥夺了那些被征服者的发言权,使其他的与之不同的世界观丧失存在的合法性,或根本得不到阐说的机会。"②刘禾的跨语际批评具有一种"颠覆"性的后殖民取向。通过这种视角,她认定中国近代以来的启蒙思想都陷入了西方的殖民理论陷阱。西方话语本土化正是近代以来中国知识分子"失语症"的一个症结所在。由于刘禾是完全把西方的国民性理论植入中国的文化批评中,使之成为一种具有超越历史的永恒的真理存在,因而具有明显的本质主义倾向。③ 但刘禾的跨语际批评对于我们仍是有意义的,至少让我们再次审视以何种方式思考甚至去写作国民性的问题。相较林语堂,他的情况就比较特殊。他对国民性的理解往往从自身对人生、文化的理解出发,并用于反思西方现代文明,具有一种个人化精神。他的"淳朴美"论也不失是一种创造,起着一种类似"反话语"的作用。④

在后殖民语境中,"反话语"往往是一种被惯用的文化伎俩。作为一种话语修辞行为,"反话语"原本是指一种用于解构殖民话语霸权及帝国寓言的挑战性策略。它有这样的一些特点:"第一,它是一种挑战——对起支配地位的权威话语的挑战;第二,它经常由外围(边缘)发起,而且这个外围又经常认可帝国话语的强力;第三,挑战的文本不局限,包括'人类学的、历史学的、文学

① 林语堂:《生活的艺术》,越裔译,东北师范大学出版社1994年版,第1~5页。
② (美)刘禾:《语际书写:现代思想史写作批判纲要》,上海三联书店1999年版,第68页。
③ 参见陶东风:《国民性"神话"的神话》,《甘肃社会科学》2006年第5期;王学钧:《刘禾"国民性神话"论的指谓错置》,《南京工业大学学报(社会科学版)》2004年第1期;等等。
④ 参见姜飞:《跨文化传播的后殖民语境》,中国人民大学出版社2005年版,第298页。

的或是殖民背景下一切合法地起作用的文本',即是对现实文本发起的现实
的挑战。"因此,反话语作为一种解构策略,广泛存在各种文化实践中,尤其是
在两种异质文化对抗的现实中。当然,这种现象比较典型地反映在强势文化
对弱势文化的侵略中,它起着一种"文化更新"(葛兰西)以及终极价值探寻的
作用。但就有着"中国心"的林语堂而言,他概说中国文化之"最",主要表现
为他所持的是一种与他人相反的论调,或者说完全是以一种"陌生化"方式去
打量中国人和中国文化,从而也成为区别同时代其他中国文化人的话语方式
之一。

二、"乐"之崇尚

林语堂把"闲暇"视为文化的根本:"倘不知道人民日常娱乐方法,便不能
认识一个民族,好像对于个人,吾们倘非知道他怎样消遣闲暇的方法,吾们便
不算熟悉了这个人。"①他广泛描述了中国人的"闲暇"日常生活和"愉快的精
神":

> 有了极度闲暇,中国人还有什么事情未曾干过呢? 他们会嚼蟹,啜
> 茗,尝醇泉,哼京调,放风筝,踢毽子,斗鸡,斗草,斗竹织,搓麻雀,猜谜语,
> 浇花,种蔬菜,接果枝,下棋,养鸟,煨人参,淋浴,午睡,玩嬉小孩,饱餐,猜
> 拳,变戏法,看戏,打锣鼓,吹笛,讲狐狸精,练书法,咀嚼鸭肾肝,捏胡桃,
> 放鹰,喂鸽子,拈香,游庙,爬山,看赛船,斗牛,服春药,抽鸦片,街头闲逛,
> 聚观飞机,评论政治,读佛经,练深呼吸,习静坐,相面,嗑西瓜子,赌月饼,
> 赛灯,焚香,吃馄饨,射文虎,装盆景,送寿礼,磕头作揖,生儿子,睡觉。

> 中国古人的雅韵,愉快的情绪,可见之于一般小品文,它是中国人的
> 性灵当其闲暇娱乐时的产品。闲暇生活的消遣是它的基本题旨。主要的
> 材料包括品茗的艺术,镌刻印章,考察其刻艺和石章的品质,研究盆摘花
> 草,培植兰蕙,泛舟湖心,攀登名山,游谒古墓,月下吟诗,高山赏湖——篇
> 篇都具有一种闲适、亲昵、柔和的风格,人情浓浓有如至友的炉边闲话。

---

① 林语堂:《吾国与吾民》,黄嘉德译,东北师范大学出版社 1994 年版,第 130 页。

富含诗意而不求整律,有如隐士的衣服。一种令人读之但觉其味锐酷而又醇熟,有如陈年好酒。字里行间,弥漫一种活现的性灵,乐天自足的气氛,贫于财货而富于情感,鉴识卓越,老练而充满着现世的智慧;可是心地淳朴,满腹热情,却也与世无争知足无为,而具有一双伶俐的冷眼,爱好朴素而纯洁的生活。①

从上看出,中国人具有一种"逐乐"的天性,而这种天性恰恰代表了国民性的一种类型。其实,王国维在20世纪初就已经指出了中国人的"乐天"精神:"吾国人之精神,世间的也,乐天的也,故代表其精神之戏曲、小说,无往而不著此乐天之色彩:始于悲者终于欢,始于离者终于合,始于困者终于亨;非是而欲餍阅者之心,难矣。"②李泽厚也认为,"乐感"是中国人的普遍意识和最高境界:一方面,乐的精神"不只是儒家的教义,更重要的是它已成为中国人的普遍意识或潜意识,成为一种文化——心理结构";另一方面,它由于极端重视感性心理和自然生命的、天与人合一性,因而是成为人生的最高境界。因此,乐感文化具有普遍存在性与理想化色彩,成为由"实践理性"或"实用理性"倾向所决定的,而又区别于西方"罪恶文化"的民族性特征。③ 王国维与李泽厚都强调了中国文化具有"乐"的内涵。可以说,"乐感"特征是中国文化最为吸引人的一面,而这种乐感精神也正是林语堂所看重的。

林语堂在突出中国人的快乐天性时往往使用一种比较的方式。在谈到谁最快乐的问题时,他列举了金圣叹自述的三十三个"不亦快哉",并评论道:"可怜的拜伦,他一生中只有三个快乐的时候! 如果他不是一个病态而又心地不平衡的人,他一定是被那个时代的流行忧郁症所影响了。"在审视西方人的生活时,他则多了一种怀疑的眼光。"今日的美国是机械文明的先导者,大家都以为世界在未来的机械控制下,一定倾向于美国那种生活形态。这种理论我却抱着怀疑,谁也不会知道未来的美国人又将是怎样的一种气质。"可以说,两种文明中的民族性格特点在根本上是相反的,东方文化主张悠闲而西方

①　林语堂:《吾国与吾民》,黄嘉德译,东北师范大学出版社1994年版,第131~132页。
②　王国维:《红楼梦评论》,见《王国维文集》第1卷,中国文史出版社1997年版,第10页。
③　参见李泽厚:《中国思想史论》(上),安徽文艺出版社1999年版,第299~320页。

人是忙碌者,"相反者必是互相钦佩的","现在至少我们可以这样说,机械的文明中国不反对,目前的问题是怎样把这两种文化加以融合——即中国古代的物质文明——使它们成为一种普遍可行的人生哲学"。① 总之,他凭借一种拯救意识去审视西方文明,提升西方国民性,这显然区别于王国维、李泽厚等人的基本旨意。王国维称中国人具有"世间的"、"乐天的"精神,是受到了西方哲学,特别是叔本华悲剧观的重大影响。他审视中国文化,目的在于革新中国传统的文论、美学,当然也包括人生困境等问题。李泽厚侧重于中国思想史的反思,以历史阐释中国文化和考量文化现代性。林语堂之所以大肆宣传中国人的崇乐生活,并取得写作上的成功,在一定程度上说是直击了西方人脆弱的心灵世界。

实际上,改造和提升国民性是一个复杂问题,因为它不能单纯依据情感的力量,而必须通过使社会现实的合理化才能获得。正如学者指出:"Nation 并非根植于血缘和土地,而是根植于相互扶助的感情,进而根植于需要这种相互扶助之社会现实。如果不顾及资本制市场经济和国家,单纯去消解 nation 是做不到的。"②西方现代社会因崇尚认知、智性而造成了一些不良后果,如"讲求效率、讲求准时,及希望事业成功"等。当代美国社会学家丹尼尔·贝尔曾经详细地分析了资本主义的文化矛盾,即一种由深度的现代主义、贫乏的形式主义(大众文化)与腐化的享乐主义(生活方式)等绞结而成的混合性,并指出"社会与文化之间的脱节成为了历史性的危机"。③ 马尔库塞也曾批判资本主义"单向度"的特征。他认为,正是社会行为的技术化使得人们普遍坚守一种"新的顺从主义",即相信现存社会和制度的合理性;社会话语出现高度的"同一性和一致性",逐渐趋向封闭,等等。而这种矛盾和异化的现实,只能以审美救世俗于"水火",以诗意想象去对抗甚至超越科学理性与工具理性:"发达的单向度社会改变着合理性与不合理性之间的关系。与这一社会合理性奇异

---

① 林语堂:《生活的艺术》,越裔译,东北师范大学出版社 1994 年版,第 139~154 页。
② (日)柄谷行人:《日本现代文学的起源》,赵京华译,三联书店 2003 年版,第 6 页。
③ (美)丹尼尔·贝尔:《资本主义的文化矛盾》,赵一凡等译,三联书店 1989 年版,第 132 页。

而又疯狂的面貌相对照,不合理性的领域成为真正合理性的归宿——成为可以'促进生活艺术'的那些观念的归宿。"①

　　西方现代人的"艺术生活"诉求也正是林语堂所希冀的。他认为,日常忙碌生活中的自我并不是完全真正的自我,因为人已经生活在一种片面化当中。在这种片面追求中,人实际上已经丧失了一些东西,唯以"诗意"的态度对待人生才能真正实现人生、享受人生。在这一方面,"中国人"就是典型,广泛体现在他们的衣、食、住、行以及旅行、文化、信仰、思想等诸方面,特征包括:"第一,一种以艺术眼光对人生的天赋才能;第二,一种于哲理上有意识的回到简单;第三,一种合理近情的生活理想。"最后的产品就是一种"对于诗人、农夫和放浪者的崇拜"。可以说,西方那种"心为形役"的社会心理(观念)正被这种"闲适哲学"(亦称"愉快哲学")的"崇高精神"所排斥。②

三、"身"之激活

　　林语堂建构诗意的中国人形象也涉及一个华人形象建构问题。生活在本土之外的华人,因受地缘政治、文化的影响而长期遭受排斥。华人形象在西方社会、文化中被误读乃是一个事实。美国学者曾经这样写道:"在亚裔美国人作家面前,一个大难题就是,他们的读者总是倾向于把他们的作品看做是某种社会学或人类学方面的文献资料,而不把它们看做文学作品。不仅如此,他们还常常把亚裔美国人作家的作品看做是他们所属的某个少数民族的整体生活经验或思想情感的体现,而不把它们看做是作家个人生活经验或思想情感的一种表现。像这样的情形实在是太司空见惯了。"③可以见出,华人在美国人心目中基本是作为一个被异化的形象而存在,而导致这种情况发生的根本原因是美国体制和价值观中的"种族主义"。因此,如何消除种族隔阂,校正被

---

　　① (美)赫伯特·马尔库塞:《单向度的人》,刘继译,上海译文出版社2006年版,第225页。

　　② 参见林语堂:《生活的艺术》,越裔译,东北师范大学出版社1994年版,第12页。

　　③ (美)埃默里·埃利奥特主编:《哥伦比亚美国文学史》,朱通伯等译,四川辞书出版社1994年版,第676页。

异化的华人形象,的确是摆在华裔作家面前的一大难题。对长期受西方文化濡染的林语堂而言,他能体会到这种历史的积习,也完全有能力或有义务通过树立、彰显一种理想的中国国民性去颠覆西方人长期以来形成的对东方人的刻板印象。

因此,林语堂建构诗意的"中国人"形象也具有了特别的价值。他宣扬以追求人生艺术化为核心特征的"闲适哲学",实际上是对中国文化的重建,是对中国文化道家性格的一种破解。总体上看,中国文化具有一种静态的"目的"意向性。道家与儒家分别作为中国文化性格中相互依存的两个方面,它们对中国人的内心世界起着不同的调整功效:道家指向"安身",儒家指向"安心"。由于个体的意义被集体所定义,故人的精神只有通过"身"才能散发到"心",即通过克服人我界限的心意而感通。显然,道家那种"身体化"的倾向在中国人的深层文化结构中是被埋没的。但这种情形会随着环境的改变而发生些微变化。孙隆基曾为此颇感奇怪,因为这种"身体化"倾向在海外华人社群中便会赤裸地表现出来。① 这从一个侧面反映出中国文化的独特精神个性。一种文化的存在是与它特定的语境不可分离的。正是语境的变迁激起了中国文化中的无意识层面,而这恰恰又能与其他外在文化之间形成"认同"关系。

道家常常被拟视为一种存在主义。存在主义不仅强调个人存在的第一性,而且重视人的"存在状态"。作为西方特定社会、历史条件下人们观念与心态的反映,存在主义是对西方因现代性而造成的异化现象的深刻揭露的批判。相比之,道家思想略带神秘色彩,它强调一种本真生命状态的存在。两者具有超越现实、追求个体化存在的一致性。林语堂理解中国文化基本上是道家的,"这种爱悠闲的性情是由于酷爱人生而产生,并受了历代浪漫文学潜流的激荡,最后又由一种人生哲学——大体上可称它为道家哲学——承认为合理近情的态度。中国人能囫囵地接受这种道家的人生观,可见他们的血液中

---

① 参见孙隆基:《中国文化的深层结构》,广西师范大学出版社 2004 年版,第 12~25 页。

原有着道家哲学的种子"①。他着重于中国人艺术化的生活方式,正是对"身体化"一面的强调,如此也就强化、突出了中国文化的现代意义。因此,借助"闲适"话语,可以解除文化的政治、意识形态附加,从而实现一种实用化的价值,即补偿与满足西方人在心灵、精神上的需要。

"闲适"原指涉的是一种远离中心的话语体系。因此,无论在中国古代社会,还是在五四以来的新文化建设中,都未能处于主流地位。换言之,它是被边缘化的。但这并不代表"闲适"因此而失去所有的存在价值。在 20 世纪本土范围内,以"闲适"为主调的文化散文两度流行。除新文学潮流中的闲适派散文的成熟、发迹之外,80 年代后期以来闲适散文再度受人青睐,成为了"后新时期"的一种文化表征,闲适成了消费的代码。② 显然,这种源于古代又被现代论语派"注册"过的"闲适"专利被删除了深度意义,并挤占了当代中国文化的内存,以一种平面化的方式呈示于众。的确,这两次散文高潮扩充了闲适文化的内涵,张扬了一种人文理性精神。林语堂的独特之处就在于突破了传统闲适论"孤芳自赏"的局限,扩大了"闲适"在现代社会中的影响,尤其是将它注入异质的文化空间中进行检视。早期周作人侧重通过理论的证明,把载道与言志的二元对立模式植入文学史的建构,从而肯定"言志"的价值。相比之,林语堂借助表现论而使这种二元模式得以消解,并从根本上注解了"文学表现人生"这一经典定义,从而为他重新解读中国文化设置了理论前提。"闲适"成为了中国文化的一个密码。他把原属于"小写"个体的"闲适"催化成"大写"集体的隐喻和文化标记,使"闲适"具有了一种批判性的反制力量。"吾国"作为被"陌生化"的世俗社会,它是一个乌托邦式的世界,一块没有被现代性定义过的"乐土"。它是一个绝对的文化隐喻,它为西方人提供了休憩的精神乐土,是解除他们心灵焦虑的抚慰剂,是他们最为理想的想象空间。而"吾民"这种艺术化的、诗意的生活方式,既体现于日用伦常之中的生活哲学,又与西方人的实用主义文化价值观不谋而合。

---

① 林语堂:《生活的艺术》,越裔译,东北师范大学出版社 1994 年版,第 154~155 页。

② 参见张颐武:《闲适文化潮批判》,《文艺争鸣》1993 年第 2 期。

可以说,中国闲适文化与因过度追求自我造成身心相离的西方文化恰恰形成了一种对比,这为现代西方人摆脱精神困境提供了一个"东方"方案。随着人们对现代文化前景悲观认识的加剧,如弗朗索瓦·于连等西方学者都普遍把目光转向了"东方"。对此,国内学者也不无乐观地谈到:"东方转向的现象已经从最初的'东方学'领域中溢出,在相当程度上渗透到了西方发达社会中人的思维方式、感知方式和生活方式中。"①东方主义者那种试图将权力结构附加于他者身上的做法已被识破,人们更愿意在互惠的基础上对待异质文化。东西文化自身特性虽然彼此不同,但通过相互交流,互通有无,可以促进彼此的发展。东西文化从原初的互不相干到如今的互渗,显明了全球文化之间相互影响的一般特征。正是那种反人性、反文明的倾向,使得西方人渴求通过东方返璞归真的、注意身体化的简朴主义理想而求得一种心灵解放;而通过寻求文化"陌生化",引入他者文化视点,借以观照自己,校正自己的成见。这种"还俗"方式也并非不是一种必然的选择,如此也就把东方文化与西方文化"并置",可以把西方文化中那种人与自然分离的困境引入到人与自然融合的东方文化中,从而获得某种真理性。林语堂写作中国闲适文化的意义也在于此。

---

① 叶舒宪:《20世纪西方思想的"东方转向"问题》,《文艺理论与批评》2003年第2期。

第四章　家园之恋:家族文化的长篇小说演绎

　　以小说形式言说中国文化,这是林语堂"对外讲中"的重要方式之一。小说与文化之间本具有一种内在的关系。从小说产生的内在机制而言,文化是小说产生的基础,小说是文化的反映。"如果说文化是一种宏大的历史叙事,那么文学在其本质上是一种于历史中存在的文化现象。只要历史没有终结,那么对文学的文化思考也就没有终结。"①因此,小说的终极价值将指向文化这一深层意义。在跨文化语境中,小说中的这种文化因素往往又成为彰显文学意义的关键所在,成为异域读者在解读时的一种指向。

　　从 1939 年开始,林语堂在海外近三十年时间中写作并发表了包括《京华烟云》(原译为《瞬息京华》)、《风声鹤唳》、《唐人街》、《朱门》、《赖柏英》等在内的多部长篇小说,显示出他在长篇小说领域中的作为。这些小说不仅全面展示了中国人(包括现代与古代)的生活经历,而且广泛传达了中国文化的特性,显示出相当浓厚的中国情调,对西方读者具有极大的吸引力。

　　鉴此,本章拟先对林语堂的长篇小说观念进行梳理,然后分别以《京华烟云》、《唐人街》这两部家族小说进行个案剖析,试图以此显示小说作为文体的文化蕴藏方式和林语堂对中国文化的独特理解方式。"家族精神"(黑格尔语)是中国文化最根本的特征之一,因而以体现家族文化为特征的家族小说

---

　　①　杨经建:《家族文化与20世纪中国家族文学的母题形态》,岳麓书社2006年版,第270页。

较能代表作家的文学姿态与文化立场。

第一节　"长篇小说":文体体认与文化凝定

　　林语堂原是与周作人一起开创论语派、写作闲适散文而著名的,并没有进行过任何小说实践。对他而言,"小说"应当是一个相当陌生的写作领域。然而从 30 年代后期,林语堂一改往日擅长的小品文、政论文写作,而代之以长篇小说写作,先后出版了一批在西方读者群中产生重大反响的作品。长篇小说的实绩无不显示出林语堂具有超常的艺术才华和文学能力,也暗示出他对"长篇小说"这一文体有特殊的观察和深刻的体认。对这一问题,一般研究都缺乏应有的估计,仅仅视其为散文专家或跨文化视野中"中国叙事"的一个典型个案,或把他当成是理所当然的长篇小说作家,这难免造成理解上的偏颇。因此,林语堂视域中的长篇小说文体形象是一个首先需要说明的问题。唯有此,才能为后面的作品分析提供一个合适的依据和一个坚实的立场。

一、人生的适应

　　这是指小说必须与人生相因相承的规定关系。人生是林语堂"讲"文化时的一个基点(详见第一章第三节)。因此,小说反映人生也成了必然之事。从小说本体看,小说即人生,人生亦是小说题中之义,两者相互包含,是根本不可能分离的。

　　林语堂说:"'小说'者,小故事也。无事可做时,不妨坐下听听。"①他认为,小说的主要任务是"讲故事",即通过一些趣闻轶事来吸引读者,使人们从中获得消遣娱乐。这里实际上包含了对小说写作在内容、目的与功能等方面的基本要求,也是对中国古代小说观念的一种继承。"小说家者流,盖出于稗

---

　　①　林语堂:《京华烟云·著者序》,见《林语堂名著全集》第 1 卷,东北师范大学出版社 1994年版,第 1 页。

官。街谈巷语！道听途说者之所造也。"（《汉书·艺文志》）汉代班固即视小说具有一种自由、虚构、植根生活的特征。作为一种艺术形式，小说必须源于生活，反映生活。他曾把中国古代长篇小说比喻为"路边的野花"，认为较之于短篇小说，长篇小说在中国古代更为发达。此中原因就与古代人对小说特征的认识密切有关，因为小说发展事实也是中国人日常生活的反映，中国人的生活特点决定了小说必须是长篇的、"情节散漫"的。无论是《红楼梦》、《水浒传》，还是《金瓶梅》，都体现出中国长篇小说"规模宏大，错综复杂，从不急急匆匆"的特点。所以，"长篇小说生来就是给人消磨时光的，这一点是公认的。当作者有足够的时间可供消磨，读者又不急着去赶火车的时候，没有理由急急忙忙地写完或读完。中国的小说是要耐着性子慢慢读的。路边既有闲花草，谁管路人闲摘花？"①

小说之"小"还指"小道理"。林语堂在长篇小说中基本贯穿道家思想，以求得一种道家的人生哲学。《京华烟云》虽然反映了国家、民族、社会的大事，但是小说追求的是一种"哲学意义"（林如斯语）。这种思想主题取向必然决定了他写作小说只应是追求"小道"而并非"大道"。他在小说三部分的开头特别引述了《庄子》中的三段话②来烘托小说的基调，以此突出该小说在于表达一种和谐的人本观、生命观与自然观。其中实际是暗含了他对小说原始本义的一种理解与追求。其实，"小说"这一说法就源自《庄子·外物》。庄子在描述了任公子钓大鱼的故事之后说："夫揭竿累！趣灌渎！守鲵鲋，其于得大鱼难矣；饰小说以干县令，其于大达亦远矣！是以未尝闻任氏之风俗，其不可与经于世亦远矣。"庄子的本意在于说明小、大之用："用小者之不可期大也"。此中"小说"的含义就近于"小道理"。因此，从语源的角度可知"小说"也是

---

① 林语堂：《中国人》，郝志东、沈益洪译，学林出版社2002年版，第272页。
② 这三段话分别是："夫道……在太极之先而不为高，在六极之下而不为深；先天地生而不为久；长于上古而不为老。"（《大宗师》）"梦饮酒者，旦而哭泣；梦哭泣者，旦而田猎。方其梦也，不知其梦也。梦之中又占其梦焉，觉而后知其梦也。且有大觉而后知此其大梦也，而愚者自以为觉，窃窃然知之。'君乎！牧乎！'固哉！丘也与女皆梦也，予谓女梦亦梦也。是其言也，其名为吊诡。万世之后而一遇大圣知其解者，是旦暮遇之也。（《齐物论》）"……故万物一也，是其所美者为神奇，其所恶者为臭腐。臭腐复化为神奇，神奇复化为臭腐。"（《知北游》）

只关小事、小道，而非大道、大事件。

小说的人生规定还表现在小说家必须具备相当丰厚的人生体验。在《京华烟云》的写作经验谈中，林语堂这样解释：

> 以一个向来不曾写过短篇小说的人，装着偷天的胆量，突然尝试长篇小说，似乎太不自量。况且我向来小说看得少，中西文都是如此，有闲读书，每好读与思想有关的文字，至于小说，只有在旅行时期，才敢享这闲福，来解客中寂寥。但是以前在哈佛上过小说演化一门科目，Bliss Perry教授有一句话打在心头，就是西方有几位作家，在四十岁以上，才开始写小说，Richardson便是。我认为长篇小说之写作，非世事人情，经阅颇深，不可轻易尝试。而理想中批评长篇小说：尤以人物之生动为第一要义，结构犹在其次。人物生动活现，小说就算成功。人物不生动、故事结构虽好，终算失败。这是与戏剧重情节显然不同的地方。因此，素来虽未着笔于小说一门，却久蓄志愿，在四十以上之时，来试写一部长篇小说。而且不写则已，要写必写一部人物繁杂，场面宽旷，篇幅浩大的长篇。所以这回着手撰著《瞬息京华》，也非竟出偶然。①

在这里，林语堂表白自己的小说观是受到了某些西方作家和理论家的影响，同时又承认小说写作不应是一种"即时"之作，而必须要有充足的人生体验。所谓的"久蓄志愿"就是指小说家写作小说必须经历一个长期的准备过程，而丰富的生活积累正是小说得以成功的重要保证之一。

从辩证角度看，小说适应人生的规定既是对小说"存在"意义的一种强调，又是某种程度上的削弱，因为对小说之"小"的重视必然使小说家在写作中对题材选择产生偏移。林语堂小说在政治表现上的模糊性以及与现实生活之间的不对称性特点就是这种情况的反映。一般地说，战争题材小说往往聚焦残酷战争的批判，刻求反战情绪的描写以及人道主义的深切关怀。综观林语堂的长篇小说，其实并未对声势浩大的、惨烈的、血腥的战争进行场面渲染和历史控诉，而是把战争视为人生的一个组成部分，人们只应是去适应战争而

---

① 林语堂：《我怎样写〈瞬息京华〉》，《宇宙风》第100期（1940年5月16日）。

不是去抵抗战争。他这样交代《京华烟云》的主题："只是叙述当代中国男女如何成长,如何过活,如何爱,如何恨,如何争吵,如何宽恕,如何受难,如何享乐,如何养成某些生活习惯,如何形成某些思维方式,尤其是在此谋事在人、成事在天的尘世生活里,如何适应其生活环境而已。"①如此之多的"如何"无非表明他对待战争与对待人生具有一样的道家态度,这显然不能说是一种"与时俱进"的艺术精神,这也成为后人得以对他的长篇小说进行批评的重要原因之一。从积极意义讲,他的小说人生观具有文化底色,即是在中西小说各自特点的基础上综合而来的,而人生的规定又为他的小说获得一种普世价值提供了基础。

二、情效的诉求

在开始写作长篇小说之前,林语堂曾经写过一些政论性文章。自 1936 年 8 月他离开大陆一年后,国内就发生了抗战事件,局势变得不可预测。虽然他远离国土,但是仍时时关注国内形势,并不时地发表一些针砭时弊的文章,如《日本征服不了中国》(英文原载 1937 年 8 月的《泰晤士报》,中文载同年 9 月的《西风》杂志第 13 期)、《中日战争之我见》(《吾国与吾民》修订本中增加的部分)。然而这些政论文章并没有获得国内左翼人士的好评。他感到从"读者的兴趣和宣传的效应"方面来说,理论文章不如以情感人的艺术作品。此即意味着小说的感人力量要远远超过政论的以理服人效果。他在致友人郁达夫的信中谈到为何写作《京华烟云》,其中这样写道:

> 诚以论著入人之深,不如小说。今日西文宣传,外国记者撰述至多,以书而论,不下十余种。而其足使读者惊魂动魄,影响深入者绝鲜。盖欲使读者如历其境,如见其人,超事理,发情感,非借道小说不可。况公开宣传,即失宣传效用,明者所易察。弟客居海外,岂真有闲情谈说才子佳人

---

① 林语堂:《京华烟云·著者序》,见《林语堂名著全集》第 1 卷,东北师范大学出版社 1994 年版,第 1 页。

故事,以消磨岁月耶？但欲使读者因爱佳人之才,必窥其究意,始于大战收场不忍卒读耳。①

以小说代政治本是现代中国第一代知识分子的思想传统。如在梁启超看来,小说与道德、宗教、政治、风俗、学艺、人心、人格的兴盛具有直接的因果关系,其原因在于"小说有不可思议之力支配人道"。② 小说既可以审美反映社会现实,又可以有效介入社会现实,其中关键是小说要与特定时代条件紧密配合。但是他认为,小说与政治两者并不总是存在直接的对应关系。虽然政论文章由于直接批评时政,具有时效性,但是从长远来看,它的影响远不及小说。他曾在若干年后即归居台北并回归用中文进行写作时的开篇文章中透露过类似心情。在谈到写作怎样性质的文章时,他说:"政治非不可谈,能谈者甚多,且目前急要消息,明年看来,便成隔日黄花,以明年读今年所作,当哑然一笑。住纽约尤易入此圈套,看日报人多,看月刊人少。……此报纸弄人也。每到法国,便跳出此圈套,心旷神怡。"林语堂并不认为政治不足谈,但是由于政论文章其锋显露,纯粹以一种直接的口吻进行宣传,容易使人陷入现实的困境,反而不能使文学起到那种以情感人的效果。因此,真正能感动人心的,还是"唯谈文艺思想山川人物"为佳。③

的确,小说是以一种生动、情感、想象、形象的方式表现生活的艺术形式,具有强大的审美感染力。优秀的小说能够引发读者、打动读者,进而达到"入人之深"的效果。林如斯就曾这样评价他父亲的作品:

> 林语堂《京华烟云》在实际上的贡献,是介绍中国社会于西洋人。几十本关系中国的书,不如一本道地中国书来得有效。关于中国的书犹如从门外伸头探入中国社会,而描写中国的书却犹如请你进去,登堂入室,随你东西散步,领赏景致,叫你同中国人一起过日子,一起欢快,愤怒。此

---

① 林语堂:《给郁达夫的信——关于〈瞬息京华〉》,《宇宙风》第49期(1937年10月16日)。

② 梁启超:《论小说与群治之关系》,《新小说》第1号(1902年11月14日)。

③ 参见林语堂:《新春试笔》,见《无所不谈合集》,东北师范大学出版社1994年版,第1~2页。

书介绍中国社会,可算是非常成功,宣传力量很大。此种宣传是间接的。书中所包含的实事,是无人敢否认的。①

应该说,以小说形式间接参与现实是林语堂写作长篇小说的动机之一。《京华烟云》与《风声鹤唳》《唐人街》等几部长篇小说的写作都与国内抗战形势有关。《京华烟云》"并非无所为而作",是为"纪念全国在前线为国牺牲之勇男儿"。② 林语堂旨在通过这些小说表现中国人民的抗战精神,借以鼓舞国内同胞的抗战决心。这些小说共同起着打造现代民族精神的积极意义。其他几部小说也基本如此,如《朱门》描写了新疆内乱,表现了中国人不畏困难的冒险、勇敢精神;如《奇岛》影射的是复杂的国际政治斗争,表现的是现代人对人间美好生活的憧憬。林语堂通过书写困境中的人们追求爱情、助人、爱国、理想等,以体现人性的光辉,从而也使得小说具有了以情动人的效果。

当然,从接受角度看,林语堂诉求小说的情感效应也有迎合西方读者阅读兴趣的成分所在。他的英文小说与此前的中文小品呈现出两种完全不同的风格,以至被后人视为是"洗了脑"的结果。尹晓煌认为,这种情况是由三方面原因造成的:首先,林语堂满足于扮演用英文作品"向西方社会介绍中国"这一角色带给他的名望与财富;其次,林语堂出身贫寒,金钱对于他的意义非同一般;最后,是受到美国编辑与代理商的影响。③ 这一分析具有一定的参考价值。在写作《京华烟云》之前,林语堂的介绍中国文化的《吾国与吾民》《生活的艺术》两书已经在西方世界产生了广泛影响,给他带来的不仅是极大的声誉,而且是可观的经济收入。而这两本书的写作、出版都与美国传教士女作家赛珍珠有关。正是在她的建议之下,林语堂才那么认真地写作,以至成为相当成功的作品。的确,这三种原因都影响了林语堂的英文写作,使得他在题材、主题处理方面与先前有了一些变化。但是我们也不能过分夸大这些原因,从

---

① 林如斯:《关于〈京华烟云〉》,见《林语堂名著全集》第 1 卷,东北师范大学出版社 1994 年版,第 1~2 页。

② 林语堂:《给郁达夫的信——关于〈瞬息京华〉》,《宇宙风》第 49 期(1937 年 10 月 16 日)。

③ 参见(美)尹晓煌:《华裔美国文学史》,徐颖果主译,南开大学出版社 2006 年版,第 196 页。

而低估作为作家主体自身的能动性和创造性。林语堂具有娴熟的英文写作能力,这是他写作成功的前提与保障。他以一种文化审美主义者的眼光传播富有特色的中国文化,体验中国人的生活世界,则是他有意将中国文化置入现代西方社会、文化进行检视,是对中西文化共同考量的结果,而并非只是某些外在因素单纯影响所致。

三、民族性移置

不同的文化背景必然产生不同的小说思维方式,小说因不同的文化背景而趋向不同的发展轨道。比如中西小说虽然都渊源于远古神话,但是由于中西神话的叙事方式不同,也就形成了中西小说不同的结构方式与发展方向。西方在古希腊时期就出现了最早的叙事文体"史诗",神话传说对后来小说产生作用主要也是借助"史诗";而中国古代神话传说虽然多,但是记载杂乱疏略,对后世小说影响较大的主要是志怪一类。西方小说发展轨迹较为明显,即神话、史诗、传奇、小说的线性递进,而中国小说在古代经历了平行式发展:神话、志怪小说/史传、志人小说,最后在魏晋时合而成为唐传奇小说。① 可以说,中西小说因文化差异而形成了不同的类型,而一种类型的小说也代表了一种小说的民族性特点。这个特点既是小说自身获得独特性的一个保证,又是小说家可以进行利用的一个前提或条件。林语堂选择写作长篇小说的原因与此有密切关系。

在谈到写作什么样的小说时,林语堂这样解释:"写此书(指《瞬息京华》,今译《京华烟云》——引者注)时,书局老板,劝我以纯中国小说艺术写成为标准,以'非中国小说不阅'为戒,所以这部是有意的仿效中国最佳小说体裁而成的。"②这里所谓的"纯中国小说艺术"、"中国最佳小说体裁"无非就是指那些能够显现本土特色,即中国文化本性的小说艺术。林语堂是一个好读书之士,对中国古典小说多有涉猎,阅读过《红楼梦》、《水浒传》、《聊斋志异》、《镜

---

① 参见饶芃子:《中西小说的渊源与形成过程》,《学术研究》1994 年第 2 期。
② 林语堂:《我怎样写〈瞬息京华〉》,《宇宙风》第 100 期(1940 年 5 月 16 日)。

花缘》、《野叟曝言》、《金瓶梅》等诸多作品,其中最令他欣赏的当属《红楼梦》。他说:"《红楼梦》无愧为世界名著。它的人物刻画,它深切而丰富的人性,它炉火纯青的风格,使它当之无愧。它的人物生动形象使我们感到比自己生活中的朋友还要真实,还要熟悉。每个人物都有自己的语言风格,我们能一一加以分辨。总之,优秀小说具备的它都具备。""从各方面讲,《红楼梦》都可以说是代表了中国小说艺术的顶峰。但同时它也是一类小说的代表。"①正是在广泛阅读以《红楼梦》为代表的大批中国古典小说的基础之上,他概括出了中国小说"技术"的几个特点:(1)重人物,不重结构,人物杂,布景宽。(2)注重日常生活,家常琐细,尤着重丫头喽啰。(3)文章波澜。(4)分宾主。② 这些特点代表了中国小说艺术的民族性品格。

受《红楼梦》等小说的影响,林语堂对中国古典小说进行"有意的仿效"。他将中国古典小说的结构、人物或情节等都移置到自己的小说当中,这亦使得他的小说极富中国化。《京华烟云》、《唐人街》、《朱门》都采取了中国家族(庭)式结构特点,许多人物都有古代原型,而设置的一些爱情模式也都具有中国古典性印记,如孔立夫与姚莫愁(《京华烟云》)、李飞与杜柔安(《朱门》)、梁孟嘉与梁牡丹(《红牡丹》)之间的爱情基本属古典小说中的才子与佳人的组合。他们之间的分合考验描写,也体现出他个人的一种爱情观、理想生活观。在诸多长篇小说中,当属《京华烟云》最具代表性。小说广泛描写了中国的社会、历史、地理、政治、文化等,全方位展示了中国文化,可以称得上是一部"百科全书"。其中,缠足、冲喜、婚嫁等各种习俗的插叙成为小说的"抢眼"之处。习俗本是一种以风习性文化意识为内核的,以程式化生活为外表的,用于表现习惯性的生活方式、传统型的生活模式的特定生活形态。作为反映民间生活原态的重要窗口,习俗能较原生态地表现人类的生活方式。它是由民众生活长期积淀而成的,是民众生活形式的一种凝固化、程式化,具有兼容性、历史性、民族性等多种特征。所以,习俗文化成为文学作品能否获得民

---

① 林语堂:《中国人》,郝志东、沈益洪译,学林出版社 2002 年版,第 267~269 页。
② 参见林语堂:《我怎样写〈瞬息京华〉》,《宇宙风》第 100 期(1940 年 5 月 16 日)。

族性内涵的重要体现之一。《京华烟云》就突出描写了中国人的衣食住行、饮食男女、婚丧嫁娶、生老病死等日常生活事件（详见本章第二节）。林语堂在小说中诉求民族性还可以从另外角度得到反证。郑陀等人曾翻译过该小说，但林语堂认为郑译并不成功，主要原因在于译者缺乏对地域文化的了解，"小说中人物，系中国人物，闺淑丫头，系中国闺淑丫头，其人物口吻，自当是中国人物口吻。西洋小说译本所见佶屈聱牙之怪洋话，不宜再是于此书之中译"[1]。因此，如果不熟稔中国文化，尤其是北京文化的地域特色，就不能做到对小说真正的理解，更遑论翻译。

应该说，林语堂对习俗等中国文化的描写并非全是客观的，而是往往带有一定的主观色彩。对于中国传统文化中的陋习，他有时完全是以一种审美的眼光进行打量，有时根本是以现代西方人的视角来指认或定义中国文化。这种做法难免会陷入西方中心主义的陷阱。正如西方学者指出，解释不同文化的方式往往会强化一种政治信念，即笃信西方文明是理性的、自由的思想，而且也强调它们是西方文明的唯一源泉，西方被作为一个容易达到那些处于理性和理性活动、科学和证实、自由和宽容，还有权利、正义基础的有价值的地方。但是，"这种与世界上其他地方相对立的西方观点一旦确立，就倾向于为它自身辩护。既然各种文明含有各种各样不同成分，因而人们能够参照那些与被认同的'西方'传统和价值最为不同的倾向，以此来说明一种非西方文明的特征。在这种情况下就可以认为，这些选择出来的成分比起相对类似于在西方也可以发现的成分是更为'可靠的'或更是'真正本土的'"[2]。

四、形象的表列

民族性也是与形象特征联系在一起的。形象是叙事文学必不可少的本体要素之一。作为借助语言而经人脑诱发生成的感人、生动、具体的"图景"，形象是使叙事作品产生审美感染力的重要依据。但在林语堂视域中，"形象"被

---

① 林语堂：《谈郑译〈瞬息京华〉》，《宇宙风》第113期（1942年4月桂林再版）。
② （美）阿玛迪亚·森：《东方和西方：理性所及的范围》，见哈佛燕京学社等主编：《理性主义及其限制》，石一日译，三联书店2003年版，第14页。

置于突出地位,被赋予了双层意义:不仅指小说中人、物等具体形象,而且是代表"文化中国"的整体形象。如《京华烟云》描写了京城大家族、中国习俗、北京城、北京人等众多人、物,展现了中国文化乡村性的一面;通过家与国关系的重新诠释,不仅讴歌了中国人的抗争精神,而且体现出中国文化的家族本性;比如《唐人街》对纽约唐人街上一个华人家庭的叙写,展现了中国人的完美家庭生活方式(详见本章第三节)。长篇小说可以包容更多的中国文化成分,可以极大地增强和丰富作品的文化内涵。林语堂的长篇小说或可称为是地地道道的"文化小说",或者说是另一种意义上的"小说中国"。

"小说中国"这一说法是近年来逐步流行起来的。王德威说:"小说不建构中国,小说虚构中国"的观点。他特意将"小说"两字置于"中国"之前,其用意在于打破那种"传统文学或政治史观的局限",突出小说具有想像性和虚构性的本体特点,同时也回应"有关中国往何处去的问题"。① 这一观点的提出对当代中国小说未来发展方向是一次有力的指明。其实,除王德威指涉的中国大陆、港台的中文小说之外,海外华人小说(包括中、英文)更应该纳入这一思考序列当中。不同于一般本土作家,海外华人作家由于处于复杂的间性文化体验之中,因而对中国文化的理解更具包容性。林语堂在小说中广泛移置民族性物象和事件,以中国文化为题材、主题,致力打造中国(文化)形象,因而也能把"小说"与"中国"两者有机结合。这种处理方式在同质的文化语境中容易使小说陷入绝对化的反映论模式之中,但是在异质的文化语境中反而能体现出它的独特性,使小说本身具有了更为突出的"形象"意义。

游走于中西文化之间的林语堂对小说的理解、写作都是建立在中国文化本位的基础之上。他从事小说写作虽然具有逐"异"的明显倾向,但是亦有试图突破中国小说传统成规,寻求现代中国小说发展的努力成分。在当时看来,他的小说显得相当"另类":一方面,小说形式在很大程度上是在"模仿"中国古代长篇小说,没有什么独创性可言;另一方面,十分强调题材的新奇、阅读的趣味等文化消费功能,因而又与西方现代小说的特点相切合。因此,如果从现

---

① 王德威:《想像中国的方法:历史·小说·叙事》,三联书店 2003 年版,第 1~2 页。

代中国小说的发展趋势看,他的小说就不那么完全入流与合时,我们甚至可以说是完全错位的。现代中国小说一度在"五四"启蒙思潮的指引下,以民主、科学与人的解放为号召,将个人融入浩浩的现实政治斗争,起着一种强大的精神感召作用。然而正如王德威所言:"'感时忧国'一旦成为一种写作的必然,甚或是意识形态的律态,我们也看到其负面的影响。文学向政治靠拢,最终造就了20世纪40年代'为革命而文学'的紧箍咒。与此同时,作家过分关心大中国的命运,也使他们的文学及历史视野难以超越中原心态。比起彼时西方现代主义的五花八门,中国小说的发展毕竟有限。"①现代中国小说的这种局限性,在很大程度上暴露出中国小说在处理民族性与世界性关系问题上的软弱。反观林语堂的长篇小说,《京华烟云》、《风声鹤唳》、《唐人街》等也都牵涉到现代中国社会背景,如其中描写的义和团运动、抗日战争等都是肇始于现代西方国家殖民侵略的政治、军事等社会活动。所以,林语堂也是基于中国现代化危机而写作小说的。他写作小说也本以思考中国人的生存问题和关怀中国人的生存命运为鹄的。在这种意义上,我们说林语堂通过小说有力地把民族经验组织为现代化的一部分,起着修正中国文化形象的重要意义。另外,作为一个从"硝烟迷漫"的"五四"文化战场上走过来的现代作家,在30年代就已能深刻感受到现代小说应该具有的发展方向,即小说的魅力是立足于本土文化特性而它的效应又应该是超越于本土的,这种认识无疑具有一定的高远性。

　　从西方自身的文化传统看,东方形象建构也一直是普遍的文化现象之一。从早期的游记家马可·波罗、传教士利玛窦、启蒙哲学家孟德斯鸠与伏尔泰,到后来的卡夫卡等,他们都曾描述过"我性"的中国。他们虽然对东方的看法不一,但是具有认知上的共性,即将东方作为"异"的存在。他们根本以西方文化自居,把东方视为西方文化构建中的一部分。正是主体身份规约了一种文化形象的建构。林语堂充分注意到长篇小说这一文体具有一种强大的文化容纳力。他追求人生性、情效性、民族性特点,最后指向的也都是中国文化这

---

① 王德威:《想像中国的方法:历史·小说·叙事》,三联书店2003年版,第384页。

一根本。他在叙述中广泛植入民族文化的各种表象,亦使得长篇小说获得了文化增值。在"对外讲中"写作中,长篇小说成为他用笔最多、成绩十分显赫的部分。这些长篇小说以一种诗性方式演绎了中国文化,表列了"中国"的形象。因此,林语堂长篇小说写作的意义,并不着力于长篇小说本体特征的自性定义,实是以长篇小说方式言说中国文化,凝定一个"文化中国"。

第二节 《京华烟云》:日常生活的极致表达

《京华烟云》是林语堂移居海外之后不久尝试写作的第一部英文长篇小说。该小说于 1939 年在美国一出版就获得了广泛好评,《时代周刊》评论为"很可能是现代中国小说之经典之作",西方读者誉之为"现代的《红楼梦》",曾入围诺贝尔文学奖提名,虽然最终落选但是影响由此可见一斑。① 尽管如此,该作在现代中国文学史上地位暧昧,褒贬不一,难以得到普遍认可,其中原因之一在于中国读者尚未关注到该作是面向海外读者而写作,并具有独特的文化叙述方式。作为重构中国经典的一部分,该作是林语堂借助小说方式言说中国文化,这是一部有意味的"文化小说"。基于此,这里选择"日常生活"这一视角对这部典型代表林语堂个人思想与文化性格的"颇为奇特的长篇小说"进行评价。所谓"日常生活"是指"以个人的家庭、天然共同体等直接环境为基本寓所,旨在维持个体生存和再生产的日常消费活动、日常交往活动和日常观念活动的总称,它是一个以重复性思维和重复性实践为基本存在方式,凭借传统、习惯、经验以及血缘和天然情感等文化因素而加以维系的自在的类本质对象化领域"②。因此,"日常生活"能较为完整地反映一种文化的构成特征,尤其是对以"家庭精神"为本性的中国文化的介绍与反映,日常生活叙事亦成为我们审视该小说文化意义的一个相当重要的维度。

---

① 详见林太乙《林语堂传》,北岳文艺出版社 1994 年版,第 142 页。
② 衣俊卿:《现代化与日常生活批判》,人民出版社 2005 年版,第 31 页。

一、集成的家族意象

《京华烟云》主要描写了姚、曾、牛三大家族的兴衰演变,其中又穿插、涉及孔、冯、钱、孙等诸多家族。它们之间大多因姻亲关系被联结在一起,从而形成了这部人物众多、结构庞大的关于"家"的小说。尽管小说总体分三部分,即"道家的女儿"、"庭园的悲剧"、"秋之歌",但三部分的家族各成员之间的交际关系都较为简单。从单章叙述看,基本是以一个家族的独立叙事为中心,并由一个家族引出另一个家族,形成家族与家族之间的矛盾冲突。这种"板结块式"结构,形成了与中国传统家族小说的代表之作《红楼梦》之间既有联系又有区别的特点。《京华烟云》一度借鉴了《红楼梦》的小说"技术"①,但又作了一定程度的调整与改变。《红楼梦》描写了贾、史、王、薛四大家族,但它的情节推进、人物性格发展都属于焦点透视。《京华烟云》是以家族活动方式的切割转换构成叙事过程,既不与一个人物相关,又不与一个事件相关,而是与整个家族相关,是与众多事件相关的散点透视。②

家族被视为文化的载体而存在,成为中国文化的集成体。小说中的三大家族都具有鲜明的文化个性,是三种文化类型的代表。姚家代表的是道家。除理想女性姚家二姐妹外,姚思安就是一个"沉潜于黄老之修养有年","从不心浮气躁"③的"现代庄子",具有重生轻财、平淡安和、顺其自然的道家人生态度。曾家是儒家的代表。曾文璞出身官僚,是个"刚强坚定的儒教信徒"。牛家则既非道亦非儒。无论是家长牛思道、悍妇马祖婆(牛太太),还是牛家公子东瑜、女儿素云,他们都以反面人物的形象出现,道德沦丧、伦常失衡、利

---

① 林语堂在写作《京华烟云》(原译《瞬息京华》)之前"精研"了《红楼梦》的写作艺术。他说:"在此期间,犹有一事可记者,即读《红楼梦》,故后来写作受《红楼梦》无形中之熏染,犹有痕迹可寻。我是五体投地佩服《红楼梦》技术的人,所以时时以小说作家眼光,精研他的文学伎俩,又与往常被动式的阅读《红楼梦》不同。"[林语堂:《我怎样写〈瞬息京华〉》,《宇宙风》第100期(1940年5月16日)]

② 参见刘锋杰:《承继与分离——〈京华烟云〉与〈红楼梦〉关系之研究》,《红楼梦学刊》1996年第3辑。

③ 林语堂:《京华烟云》(上),张振玉译,东北师范大学出版社1994年版,第7页。

欲熏心是他们的共同特点。小说以"逃亡"为始末,以姚家为复归,体现了作者对现代文明冲击下的中国(文化)命运的思考,尤其体现出一种对道家文化的强烈偏执与终极皈依取向。

家族文化性格的先定性不仅保证了家族整体形象的稳固性,而且能网络化地囊括广泛的社会生活内容。小说将三大家族命运沉浮置于 20 世纪初期的义和团运动直至三十年代抗日战争时期长达近四十年的历史长河中进行检视,全面展现近代以来中国政治、历史、社会与文化,使得小说具有了一定程度的立体感、时代感。确如作家自己所交代:

> 大约以书中人物悲欢离合为经,以时代荡漾为纬。举凡风尚之变易,潮流之起伏,老袁之阴谋,张勋之复辟,安福之造孽,张宗昌之粗犷,五四、五卅之学生运动,三一八之惨案,语丝现代之笔战,至国民党之崛起,青年之左倾,华北之走私,大战之来临,皆借书中人物事迹以安插之。其中若宋庆龄、傅增湘、林琴南、齐白石、辜鸿铭、王克敏,及文学革命领袖出入穿插,或藏或显,待人推敲。①

大量真实的历史事件、政界与文化界名人的插入给读者一种身临其境之感。同时,这种描写使得家族活动范围完全超出了家族局限,延宕到广阔的社会、文化、自然空间当中。《红楼梦》侧重家族内部尔虞我诈的权力斗争描写,人物活动空间以大观园为界。而《京华烟云》把家族命运起伏的描写与波谲云诡的时代、社会变迁密切地相连,与独特的中国地域文化介绍巧妙地结合。因此,家族是作为与自然、人文景观并存的一部分,是以一种"异"的面貌呈现的。

家族文化身份的特定性也使得小说在处理家与国两者关系时更偏于前者。从本质上说,家与国两者之间具有"同"构关系,即它们是互通互喻("家为国的微缩形态,国为家的扩大形态")、互为表里(在伦理、情感上具有相互认同的一致性),此即所谓"家兴国即盛,国亡家亦衰"。《红楼梦》等古典家族小说最能体现这种关系。但在《京华烟云》中,家与国之间往往成为一种"散"

---

① 林语堂:《给郁达夫的信——关于〈瞬息京华〉》,《宇宙风》1937 年 10 月 16 日。

构关系,国事被包容在家事的叙述中,两者之间并不能产生实质性的互动。应当说,这是小说追逐家族形象叙述的必然表征。

正是家族意象的突出使得《京华烟云》的主题得到了深度强化。林如斯说:"然此小说实际上的贡献是消极的,而文学上的贡献却是积极的。此书的最大优点不在性格描写得生动,不在风景形容得宛然如在目前,不在心理描绘的巧妙,而是在其哲学意义。"①这一评价说明了小说的确是在追求一种普适性的价值。林语堂曾指出:"家族制度的影响于吾人,就恰恰在于私人的日常生活中。"②他概括出中国小说"技术"的若干特点之一就是"注重日常生活,家常琐细,尤着重雇丫头喽啰"。而这种特点的形成正在于中国文化本身:"显然中国小说之特点,源出于中国人生哲学。人生求'居之安'三字,故家庭即人生,人生即家庭生活。"③应该说,林语堂广泛涉猎了包括《红楼梦》在内的中国古典小说,在此基础上抽绎出具有独特性的家族文化,并在《京华烟云》等长篇小说中进行广泛表现。这一过程就是一次对中国文化全面审视的过程,就是一次生动而又深刻的精神体验之旅。

二、近情的日常态度

日常生活态度具有优先性、本质性与决定性。"人在日常生活中的态度是第一性的","人们的日常态度既是每个人活动的起点,也是每个活动的终点"。④ 林语堂一直提倡一种近情的文化人生观。他把近情作为区别中西哲学思路与论辩法的一个重点视点,因为中国重情而西方重理,近情(情)成为与逻辑(理)相对立的常识。而从人本身而言,"近情"即情理,即人情与天理之间的协调,"一个有教养的人就是一个洞悉人心的天理的人",即情理合一

---

① 林如斯:《关于〈京华烟云〉》,见《林语堂名著全集》第 1 卷,东北师范大学出版社 1994 年版,第 2 页。
② 林语堂:《吾国与吾民》,黄嘉德译,东北师范大学出版社 1994 年版,第 169 页。
③ 林语堂:《我怎样写〈瞬息京华〉》,《宇宙风》第 100 期(1940 年 5 月 16 日)。
④ (匈)卢卡契:《审美特性》,徐恒醇译,中国社会科学出版社 1985 年版,第 1 页。

的人。所以,近情思想的实质就是一种人性化的思想,指向人在日常生活中一种合理、和谐、情感化的态度。在《京华烟云》中,林语堂正是以一种近情态度审视生命个体。

小说成功塑造了一批女性形象,而在这些女性身上都寄托着作家的爱与憎。如银屏虽身为丫鬟,但是与姚家大公子体仁发生了恋爱关系。由于地位差异,他们之间的爱情遭到了姚太太的强烈反对。但是当体仁意外死亡后,银屏毅然断绝了与姚太太的关系。红玉是个体弱多病、多疑任性、善感多愁的人,但她对姚家二公子阿非用情十分专一,以致最终投湖而死。因"情"而生,因"情"而死,小说中这两位女性的情感世界得到了丰富体现。在众多的女性形象中,又当以姚木兰最引人注目。

作者处处以一种赞赏、肯定的态度来书写姚木兰形象。姚木兰具有天生的女性优质。姚太太对女儿严加管教,又施之以传统的教育。她具有中国女性所具有的一切美德,如节俭、勤劳、端庄、知礼、谦让、服从、善理家事,以及育婴、烹饪、剪裁缝纫,等等。她还有几种女人所没有的本领:吹口哨儿、唱京戏、收集与鉴赏古董。她在"智慧与知识"的教育环境中成长,"母亲给了她世俗的智慧,父亲给了她知识"。无疑,这是一个理想型女性。姚木兰的优秀是超越于一般女性之外的。比如她的妹妹姚莫愁"智慧上进步大,在知识上进步小",这说明她不如姐姐博学。比如孙曼娘则完全是封建礼教熏陶成功的产物。她把自己的人生完全交于他人,既不谋求改变,也不会有任何超越礼教之外的行动,相信"生死均一",是一个自自然然的"中国古典型的小姐",而姚木兰是一位兼具古典与现代双重气质的女性。

《京华烟云》中的人物形象基本都有原型。小说描写了大量的人物,"重要人物约八九十,丫头亦十来个"。实际上,这些人物又可分为两类:一类是具有真实身份的现代文化名人,如宋庆龄、傅增湘、林琴南、齐白石、辜鸿铭、王克敏等;另一类是虚拟型的人物,主要来自中国古典小说《红楼梦》。"大约以红楼人物拟之,木兰似湘云(而加入陈芸之雅素),莫愁似宝钗,红玉似黛玉,桂姐似凤姐而无凤姐之贪辣,迪人似薛蟠,珊瑚似李纨,宝芬似宝琴,雪蕊似鸳鸯,紫薇似紫鹃,暗香似香菱,喜儿似傻大娘,李姨妈似赵姨娘,阿非则远胜宝玉。孙曼娘为特出人物,不可比拟。"①可见小说中的人物基本上都有来历,或源于真实生活,或源于文学作品,他们都成为被"重写"的对象。姚木兰具有花木兰(中国古代巾帼英雄)、史湘云(《红楼梦》)、陈芸(《浮生六记》)三人的特点,可以说是三人优质性格的叠加。比如陈芸,她是"中国文学中最可爱的女子"。她们夫妇过着"布衣菜饭,可乐终生"的生活,虽处忧患然仍活泼快乐。陈芸爱美爱真的精神代表了中国文化最具特色的知足常乐、恬淡自适的天性。姚木兰虽然出身富贵之家,但是并非爱财如命。她有爱心、正义感。如曾与她同患难的暗香,后来就受到姚木兰的关爱,最后她从姚木兰的丫鬟变为她的妯娌,命运发生了翻天覆地的变化。小说最后部分写姚木兰在逃难过程中收养几个弃婴。这些事件都体现出她具有人性中最自然、最优美的部分。

相比之,林语堂笔下的姚木兰形象与华裔作家汤亭亭(Maxine Hong Kingston)笔下的花木兰形象更是迥异。与林语堂一样,汤亭亭也以英文写作中国文化而著名。她在《女勇士》中塑造了一个现代神话英雄"花木兰"。如果说原版花木兰故事宣扬的是儒家道义及"三从四德"的妇道思想,那么汤亭亭书写花木兰主要表达现代华人女性的一种反叛精神和高度的女权意识。显然,林语堂笔下的姚木兰没有这样强烈的反抗意识。姚木兰对待现实的态度是十分近情的,对那些生活中可能会发生的冲突、矛盾都能通过一种和谐、智慧的方式予以解决。她虽然崇尚返璞归真的浪漫生活,但是又不寻求超脱。她对世俗的一切都充满着感情,如哥哥暴卒时的震惊,儿子出生时的欣喜,女儿死时的泪洗,立夫被捕时的寝食难安,以及对抗战的关切等。她一方面恪守家庭伦理,一方面又顺应人性的自然。在现实中,她不得不依从父母之命嫁于曾荪亚,并不进行任何的反抗,与丈夫终生保持美满的婚姻关系,甚至都想为丈夫箴室纳妾。同时,她又深爱孔立夫,"她感到只要和立夫在一起,就会无比快乐"。她对孔立夫的爱储存在内心深处;但当孔立夫遭遇囚监时,她又表现出勇敢的一面,想方设法营救孔立夫。爱情上灵与肉的分离使得姚木兰

---

①　林语堂:《给郁达夫的信——关于〈瞬息京华〉》,《宇宙风》第49期(1937年10月16日)。

"在晴天就想荪亚,阴天则念着立夫"。然而理与情的冲突毕竟都没有使得姚木兰走向堕落的生活、极端的人生,她始终保持身心和谐,一副处之泰然的样子。而在人际关系处理上就更表现出她圆智的一面。孔立夫是她妹妹莫愁的丈夫,也是自己的恋人,但她并没有因妹妹而争风吃醋,而是积极退让、衷心祝福。对于哥哥体仁的不正之风,她一方面忍让,一方面劝勉。体仁最后的改邪归正是与她的努力分不开的。在与姑娌关系的处理上,她与曼娘、素云、暗香也都能和睦共处,并没有使曾家陷入家庭危机以致分离。虽然与素云之间存在性格差异,但她还是保持低调姿态,有时甚至委曲求全。即使丈夫荪亚有外遇,她也并没有与丈夫决裂,而是把整个事件处理得"美"不能言。

姚木兰性格最大的特点就是和谐。她既是道家的女儿,又是儒家的媳妇,是一个道与儒的思想结合体。正是这种文化间性造就了她对待生活、处理日常事件时的一种自然、平和的态度。而她那种贤妻良母的优秀品质恰恰反映了中国文化自身的优质品性,即它是一种以情理精神为内在品格而决定了中国人的一种近情的日常态度。

从近情文化的基本特征看,也大致可以概括为两点:一是崇尚情感的原则,二是实用主义情怀。[1] 近情即中庸,中庸即强调过犹不及,追求自由的情感但不能过分,这就需要"理"的限制。这种因素使得人们能够坦然地、务实地面对易变的现实生活,客观地反思社会与历史。如果说小说中人物形象的塑造更多地体现对情感至上原则的把握的话,那么小说中对众多人物日常生活活动的描写就具有了一种实用主义倾向。它使得人物情感避免堕入虚化的极端,从而也为小说本身谋求多层次的意义提供可能。

三、习俗的反复插叙

习俗是日常生活中"既定"的东西。在阿格妮丝·赫勒(Agnes Heller)看来,日常生活作为一个"自在的领域",其类本质活动具有重复性,"不仅仅是我们的行为必须通过简单或复杂的中介而纳入一般社会实践中(这适合于每

---

① 参见杨威:《中国传统日常生活世界的文化透视》,人民出版社 2005 年版,第 138 页。

一社会活动)的问题,而是我们的行为必须是可重复的,并且事实上是为任何一个人按它们的'如是性'而重复"。① 日常生活对个人又是一个"既成的世界"的对象化,"这是人出生于其中,他必须在其中学会演习,学会对之加以操纵的环境:是带着既成的集体性、一体化、习惯、任务、意见、成见、情感模式、教育、技术、耐用性等等的世界"。② 因此,日常生活的重复性、既定性也成为审视日常生活中人的一个重要方面。任何个体都必须接受由此规则所形成的一切,诚如衣俊卿所言:"在日常生活领域中,人们之所以可以凭借各种给定的图式或归类模式而成功地和理所当然地活动,重要原因之一在于传统、习惯、风俗、常识、自发的和直接的经验在这里占据统治地位。"③

《京华烟云》广泛描写了衣食住行、饮食男女、婚丧嫁娶、生老病死等大量的文化表象。众多的中国习俗描写对于我们透视居间于其中人们的日常生活起着重要的帮助作用。这些习俗包括缠足、冲喜、中秋、寿辰、乔迁、婚嫁、丧礼等。如"冲喜"是古人用于消灾的一种办法。小说描写了曾家大少爷曾平亚意外染病,身患伤寒。在良医束手无策的情况下,曾家只得让远在山东的孙曼娘赴京。孙曼娘在曾平亚极度病危的情况完成了这场婚礼。小说最浓墨重笔的习俗描写当属几场婚嫁场面。"冲喜"实际上就是一次婚嫁。小说对孙曼娘与曾平亚这场特殊的婚礼过程详加介绍,包括婚前双方家庭的准备(如送礼、布置新房等)与婚礼的整个过程(如接新娘、行跪拜礼、进洞房、饮合欢酒等)。如果说这场婚礼的描写重在程式化过程,那么姚家大小姐姚木兰与曾家三少爷曾荪亚的婚礼则重在豪华、铺张场面的描写。小说对这场"要算北京空前壮观的婚礼"进行了大肆渲染,尤其是对所送彩礼的介绍极尽详细、铺张:

　　下午三点钟光景,木兰的嫁妆开始陆续到来。除去新郎这边派去的八个人去迎接嫁妆的,新娘那边也来八个陪送嫁妆的。嫁妆是分装七十二抬,一路敞开任人观看的。按先后顺序是金、银、玉、首饰、卧房用物、书

---

① (匈)阿格妮丝·赫勒:《日常生活》,衣俊卿译,重庆出版社1990年版,第144页。
② (匈)阿格妮丝·赫勒:《日常生活》,衣俊卿译,重庆出版社1990年版,第52页。
③ 衣俊卿:《现代化与日常生活批判》,人民出版社2005年版,第29页。

房的文房四宝等物,古玩、绸缎、皮毛衣裳、衣箱、被褥。

送嫁妆的行列吸引了好多的观众,把东四牌楼的交通阻塞了好久,没有看见这个送嫁妆的行列的女人,都以不去看北京最大的嫁妆行列,而觉得错过了眼福。站在牌楼最前面的一个是对这件事是最感兴趣的女人。她不是别人,正是华太太。体仁告诉了她送嫁妆行列经过的时间,告诉她,他父亲给木兰花五千块钱备办嫁妆,古玩还不在内,那些古玩有些是无价之宝呢。华太太站在那儿,看一抬一抬的过去,每一抬有两个人抬着,较为贵重的珠宝,金银,玉器,都用玻璃盒子罩在上面。下面这些都是华太太看着抬过去的:一个金如意(是一种礼器,供陈设之用),四个玉如意,一对真金盘、龙镯子,一对虾须形的金丝镯子,一个金锁坠儿,一个金项圈,一对金帐钩,十个金元宝,两套银餐具,一对大银瓶,一套镶嵌银子的漆盘子,一对银蜡台,一尊小暹罗银佛,五十个银元宝;一套玉刻的动物,一套紫水晶,一套琥珀和玛瑙(木兰自己的收藏品),一副玉别针,耳环,戒指儿,一个大玉压发,两条头上戴的大玉凤,一个大玉匣子,一个小玉玛瑙匣子,一个旧棕黄色玉笔筒,一对翡翠镯子,一对镶玉镯子,两个玉坠儿,一尊纯白玉观音,有一尺高,一颗白玉印,一颗红玉印,一支玉柄手杖,一尊玉柄拂尘,两个玉嘴旱烟袋,一个大玉碗,六个玉花水晶花瓣的茶杯,两个串珠长项链,一副珍珠别针,一副珍珠簪子,珍珠耳环,珍珠戒指、珍珠镯子各一个,珍珠项饰一个。然后是若干个古表铜镜,若干个新洋镜子,福州漆化妆盒子,白铜暖手炉,白铜水烟袋,钟,卧房家具,扬州木浴盆,普通的便器。再随后而来的是文具,古玩,如檀香木的古玩架,古玩橱、凳子、古砚、古墨、古画,成化和福建白瓷器,一个汉鼎,一个汉朝铜亭顶上的铜瓦,一玻璃盒子的甲骨。再随后是一匣子的雕刻的象牙,再往后是十大盒子的绸、罗、缎,六盒子的皮衣裳,二十个红漆箱子的衣裳,十六盒子的丝绸被褥,这些一部分是新娘自用的,一部分是赠送新郎的亲属,作为新娘的礼物。①

---

① 林语堂:《京华烟云》(上),张振玉译,东北师范大学出版社1994年版,第373~375页。

　　对于这些习俗,作者又往往采用重复叙述。几场婚嫁场面不用说,"冲喜"也有重复。除孙曼娘临时入嫁曾平亚之外,姚家小公子阿非与宝芬的婚礼也是一种"冲喜",它是在姚太太丧礼之后按中国习俗传统而举行的(第三十四章)。小说的重复叙述之最当属"死",仅人物的死亡就涉及十余人:曾平亚伤寒病死(第十一章),银屏自缢(第二十章),姚体仁摔死(第二十五章),祖母老死(第三十章),红玉投湖而亡(第三十三章),姚太太病死(第三十四章),马祖婆与曾文璞病死(第三十六章),阿满游行被射死(第三十七章),曾太太病死(第三十九章),阿宣新娘惨死(第四十一章),等等。从这个不完全统计中,我们可知作者对死亡这一主题的重复描写之用力。

　　这些习俗基本上以插入的方式置入,成为小说中一种非常不连续的存在,也成为帮助读者在阅读时的一种提示。这似是作者的一种有意安排,它使得小说在叙述形式方面具有了一种特殊性,从而成为与其他现代小说迥异的习俗处理方式。比如在鲁迅的小说中,习俗往往成为一种强制性的现实。因为习俗本身就是一种深层的,具有本源性的文化元素。它的结构性存在无论是对作家艺术创作思维流向,还是活动于其间的人,都起着如"看不见的河床"一样的规范、制约作用。①《祝福》中祥林嫂就是受传统礼教习俗折磨致死的女性。但在《京华烟云》中,习俗对于女性的影响往往是非强制性的,它甚至能够成为审美、欣赏的对象。如小说中描写姚木兰初次见到曾文璞的姨太太桂姐时的美丽印象就是从裹脚开始的:"就因为大多数女人的脚,无论在大小上,角度上,都不中看。所以裹得一双秀色娇小的脚是惹人喜爱的。小脚的美,除去线条和谐匀称之外,主要在于一个'正'字儿,这样,两只小脚儿才构成了女人身体的完美的基底。刚走上船的这位少妇的脚,可以说几乎达到了十全十美的地步——纤小、周正、整齐、浑圆、柔软,向脚尖处,渐渐尖细下来,不像普通一般女人的脚那么扁。"②孙曼娘的形象也是一种带有文化审美性的符号。她是一个受传统习俗影响至深的女性。"从一而终"的生活理念正表

---

①　参见陈勤建:《文艺民俗学导论》,上海文艺出版社1991年版,第272页。
②　林语堂:《京华烟云》(上),张振玉译,东北师范大学出版社1994年版,第54页。

现了传统习俗对她巨大的统治力。但她作为小说中的一个次要人物,作者只是观念化地将其表现并作为一个符号而存在。鲁迅对祥林嫂的刻画是入木三分的,如对祥林嫂眼睛的三次描写,如采用以"死"始以"死"终的首尾呼应式叙述法。鲁迅借此强烈批判了旧社会封建礼教杀人的本性,同时也表示了对旧时代女性悲剧命运的怜悯与同情。而林语堂借孙曼娘所表现的是中国女性特有的那种安分守礼、有忍耐力的性格。可以说,《京华烟云》通过对发生在女性身上的特征化东西等诸如此类的大量习俗的描写,得以表现中国文化独具的特色,使之成为西方读者视野中一道特有的文化景观。

总之,《京华烟云》是一部描写日常生活的家族小说或者说文化小说,其字里行间都渗透着作家进行文化言说的强烈欲望。从思想性角度看,《京华烟云》自然无法与《红楼梦》相媲美;但从文化传播角度看,《京华烟云》的确代表了作家对以家族精神为本性的中国文化的极致想象,因而小说也就具有文化人类学的重要意义。

第三节 《唐人街》:移居生活的完美想象

《唐人街》,英名文 *Chinatown Family*,即"唐人街之家"。这是林语堂唯一一部反映海外华人家庭生活的英文长篇小说。从写作艺术看,这部小说并不出众,既不能与黄玉雪的《华女阿五》(*Fifth Chinese Daughter*)、汤亭亭的《女勇士》(*The woman warrior*)等同类题材的英文小说相媲美,也不能与郁达夫的《沉沦》、老舍的《二马》等同类题材的中文小说相提并论。对此,国内学者也多有批评,认为这部小说的主要人物形象并不"血肉丰满","给人一种单薄之感",在艺术表现上是主要"缺陷"。[①] 但这部小说的意义在于它不仅是林语堂在题材上的一次开拓(此前的《京华烟云》、《苏东坡传》等作品基本以中国历史为题材),而且在主题上与其他小说之间形成了一种连贯:除一贯宣传道

---

① 参见万平近:《林语堂评传》,重庆出版社1996年版,第386页。

家文化与张扬西方基督教精神之外,较为典型地表现出一种中国文化观。《唐人街》是对移居海外的华人生活的完美表达,是一篇家庭理想的赞词、一曲人性的颂歌。这里无意对小说中所表达的西方民主政治及人性精神进行褒贬,只限于评述小说所传达出的那种对中国家庭文化的极致认同,涉及其形成原因和潜在意义,以继续从家庭角度窥测林语堂对中国文化的独特审视方式。

一、展示家庭优性

《唐人街》主要描写纽约唐人街上一位华人父亲冯老二和他一家的求生生活。冯老二是第二代华人移民,在上世纪初淘金热潮中来到美国,又历经千辛万苦辗转来到纽约华人社区,从事一份极其辛苦的、又脏又累的洗衣工作。他的大儿子义可(洛伊)、二儿子戴可(佛烈德利克·A.T.冯)也偷渡到美国。当冯老二节衣缩食积蓄了一笔钱之后,就准备将留在故乡广东新会另外的家庭成员,包括冯太太、小儿子汤姆、小女儿伊娃接到纽约。小说即以小儿子汤姆为叙事视角,全面展现冯老二一家在纽约团圆及之后的生活。从整体看,小说致力于构建一个充满温情、和谐的,具有理想色彩的华人家庭。这个华人家庭具有优质的品性,是中国文化的象征。

小说的情节可以分为两个部分。第一部分以父亲健在即儿子汤姆与父亲冯老二共同相处为背景。正如心理学家所言,父亲既是家庭与外界创造性的联系人,也是家庭内部一种强有力的"哺育力量"。[①] 父亲在一个家庭中应当扮演重要角色和意义。在孩童的眼里,父亲俨然就是天父、地父的意象,是一种"卡里斯玛"(Charisma)的存在。但汤姆从小失去父爱,他渴望回到父亲身边。对于年幼的汤姆来说,父亲却是一个神秘的,又十分让人期待的人。现在来到纽约见到父亲,这就意味着汤姆的愿望从理想变成了现实,一个分散多年的中国家庭也得以第一次在异乡相聚。小说的这一部分重点表现全家如何在父亲冯老二的带领下从事艰难的洗衣生活,即如何夜以继日地工作,如何遭受

---

① 参见(美)科尔曼:《父亲:神话与角色之间的转换》,刘文成等译,东方出版社 1998 年版,第 2 页。

歧视,而又如何容忍,等等(除二儿子从事保险业务外)。在这部分,小说又以一种陌生化的方式展示现代纽约的繁华,从而显示与乡村中国生活之间的巨大差异:一方面,通过描写大量的现代都市意象,如高速的火车,林立的高楼,以及电灯、电梯、麦西超市等,极尽表现西方发达的现代物质生活;另一方面,通过描写蜗居在这个城市中的冯老二一家的生活环境,用于表现孤立于西方现代都市中的中国式的、乡村性的生活。汤姆虽然对局促的工作环境和简陋的居住条件十分失望,但是在内心仍是十分满意,因为这使经济上并不富裕的全家能过上一种温情的家庭生活。在这个家庭中,父子、夫妇、兄弟、婆媳之间能融洽相处,"我们所有的人就是一个家庭"。这两方面都是以对比的方式、虽有等差但蕴涵浓浓血亲的父子、夫妇、兄弟之间的关系,以及姻亲、朋友之间的关系的表现,宣扬了一种长幼有序、夫妇有别、父子有亲、朋友有信的传统中国家庭伦理观、家庭社会观。正如王一川所说:"家族形象是一个体现家族的复杂关系的不易清晰区分的整体,它直接呈现出社会基本构成单位——家族(或更基本的家庭)的权力关系状况,因而可以使我们窥见文化在基本社会关系层面的具体情形。"[①]因此,通过对家庭内部与外部各种关系的描写,可以清晰地呈现出中国家庭制度的基本构成与主要特征。

小说的第二部分以父亲不在为背景,主要描写父亲冯老二车祸死亡后的家庭生活。父亲发生了意外,但冯家并没有陷入悲剧的深渊,反而因祸得福。相比以前,冯家在生活上出现了某些转机,如先是意外获赔,冯家得到五千美金的保险赔偿金,同时还有肇事司机家属提供的二千美金补助,这样小汤姆得以继续进入学校学习。经济条件的改善也终于使他们实现了在唐人街开餐馆的梦想。小说在这部分表现的主要事件还有:二儿子与华裔美籍艺女席茵·透伊(Sing Toy)之间的婚姻分离,中日战争爆发后全家上街参加募捐活动,汤姆与来自上海的中国姑娘艾丝·蔡(Tsai)恋爱,等等。小说后几章描写了艾丝·蔡征得远在祖国内地的母亲同意并与汤姆订婚,离家出走的二儿子回家,

---

①　王一川:《中国形象诗学——1985 至 1995 年文学新潮阐释》,上海三联书店 1998 年版,第 316 页。

母亲六十岁寿辰时全家(包括朋友)团聚等诸多喜剧性事件,最终以全家祭父活动结束。此部分还广泛描写了冯家与唐人街上其他华人之间的交往,从两方面体现了具有家庭精神的中国文化的优质性。一是华人具有爱国的优秀品质。中日战争的爆发并没有使远离故土的华人分离失散,反而能使唐人街上的众多华人从各个家庭中走出来,"战争使得那些有相同的爱国心的人物,聚集在一起。"他们集会、募捐,把所得的款项寄回国内,支援国内人们的抗战。"这个战争事实上已经使得唐人街的中国妇女,产生了空前的改变。"另一是建立在血缘根基上的中国家庭所具有的凝聚力、稳固性。从某种意义上说,父亲冯老二作为家长,他的离世即意味着家长权威的失落。然而冯氏家庭并没有出现兄弟相争的内讧以及家庭内部的分裂,家庭成员之间仍然维持着正常的结合,家庭关系反而得到空前巩固,而这又主要通过塑造母亲的形象得以体现。小说在末尾写道:"这个宴席证明她(冯太太)成功地维持了一个家庭,这是人们在这个充满陷阱与失败的世界中的最大希望。"①这说明了母亲在中国家庭中所起的作用。在父权存在的情况下,母亲只能处于一种"他者"地位,不能获得家庭主导权;而当父权失落的情况下,母亲就起着凝聚家庭内部力量的意义。除冯太太之外,小说还特别塑造了杨太太、艾丝·蔡之母等几位母亲形象,从而也歌颂了中国女性的温柔、善良、易处、达礼的优秀品质。

所以,《唐人街》并未渗透出像"五四"作家那样的强烈反"家"情绪。现代中国小说对于家族文化的批判,其锋芒主要指向它的拟政治化功能,突出表现家长专制暴政、家族对家族成员的人身控制以及精神戕害等负面影响。在这类小说中,我们几乎找不到任何关于家庭正面的、积极的意义。实际上,对于中国传统家庭必须要一分为二地看待,它的确还有许多其他的功能,譬如养育子女以延续后代,组织和协调生产与生活,给受灾受难中的家族成员甚至是非家族成员提供安全与庇护,同时可以相互交流情感以及共享天伦之乐,等等。即便以反叛旧社会、旧家庭文化而著称的鲁迅,也曾看到家庭的积极意义,看到父亲存在的道理:"我现在心以为然的道理,极其简单。便是依据生

---

① 林语堂:《唐人街》,唐强译,东北师范大学出版社1994年版,第303页。

物界的现象,一,要保存生命;二,要延续这生命;三,要发展这生命(就是进化)。生物都这样做,父亲也就是这样做。"①但这些功能长期以来都被社会的、政治化的冲动所掩盖和抹杀。《唐人街》通过冯老二一家生活的描写,广泛表现的却是中国家庭的和谐氛围及积极功能,彰显出中国文化的优质品性。

二、再现童年经验

西方学者曾评价道:"亚裔美国人文学生动地反映了一个常常被人误解而又越来越显得重要的少数民族的自我形象与意识。它们所记录的不仅是亚裔人在美国的种种经历和体验,而且还通过这些艺术家们的各种具体不同的声音与方式,有力地表达了各自的生活经历和思想感受。"②面对不平等政治条件与社会地位,华人作家既有主动谋求个人与主流社会、文化相融的愿望,又有试图通过自己的亲身经历来要求达到华人身份的合理化的普遍现实。但与20世纪早期普通华人作家通过小说记叙自身遭遇不一样,《唐人街》这部小说根本没有暴露华人在西方社会受到不公平的待遇的事实,也并未迸发对西方黑暗现实进行强烈批判的情绪。实际上,小说的重点在于汤姆从"得父"到"失父"这一过程。从叙述逻辑看,在"得父"之前应当有一个艰难的"寻父"环节,但小说并未详述,只是以简单回忆的方式插入说明。小说中汤姆的父亲冯老二也被塑造成一个完全以隐忍的、低调的道家哲学态度来面对现实生活世界的华人形象。这些都显示了这部小说与同类题材小说不同的艺术处理方式以及有着不一样的真实性诉求。

在当时的海外华人中,林语堂是属于"开化华人"的那一种。早在1919年,他就获得官费留学资格赴美国哈佛大学深造,接受了长达三年时间的西方高等教育。自1936年离开祖国至写作这部小说之时也已在西方生活十年之久。同时,他的《吾国与吾民》、《生活的艺术》、《京华烟云》等作品已在西方大获成功,使得他在西方社会拥有很高的知名度。此时的林语堂不仅熟悉西

---

① 鲁迅:《我们怎样做父亲》,《新青年》第6卷第6号(1919年11月1日)。
② (美)埃默里·埃利奥特主编:《哥伦比亚美国文学史》,朱通伯等译,四川辞书出版社1994年版,第676页。

方生活,而且在一定程度上融入了西方主流文化,并且对西方社会、文化有了一个相当的评估。然而这种情况也必然限制他对身陷底层华人生活的足够了解。可以认为,小说中的华人生活题材基本来源或是眼见耳闻,或是来自报刊杂志,并非完全是自己真实的海外生活经历。如果说《唐人街》这部自传体小说有何值得说明的真实性,那就是它的部分题材源自个人的童年经验及家庭的影响。一般地说,作家的性格、气质和心理结构,乃至人格的形成都必然受到传统文化品格的规范、制约,而作为文化传统集合体的家庭是作家所依存的物质环境、文化环境的保证。因此,家庭对于作家品格的确立、发展往往具有深远的意义,不仅影响作家的民族文化心理结构、人格结构,而且使积淀于意识深处的传统道德心理、伦理意识必然在文学写作过程中发挥效用。林语堂自言:"在造成今日的我之各种感力中,要以我在童年和家庭所身受者为最大。我对于人生、文学与平民的观念皆在此时期得受深刻的感力。究而言之,一个人一生出发时所需要的,除了健康的身体和灵敏的感觉之外,只是一个快乐的孩童时期——充满家族的爱和美丽的自然环境便够了。"①"童年之早期对我影响最大的,一是山景,二是家父,那位使人无法忍受的理想家,三是严格的基督教家族。"②父亲、家庭等对作家一生影响之大可见一斑。我们可以明显发现:小说中的人物、父子关系、家庭生活等与作家本人的早年经历极为一致。如果说冯老二这个人物的原型就是他的父亲,那么汤姆就是林语堂自己。汤姆对科学发明的热爱,以及恋爱经历等都被烙上了作家个人的印痕,正如那个曾在自传中被反复描述的林语堂。

　　林语堂出生在闽南一个基督教家庭,童年是在一个和睦、宽容的氛围中度过的。这从心理本源上成就了他的道家式气质,故而也在很大程度上决定了他对中国文化的非常规理解。他曾经以一种生物主义态度来理解中国家庭文化:

---

① 林语堂:《林语堂自传》,工爻译,见《林语堂名著全集》第10卷,东北师范大学出版社1994年版,第4页。
② 林语堂:《八十自叙》,张振玉译,见《林语堂名著全集》第10卷,东北师范大学出版社1994年版,第251页。

采取这种简单而自然的生物性观点,包含两种冲突:第一,个人主义和家庭的冲突;第二,富有智力阶级的无生殖智力和天性阶级的较有热情的哲学的冲突。因为个人主义和崇拜智力往往能蒙蔽一个人,使他看不见家庭生活之美丽。两者比较起来,尤以后者为更可恶。一个相信个人主义者向着它的合理后果而进行,尚不失其为一个具有理解力的生物。但专一相信冷静头脑,而毫不知有热情心肠者,简直是个呆子。因为家庭的集体性,就其为一个社会单位而论,尚有可以替代的物事。但是配偶天性和父母天性之失灭,是无从弥补的。①

不过,林语堂注意到的是家庭在个人与集体、理智与情感两者之间的冲突、调适中所具有的功能,以此宣扬以"家庭至上"为核心内涵的中国文化观。如在个人主义问题上,他就认为独身主义是"文明的畸形产物",而中国式家庭恰恰是它的理想归宿,"和这种西方的个人主义和国家主义对照的就是家庭理想。在这种理想中,人并不是个人,而被认为是家庭的一分子,是家庭生活巨流中的一个必须分子"。② 因此,中国家庭独有的集体性的、温情的、人性化的一面与智性成就的那种西方现代的、独立的、个体的思想形成了巨大反差,并成为后者的潜在互补者。因此,《唐人街》是通过作家自己的童年经验来理解中国文化的。换言之,对童年经验的再现更加强化了中国文化的家庭本性及其具有比西方文化更加优质的一面,这也在一定程度上提示了西方人在改造文化时应当以此作为重要参照。诚如萨义德(Edward Said)所作的评述:"每一文化的发展和维护都需要一种与其相异质并且与其竞争的另一个自我(alter ego)的存在。自我身份的建构——因为在我看来,身份,不管东方的还是西方的,法国的还是英国的,不仅显然是独特的集体经验之汇集,最终都是一种建构——牵涉到与自己相反的他者身份的建构,而且总是牵涉到对与'我们'不同的特质的不断阐释和再阐释。"③

---

① 林语堂:《生活的艺术》,越裔译,东北师范大学出版社 1994 年版,第 174 页。
② 林语堂:《生活的艺术》,越裔译,东北师范大学出版社 1994 年版,第 191 页。
③ (美)萨义德:《东方学》,王宇根译,三联书店 1999 年版,第 426 页。

三、怀旧情绪生产

自传取向使得《唐人街》这部小说具有了一种"时间"深度,这也是对中国文化的一种超越性认知。从本质上说,构型中国文化的就是一种家族(庭)制度,"家族制度又似社会制度,它是坚定而又一贯的。它肯定信仰一个宜兄宜弟,如手足的民族应构成一个健全的国家。"①所谓"家国同构"即表明中国家庭文化具有体制化、政治化的特性。因此,一旦这种拟政治的功能被弱化,就势必强化自身的文化表征意义,从而使家庭观念更多体现为一种历史想象、情感皈依与文化认同。作为现代中国家族小说中的"非典"之作,《唐人街》的另一独特性正在于它的"空间"广度:特有的文化语境、特殊的情感蕴含和特定的价值考量,具有一种全球化表征。

首先,《唐人街》展示了多元的文化景观。小说描写了中国人、意大利人、美国人等各自民族的特征,比如中国人的勤劳、善良、肯干,意大利人与中国人"爱面子"的共性,美国人热衷追求感官刺激与自由的性格,等等。本色的基督教与中国固有的文化传统习俗描写也成为小说的一大特色。冯老二一家既过中国传统的中秋节、双十国庆节、孩子满月席、寿诞等节日,又过西方传统的圣诞节,参加礼拜仪式。此外,冯老二一家也并非是单纯的以华人为成员的中国家庭,它是中西共有的。冯老二的大儿媳属意大利籍,她信仰天主教。在她的感染之下,冯太太也开始接受基督教。她把去教堂的举动看成是参加西方社会的社交活动。冯老二的孙子小马可就是中西结合的产物。作为最新一代华人,他出生之后也接受了基督教的洗礼。小说中布满了中西两种文化符号,而对两种文化的体验也正成为主人公汤姆不断成长的潜在动力。

其次,《唐人街》显露出皈依故土的强烈意向。作为一部描写华人生活的小说,无论是小说人物,还是创作主体,所指涉的都是身处异国他乡的华人,他们都具有怀乡、恋乡的情绪。"中国人令人最先提及的特性便是对土地的依恋。"②小说中描写主人公汤姆的一段话可作代表:

---

① 林语堂:《吾国与吾民》,黄嘉德译,东北师范大学出版社 1994 年版,第 172~173 页。
② 林语堂:《辉煌的北京》,赵沛林等译,东北师范大学出版社 1994 年版,第 233 页。

汤姆几乎忘了置身何处,他一再告诉自己他和家人一起在纽约,他也进入了美国学校就读,但是他还是老觉得自己回到了家乡,回到了新会的农庄中。乡村中的羊肠小道,屋后的荔枝园,家乡的玩伴和他们所玩的游戏,还有学校教室中的窗户、钟塔中的钟……这一切如此清晰地浮现在眼前。他到美国后常常回忆着这些细节。事实上,当他在海上航行之时,他已经不由自主地写下了这些怀念,这几乎是和生、死一样重大的事情,如果他的父亲说移民局的办公室有十个窗子,他会立刻校正说有十二个;如果父亲说村子里的大街是南北向,他会反驳说那是东西方向的;或是任何其他细节被弄错了,他就会想到坐船横渡太平洋回到他的家乡去。①

因此,《唐人街》体现出一种"家园"意识:"思家"不仅代表一种"离家"的伤感,而且意味着"寻家"的渴望,以及"在家"的舒畅,"家"具有一种强烈的观念化色彩与意识形态性质。正是这种意识规约了作家的文化选择和身份认同。小说不仅仅只是作家个体内在情绪的抒发,而直接代表了全球化时代人们面对易变世界时所具有的那种"通感"。

再次,《唐人街》张扬了中国文化的现代价值。"家"是中国人特有的一种情感纽带,既可表现为对家的一种眷念与思恋,又可视之为一种精神的家园与情感的归宿地。在从传统社会向现代社会转型的过程中,一些中国现代作家为争取人格独立与精神自由,往往通过与他们笔下所钟爱的人物一同离家出走,而成为旧家庭的叛逆者。他们公开申明自己与旧家庭一刀两断,不再存有任何的人身依附关系。但从精神本源上看,他们实际上仍然难以彻底摆脱血缘关系、家庭观念上的牵制,因为家庭不仅仅只体现为具体的生存场所、人伦关系,而且意味着一种价值上的终极关怀。尤其是当一个人处于漂泊远离,身处异国他乡,甚或无家可归的情况下,此即意味着精神上的无所归依。林语堂为表现中国人的精神稳固性、文化根源性,不断从正面突出和强化家庭形象。《唐人街》所叙写的移民家庭与《京华烟云》的本土家庭一样,都是对中国家庭以及家庭文化本真面貌的呈示。因此,作为中国文化最根本组成部分之一的

---

① 林语堂:《唐人街》,唐强译,东北师范大学出版社1994年版,第106~107页。

家庭文化在异质的社会和文化语境中释放出了应有的价值。中国家庭文化具有丰富的内涵,除人伦秩序、道德情感外,它所具有的理想价值内涵更是不可或缺的维面。

　　所以,《唐人街》这部小说极致表现了林语堂对中国文化的一种认同情结。作为置身西方发达社会的现代华人,林语堂也不得不面临"如何认同被现代性消解了的、自我的多重身份,如何在现代社会里为自我重新定位"的"最大危机"①。"对外讲中"作为他的实践选择,既是现代性体验之旅,又是文化现代性之求。他在全球化语境中还原那些美好幻想,重建的不只是个人的生活信心,而且是中国文化的信心。正如美国著名的社会学家罗兰·罗伯逊所说:"作为文化政治(cultural politics)——以及文化的政治(politics of culture)的一种形式,存心怀旧成了全球化的一个主要特征。"②《唐人街》突出的"中国文化"蕴含,使之成为了"主题化的乡愁",而林语堂对中国文化的"重写"也正处在这种"怀旧"的再生产链条之上。

---

①　赵静蓉:《现代人的认同危机与怀旧情结》,《暨南学报》(哲社版)2006 年第 5 期。

②　(美)罗兰·罗伯逊:《全球化:社会理论和全球化》,梁光严译,上海人民出版社 2000 年版,第 223 页。

第五章　异国情调：中国传奇的"重编"及其文化利用

　　《中国传奇》是林语堂最为重要的译作之一。原名 *Famous Chinese Short stories, Retold by Lin Yutang*，或译为《英译重编传奇小说》，1952 年由纽约约翰·黛公司出版发行。从全书目次看，除导言之外，分为神秘与冒险、爱情、鬼怪、讽刺、幻想与幽默、童话等六大主题，每大主题之下分别选译了若干则传奇小说。因此，《中国传奇》实际上是一部按主题分类的，由 20 篇传奇小说组成的中国古代短篇小说集。① 但又如林语堂所言："本书之作，并非严格之翻译。有时严格之翻译实不可能。语言风格之差异，必须加以解释，读者方易了解，而在现代短篇小说之技巧上，尤不能拘泥于原文，毫不改变，因此本书乃采用重编办法，而以新形式写出。"②可知，《中国传奇》又是一部依据西方现代短篇小说"描写人性"的精神主旨，借助"重编"（retell）这一特定的艺术手段而以"新形式"出现的小说选集。所以，它并非是对流行已久的中国古代传奇小说的直接翻译、介绍，而是再创造，是在异质文化语境中展开的关于"异"的言说。

　　本章拟从两个角度进行评述：一是直接选择《中国传奇》中的"爱情"小说为考察对象，试图从"重编"前后的文本比较中寻求作家对普遍人性价值的肯

---

　　① "中国传奇"包括中国古代的传奇小说、话本小说、文言短篇小说等，其中又以唐传奇小说为主，约占一半。因此，林语堂所说的"中国传奇"是广义的，不只是唐宋的传奇小说。

　　② 林语堂：《中国传奇》，张振玉译，东北师范大学出版社 1994 年版，第 5 页。

定和作家竭力追求中西文化视域融合的倾向;二是深层次的、拓展性的讨论,认为作家能充分估计传奇小说本身的文化蕴含,汲取传奇小说的文化因素,将其移用到长篇小说写作当中,从而求得了中国文化的现代意义。以《朱门》、《奇岛》这两部反映现代生活的长篇小说为例,通过挖掘其中与中国传奇小说同质性内涵即侠义文化与理想文化,进行各自的比较与分析。《中国传奇》与长篇小说之间的互文性关联意味着作家对中国古代传奇文化进行了有深度的开发及利用。

第一节　有意味的结尾——《中国传奇》的爱情叙事

以描写男女婚恋为题材的爱情小说是《中国传奇》最为重要的组成单元之一。该书专列"爱情"部分,共选有《碾玉观音》、《贞节坊》、《莺莺传》、《离魂记》和《狄氏》五篇,总篇幅占全书四分之一以上。另外,在《无名氏》("神秘与冒险"),《小谢》("鬼怪"),《人变虎》、《定婚店》("幻想与幽默")等篇中也都掺有爱情故事。正如林语堂所说:"无论犯罪小说,冒险小说,或神怪小说,不涉及爱情者甚少。由此可见,古今中西,最令读者心动神往者,厥为男女爱情故事。"[①]这些凸显出"爱情"这一主题的重要及林语堂对这一主题的重视。古典的中国爱情故事,经过双重的"翻译"(从古代汉语到现代汉语、从中文到英文),被置换成一个个精彩的、现代的情感故事。林语堂将爱情作为一个特别重要的人生"现象"予以描述和表达,并在"人性"这一基本层面上进行文化价值伸张,从而使中国古代传奇小说生发出特定的意义和价值。限于篇幅,以下以"爱情"部分的五篇小说为主要讨论对象。

一、通约的冲突形式

爱情是人类追求美好生活的共同体现,是古今中外文学的共同主题之一,

---

①　林语堂:《中国传奇》,张振玉译,东北师范大学出版社1994年版,第3~4页。

因此也就存在某些通约的叙事形式。凡描写爱情,都首先要表现男女主人公如何对爱情的坚定与执着,这就势必产生爱情冲突。所谓"爱情冲突"是指由于个人的爱情旨趣受到其他生活旨趣的阻隔从而破坏爱情的垄断的现象。黑格尔归纳出三种爱情冲突形式:(1)荣誉与爱情的冲突;(2)政治的旨趣,对祖国的爱,家庭职责之类永恒的实体性的力量本身与爱情的冲突,阻止爱情的实现;(3)一些外在的情况和障碍,例如事物的寻常演变、生活中的散文性的事物、灾祸、情欲、偏见、心胸的狭隘、旁人的自私以及多种多样的事故与爱情。①这三种冲突形式也基本可以概括《中国传奇》的叙事情况,其中又尤以第一种冲突形式最为普遍。

爱情与荣誉之间本具有同一性,如爱情可被视为荣誉所包含的东西的实现,它是主动将自己的主体人格寄托于对方身上,从而能从对方身上得以确证自己。但是两者之间又是互相对立的,因为荣誉是将自己的人格让他人来确认,它所采取的内容对爱情可能就是一种障碍。中国古典小说往往表现"门当户对"的男女婚恋的故事。可以分为两种情况:一种是"门不当户不对"的一对男女主人公之间的婚恋遭遇不幸,这主要是因为双方阶级地位的差异而造成家族荣誉的损害所致。《碾玉观音》中的女主角美兰是"大官张尚书的独生女",又从小受严父的管束与溺爱,"娇惯得厉害"。男主角张白仅仅是一个在她家做活的亲戚。自从张白进入美兰家之后,两人逐渐产生了爱情。虽然张白雕技出众而一举成名,但是他得不到美兰,因为张尚书已允诺将美兰嫁给一个"很有势力的人家",并且都举行了订婚礼,两家交换了礼品。无奈之下,张白与美兰私奔而去,远走高飞。结果可想而知,由于张白出众的技艺被人认出而被跟踪,美兰被抓回而张白消隐于人间。这里似乎在暗示着,如果门不当户不对,那么男女之间的爱情就会遭受阻碍,婚恋也就不会圆满。另一种是即使是"门当户对"的婚恋也并非总是完满的。《狄氏》中的狄氏与狄氏先生两家都是名门望族,双方父母同朝为官,既是同党又是至交。生于世代书香之家的狄氏是京都富贵人家的小姐,狄氏先生同样是富贵人家的子弟,"生来就有

---

① 参见(德)黑格尔:《美学》第2卷,朱光潜译,商务印书馆1979年版,第330~332页。

现成的功名",现在又是官职屡迁,升至御史,令人企慕。但狄氏却受不了丈夫的傲慢和蛮横,终至红杏出墙,与太学生塍生发生了关系。与狄氏相比,塍生无论在身世还是身份、地位方面都不及他,但狄夫人在三年的守寡之后最终嫁给了塍生。这从另一个侧面说明了荣誉与爱情之间的对立性。所以说,爱情具有一种排外性,它具有自身独特的内在逻辑,并非能为外物所左右。除与荣誉的冲突外,爱情与金钱之间同样存在一种对立关系。《贞节坊》中的文太太就面临要荣誉、要金钱,还是要爱情的痛苦选择。贞节坊是由皇帝御封的用于表彰女性遵礼守教之美德的象征物,也是家族得以流芳百世的历史见证。因而,对一个家族来说,有贞节坊设立是一个家族莫大的荣誉。如果文太太坚持守寡,那么就有人帮她修建贞节牌坊并可以获得一千两银子,文家同宗也会因此受到莫大的功名。但是文太太最终放弃了荣誉与金钱,她嫁给了管菜园的老张。这是女性的一种捍卫纯洁爱情的行为。

　　"实体性的力量"是一种事关责任的重大因素。中国传统爱情小说主要以表现反抗旧社会不平等的封建制度为主题。爱情似与国家、阶级、政治之间存在一种对抗关系。同时,由于女性在古代基本属被压迫阶级,她们除为了追求个体的自由解放外,很少具备现代的家庭观、国家观。但在这些小说中,女性被赋予了现代特质。为了家庭,为了国家,女性愿意付出自己的努力,如狄氏。由于狄氏先生的高等政治身份,狄氏只好把自己的精力集中在孩子身上,勉强维持着看似幸福实则不幸的婚姻家庭。当塍生出现之后,狄氏的爱情观发生了根本性的转变。她不仅主动疏离狄氏先生,而且设法帮助困厄中的塍生。当初,塍生是被狄氏的美貌所倾倒而去主动结识狄氏的。但作为一名太学生领袖,塍生又积极参与并领导收复失地运动。正是他的义举深深打动了狄氏。相反,狄氏先生在整个过程之中却利用自己掌握的权力竭力阻碍塍生的政治活动。可以认为,狄氏与塍生之间的爱情并非建立在纯粹感官、肉欲的享受之上,而是基于国家性、社会性的"实体性力量"之上的。

　　黑格尔所说的第三种情况在《莺莺传》中有所体现。元稹与莺莺之间的爱情故事缠绵悱恻,令人难忘。从元稹主动追求莺莺,到莺莺苦苦等待元稹,直至最终元稹与莺莺绝交、各奔东西,这一始乱终弃的过程反映的是元稹在性格上的一种缺失。在这里,并没有任何外在的事物阻挠他们之间爱情的实现。莺莺的父母极为支持他们的爱情。在元稹与莺莺关系出现危机之后,元稹的朋友杨巨源也尽心撮合,无奈一切努力均付之东海。元稹与莺莺绝交虽曾被朋友誉为"善为补过",但在林语堂看来,身为名诗人,后且居高官的元稹,其人品"并不见重于世"。"元稹所行,为登徒子,为薄幸郎,为轻薄儿,与长安寻花问柳少年所行无异。"①所以说,这一出爱情悲剧正是由于元稹的偏见、心胸狭隘等"散文性的事物"所致。

二、化"悲"为"喜"

黑格尔说:"爱情如果要显示它的本质,就只有通过主体按照他的内在精神和本身的无限性而进入这种精神化的自然关系。"②此即意味着只有通过主体的对象化,即在对方身上才能展示爱情的本性。这就要求作家在写作中要围绕爱情这一中心营构出一个独特的、诗意的爱情世界,要将一切现实都介入到这样的一种关系之中,一切现实也都因此而获得真正的价值。这几篇爱情小说都致力于这样的艺术追求,它们不仅故事性强,而且生动感人。虽然它们都是建立在爱情这个共同主题上,但是并没有出现情节雷同,甚至叙述模式化的倾向。这自然与作家本人追求艺术性的努力分不开。其实,中国古代传奇小说本身就以艺术性见长:"传奇者流,源盖出于志怪,然施之藻绘,扩其波澜,故所成就乃特异,其间虽亦或托喻讽以纾牢愁,谈祸福以寓惩劝,而大归则究在文采与意想,与昔之传鬼神明因果而外无他意者,甚异其趣矣。"③它不仅文辞优美,而且能够大胆地运用夸张、想象等叙述手段,遂成为中国古代小说史上的一朵奇葩。当然,这是就中国古代传奇小说本身而言的。这几篇爱情小说虽然基本依据古代原作,但经过"重编"这种创造性的"翻译",同样体现出一种原创性意味,显示出与中国古代传奇小说相一致的艺术性特征。这既

---

① 林语堂:《元稹的酸豆腐》,见《无所不谈合集》,东北师范大学出版社 1994 年版,第 371 页。
② (德)黑格尔:《美学》第 2 卷,朱光潜译,商务印书馆 1979 年版,第 326~327 页。
③ 鲁迅:《中国小说史略》,东方出版社 1996 年版,第 45 页。

是一种继承,又是一种创新。大致表现在情节化、陌生化与喜剧化三个方面,其中又以喜剧化最具特色。

1.情节化

美国文学批评家布斯(W.C.Booth)有一句名言:"作家创造他的读者!"我们可以说:"读者创造他的作家。"在同一文学话语系统中,读者与创作者之间是一个互动的关系。作品如果要吸引读者,就需要作家运用创造性想象,需要作家采取更多的艺术技巧去"美"化作品。增强情节性是达到感染读者的必要艺术技巧之一。中国古代有大量生动的、能吸引读者的小说。这些小说都有很强的故事性,但也存在较为浓厚的说教意味,即使是爱情小说,也往往并不以爱情为中心,这使得爱情成为一个被虚置的主题。这几则爱情小说都是将爱情置于中心,通过对原作的"重编"来突出爱情的至上地位,其中改写情节的现象非常突出。《离魂记》的"前记"交待了小说的基本内容、流传情况、来源(《太平广记》第23篇),在最后又特别补充了一句:"原本情节简单,尤为可喜。"①应该说,简单的情节更容易为"重编"提供想象发挥的空间。《莺莺传》为表现元稹的绝情,特意增入了婚后重逢的尴尬场面。原作是莺莺以两次"以诗代见"的方式简单结束,而"重编"后将其扩展为直接谋面,通过一次对话表示两人缘分已尽,最终元稹未言离开而莺莺昏倒。《无名信》揉合了《简贴和尚》、《胡氏》、《简贴僧巧骗皇甫妻》三篇内容,力图使皇甫氏依恋洪某,而不愿回归前夫,从而使读者同情洪某。所以,整个故事显得更加连贯,情节也更加复杂。《贞节坊》描写文老太、文太太和美华一家三代女性的截然不同的婚姻命运。文老太守寡至终、至死不再嫁,年轻貌美的美华与青年军官李松自由恋爱,而文太太则徘徊于两者中间。受女儿美华的影响,文太太最终转变态度,鼓起勇气追求自由爱情,而这一过程正是借助详写夜间"杀鸡"一事得以体现的。

2.陌生化

中国古代传奇小说普遍运用扩大或缩小、粘合、漫画、夸张等变形方式。

---

① 林语堂:《中国传奇》,张振玉译,东北师范大学出版社1994年版,第120页。

所谓"变形"是指艺术家调动丰富的想象力、创造力去构思文本,创造一些与常规事理完全相异的形象。因此,变形也就是一种陌生化的构思方式,使熟悉的、惯常的变成陌生的、非常规化的,目的在于引起读者的审美感兴,延长审美时间感知。《白猿传》中的白猿本是动物,但具有人性;还有变成虎的张逢(《人变虎》)、变成鱼的薛伟(《人变鱼》)等。人与动物之间是具有显著差异的。通过粘合人的特征与动物的特征,塑造出超越平常的人、物形象,这是传奇小说中较为惯用的艺术技巧。这几篇爱情小说,也是在坚持原作的基础上,通过变形进一步强化了形象特征。《离魂记》中的钱娘被塑造成一个对爱情忠贞不渝的女性形象。由于与王宙的爱情受到家庭阻挠,她难以实现自己的幸福理想。所以,在小说中有这么惊人的一幕:王宙不得以离家外出,船舶靠岸停泊之时,听到钱娘追赶过来的脚步声,而此时的王宙也看见钱娘正在岸上,于是两人再聚并私奔而去。可谁知此时的钱娘却是有魂无身,真正的钱娘其实卧躺于病榻之上。应该说,此时的钱娘实际上已经被极度变形,她被夸大为一个可以超越现实的"超人"形象。古人云:"情之所至,金石为开。"钱娘对爱情的忠贞感动了上苍,最终又得以身魂合一,从而完成了人性的真正复归。所以,《离魂记》被林语堂誉之为"最纯正之青春爱情故事"。①《贞节坊》的文太太被塑造成一个敢于追求爱情、值得赞许的女性形象。她不惧等级制度的规约、家族的施压,毅然抛弃了荣誉和金钱,大胆地向下人老张示爱,表现出新时代女性的优秀品质。而老张被描写成为一个拘于保守的男性形象。这位长期生活在文太太家中的"园丁"是一个漫画式的人物,不乏是一个被冷嘲热讽的对象。男、女形象之间巨大反差的效果,也部分源于变形技巧的运用。

3.喜剧化

以自由为基础的现代爱情与残酷的封建专制政治制度、严肃的宗法伦理道德规范之间是极不相容的。中国传统婚恋观被家国同构的社会体系所收编,两性之间缺乏根本的性爱体验,整个社会也就难以形成具有观念意义的爱情"意识形态"。可以承认,中国古代社会实很少存在着真正意义上的爱情。

① 林语堂:《中国传奇》,张振玉译,东北师范大学出版社1994年版,第4页。

在现实中,女性大多是受压迫者,是爱情的牺牲品。而在众多的以表现弃妇、闺怨为主题的古代文学中,女性也基本被建构成为悲剧性形象。如果说中国古代女性有真正的爱情的话,那么这种爱情也只能存在中国古代的诗歌、戏剧、小说、传奇等文学艺术作品之中。悲剧性爱情故事是中国古代最为重要的文化现象之一,也是我们了解中国古代政治、文化、制度等的重要线索之一。这几篇爱情小说的原作也大体属悲剧题材。男女主人公之间的爱情多数因受传统的宗法制度、伦理秩序和公众道德的阻障而无法得以实现。然而,在原作中未能实现的爱情在这里得到了实现,悲剧结尾被置换成喜剧结尾。《贞节坊》原作是叙述文太太在接受贞节牌坊前夕,因为仆人引诱而失节,最终未获得贞节牌坊而不得不自缢身亡,而这里是这个寡妇成功获得了爱情。《狄氏》原作中的主人公狄氏"以念生病死",而这里的狄氏抛弃了前夫,与滕生缔结秦晋之好,再次获得了爱情。《离魂记》原本复仇的故事也以钱娘与王宙重获团圆而结束(灵魂复归为人)。喜剧化技巧显示出这几篇爱情小说与原作大为不一样的爱情审理方式。

在上述三者中,化"悲"为"喜"的喜剧化结尾方式无疑是富有意味的。林语堂对喜剧本身有自己的见解。在《论幽默》一文中,他曾特别引用了麦烈蒂斯《喜剧论》中的一段话:"我想一国文化的极好横重,是看他喜剧及俳剧之发达,而真正的喜剧的标准,是看他能否引起含蓄思想的笑。"[①]幽默或者说喜剧的特点是用于评价一国文化是否发达的主要标准。西方文化之发达即意味着喜剧的发达。在"重编"过程中,这种喜剧精神的加入具有特别意义。除在美学层面突出人生价值之外,也突显出中西文化差异性的张力,因为从结尾的设置中能鲜明体现西方文学艺术的文化内涵。英国学者弗兰克·克默德(Frank Kermode)曾探讨了"结尾的意义"。他认为,《启示录》所包含的对过去与未来时间的"和谐"想象是一种独特的文化形象。西方文学作品中情节的"突变"正是这样的一种反映:

一个平铺直叙、结尾明显的故事似乎更像是神话,而不是小说或戏

---

①　转引自林语堂:《论幽默》,见《林语堂批评文集》,珠海出版社 1998 年版,第 59 页。

剧。突变这种在叙事中类似于修辞中的反语的情况,存在于每一个结构极为简单的故事里。如今,突变取决于我们对于结尾的把握。它成了一种能引出和谐的否定。它之所以要否定我们的期待,显然与我们想通过一条出乎意料而又富有启发性的途径作出发现或获得知识的愿望有关,完全不是因为我们根本不想达到那些目的。因此,我们在吸收突变的同时,也在调整对结尾这一单纯启示的鲜明特征的期待。①

可以说,中国传奇的"重编"是充分估量到域外读者因素,即通过直接的、和谐的叙事来"暗合"西方文化,甚至去满足西方读者的心理期待。

三、变奏的浪漫情调

经林语堂"重编"的中国古代爱情小说,由于运用了特定的艺术技巧,凸显了一种现代的爱情观;而由于基于"描写人性"的写作主旨,使得中国古代小说焕发出另一种生动面貌。小说是叙事艺术,讲求形式、技巧;小说即叙事,即文化,小说、叙事、文化是三位一体的。正如米克·巴尔(Mike Bal)说:"就像符号学一样,叙述学有效地适用于每一种文化对象。并非一切'是'叙事,而是在实践上,文化中的一切相对于它具有叙事的层面,或者至少可以作为叙事被感知与阐释。"②因此,叙事作为一种文化表达模式在文化研究中具有重要的功能、意义,即使无需借助媒介、模式也能"区分出不同的叙事所在地;区分出其相对的重要性,与叙事对于对象的留存以及对于读者、听众与观众的不同效果"③。因此,借助小说叙事艺术可以透视居于其间的文化所在。相对于中国小说自身的艺术发展,传奇小说的艺术性比较突出;相比于西方传奇小说,中国传奇小说仍然有自身的特点(或可说成是局限),这可以从叙事传统的差异中见出。如对于历史传奇的书写,中国传奇"分而叙述主人公的行动

---

① (英)兰克·克默德:《结尾的意义:虚构理论研究》,刘建华译,辽宁教育出版社 2003 年版,第 17 页。

② (荷)米克·巴尔:《叙述学:叙事理论导论》(第二版),谭君强译,中国社会科学出版社 2003 年版,第 263 页。

③ (荷)米克·巴尔:《叙述学:叙事理论导论》(第二版),谭君强译,中国社会科学出版社 2003 年版,第 286 页。

而构成大小故事密集型进展的叙事结构",西方传奇侧重历史人物在历史事变中的命运遭际。对于主人公的生活多是从多侧面、多线索、多情节展开,如把主人公的爱情纠葛与历史事件中的人物行动并行交织,从中再插入世俗平静生活场景,由此形成一个"行程散漫、缓急有致、兼容并包的叙事整体",一种"个别事件与其他材料交织的叙事结构"。① 林语堂试图突破传统的中国传奇重伦理框架的社会历史叙事,而借助西方传奇的历史框架来表现人生意志、生命情感,从而在传奇小说本体中显露文化底色。

换而言之,这几则爱情小说有力地彰显了中西文化的差异。爱情是文学永恒的主题,古今中外,概莫能外,但爱情观是不一样的,古今中外,不可一同。朱光潜在比较中西诗歌时,从人伦、自然、宗教和哲学等几种题材、角度进行分析。就人伦而言,他认为西方关于人伦的诗大半以恋爱为中心,但恋爱在从前的中国实在没有现代中国人所想的那样重要。恋爱在中国诗中不如西方诗中重要。中西爱情观出现差异的原因有许多。第一,西方社会表面上虽以国家为基础,骨子里却侧重个人主义。第二,西方受中世纪骑士风的影响,女子地位较高,教育也比较完善,在学问和情趣上往往可以与男子诉合,在中国得于友朋的乐趣,要在西方往往可以得之于妇人女子。中国受儒家思想的影响,女子的地位较低。夫妇恩爱常起于伦理观念,在实际上志同道合的乐趣颇不容易得,加以中国社会理想侧重功名事业。第三,西方人重视恋爱,有先恋爱后结婚的标语。中国人则重视婚姻而轻视恋爱。所以说,西方诗人要在恋爱中实现人生,中国诗人往往只求在恋爱中消遣人生。中国诗人脚踏实地,爱情只是爱情;西方诗人比较能高瞻远瞩,爱情之中都有几分人生哲学和宗教情操。② 朱光潜的评价是客观的,也是全面的,为我们从爱情观中辨明中西文化差异提供了一个"洞见"。因此,如果我们无视这种差异而片面追求一体的文化观,那么对于爱情这样经典的文化主题的存在也就可能就是一种"盲视"。

其实,这种中西爱情观的差异也就是黑格尔所说的古典与浪漫的区别。

① 应锦襄等:《世界文学格局中的中国小说》,北京大学出版社 1997 年版,第 84 页。
② 参见朱光潜:《中西诗在在情趣上的比较》,见《朱光潜全集》第 3 卷,安徽教育出版社 1987 年版,第 74~76 页。

黑格尔认为,爱情在古典型艺术里是不曾取主体"亲热情感"的形式而出现的,它在表现作品时一般只是作为一个次要的因素或者只是涉及感官享受方面。林语堂明确标明自己所反对的就是这种纯感官刺激的"荒唐"之事。"古今小说,最令读者心动神往者,厥为男女爱情故事。虽然如此,若男女情人,偶一得便,立即登床就枕,实属荒唐。"①所以,为了让爱情故事更趋合理,他在"重编"时作了某些必要的艺术性处理。《狄氏》原作中有这段话:"生因徙坐,拥狄氏曰:'为子且死,不意果得子。'拥之即帏中,狄氏亦欢然,恨相得之晚也。比夜散去,犹徘徊顾生,挈其手曰:'非今日,几虚作一世人。夜当与子会。'"这一"荒唐"的情节被特意删除。林语堂反对卑劣的、违背人类基本道德情感规范的动物性取代人性的非人性行为。这种情况在其他非爱情小说中亦有出现,如《虬髯客传》特意删除了"以匕首切心肝"一段,因为这种做法是极不仁道的,甚至是反人性的。与古典型爱情相比,浪漫型爱情讲究充分展示主体内在的无限性,要使一切都因爱情而生辉、提升。《离魂记》的爱情主题十分突出。钱娘因情而病,竟然身魂分离地去追求伟大的爱情,由此她也完成了从常人、超人到完人的人性升华过程。整个小说因此而被涂染上一层极富浪漫的情调。

浪漫的爱情是人性光辉的体现,而浪漫的爱情小说是人性光辉的集中展示。这些爱情小说在体现林语堂反对传统忠孝节义的封建伦理道德观念之外,重点表现一种以"人性"为核心的现代人生价值观念。描写人性、追求普适性是林语堂一以贯之的"重编"原则。《狄氏》原选自宋人廉布的《清尊录》一书。林语堂基本延用了原作的人物、结构与情节,但有几处作了艺术性处理,如删除了"荒唐"之事,特别增入了"学生运动呼吁收复失地"一节。这种变动不仅使故事情节更趋复杂,提高了可读性,而且大大加强了小说的现实针对性和政治批判色彩。这种处理,也使小说主题发生了一定偏移:从描写中国古代妇女悲剧命运,到以讨论人性的根本问题即关于善恶的道德问题为旨趣。由于狄氏与膝生各自身份的特殊性(一为御史夫人,一为太学生领袖),他们

---

① 林语堂:《中国传奇》,张振玉译,东北师范大学出版社 1994 年版,第 3~4 页。

之间显然并非一般的被勾引者与勾引者如此简单的关系。狄氏先生作为统治者的代表,不仅加害夫人狄氏,而且镇压学生运动。狄氏、狄氏先生、滕生之间构成一种特殊的三角关系,他们分别代表着"善"、"恶"、"义"三种人性形象,而小说中的尼姑慧澄亦成为贪婪者的代表。因而狄氏由原先的受害人形象演变为一个既有正义感又有善良本性的新时代女性形象。小说主题超越了传统的伦理、道德内涵而上升为一种基于普遍人性的探讨。《碾玉观音》的主题变更也极其明显,但与《狄氏》不一样。本篇源自中国古典小说《京本通俗小说》中的一篇。"重编"时作了较大幅度的修改,仅根据原作前部,后部自行发展,因而在主题上完全发生了偏离。原是讲叙一个玉器匠之妻为一官员所弃,活埋于花园内,后化厉作鬼寻仇的故事,被改成了艺术创作与作者生活的主题,申述大艺术家是否应为掩藏其真我而毁灭其作品,抑或使作品显示其真正的自我。在林语堂看来,鬼怪复仇的故事传统性很强,具有一定的局限性,不容易被异域读者看懂和接受,而作品与自我的关系是艺术上的一个简单问题,具有普遍性。主题的变更是"重编"追求"普及性"的体现之一。所以,"重编"中国传奇小说是林语堂基于一个现代人的视角对中国古典小说给予新的意义构建。他通过一些艺术技巧,删除原作中的一些陈腐的言论、观点,细化一些富于人性化的情节,从而具有了可读性,也"迎合"了西方读者的阅读需求。《中国传奇》的意义也就在于此:使中国传奇文化在中外与古今双重坐标轴上都生发出了现代价值。

　　不得不提的是,《中国传奇》依然透露出了林语堂本人思想上的一些局限性。正如余斌所言:"林语堂毕竟属于五四那一辈子,他的现代意识是五四打的底子。那个时代的人服膺理性的权威,关注新旧道德的冲突,惯于从社会、伦理的角度寻找文学主题。"①即使身处海外,他的爱情观也依然落脚于现代中国革命初期的政治、文化实践。《中国传奇》中流露出的依然是那种五四启蒙意识。如《贞节坊》的结尾部分:

―――――――――

　　① 余斌:《林语堂的加、减、乘、除——〈中国传奇〉读后》,见子通主编:《林语堂评说七十年》,中国华侨出版社 2003 年版,第 429 页。

不用管那贞节牌坊，我非要你不可。我们俩能在一块儿过得很舒服，一直过到很老很老。人家爱得怎么说就怎么说，我不在乎，我已经守了二十年寡，我受够了，让别的女人要那座贞节牌坊吧！①

这种情感宣泄方式与那些现代中国的"苦闷"作家何其相似！同时，那种流行的"爱情+革命"的恋爱模式也依然在无意识中影响着他。《狄氏》特意增添了太学生要求收复失地的学生运动事件。主人公滕生是一个反抗政府的学生领袖，一个"感时忧国"、具有爱国心的现代中国知识分子。这很容易让我们联想起青年林语堂曾经历"三·一八"惨案的现实，也许他对那场学生运动记忆犹新。

第二节　侠义文化的"稀"释——从《中国传奇》到《朱门》

林语堂的英文写作是通过独特的"翻译"机制实现的。就翻译的文本选择而言，有些是基于追求人性主题的一致性，有些是基于故事的类同性②；就翻译的具体形式而言，有些是直接翻译的方式，有些是通过"重编"的办法，有些是选择中国文化因素的重写，等等。应该说，原型意识是形成"翻译"的重要参照因素之一，它不仅发生在两种异质文化的比较中，而且介入到对同质文化资源的利用中。1952～1953年，林语堂差不多在一年内"重编"完成《中国传奇》和写作出长篇小说《朱门》。因此，《朱门》与《中国传奇》（具体地说是其中的《虬髯客传》）两者之间具有内在的关联是必然的。以下试从比较的角度进行分析、探讨，认为它们是对中国古代侠义文化的两次不同形式的"翻译"。

---

① 林语堂：《中国传奇》，张振玉译，东北师范大学出版社1994年版，第98页。
② 如"幻想与幽默"故事就颇似《天方夜谭》，《叶限》（源自《聊斋志异》）的故事就与欧洲流行的灰姑娘故事类似。林语堂在《中国印度之智慧》和《中国传奇》两书中都将《叶限》译出。

一、聚焦《虬髯客传》

众知,历史流传下来的中国古代传奇小说资源相当丰富,像《太平广记》、《清平山堂话本》、《今古奇观》等皆是有名的中国短篇小说集。但由于受读者、主题、材料等各种条件的制约,林语堂只是选择其中的一部分"杰作"加以"重编",而唐代的《虬髯客传》(以下简称"原作")便是被"重编"的极为重要的对象之一。

《虬髯客传》是中国古代传奇小说的经典之作,林语堂对它有很高的评价:"《虬髯客传》为唐代最佳之短篇小说;对白佳,人物描写及事故皆极为生动,毫无牵强做作有伤自然之处。"[①]为此,它被置于"神秘与冒险"部分且安排在《中国传奇》各篇之首。[②] 但在人性主题及"写与西洋人阅读"的双重规范下,经"重编"的《虬髯客传》(以下简称"改作")与原作相比有些差异。因此,这两个文本之间形成了既连续又断裂的复杂关系。

归纳起来,《中国传奇》的"重编"方式主要有如下几种:一是基本直译,如《龙宫一夜宿》、《人变虎》、《人变鱼》;二是情节增删,如《南柯太守传》;三是主题或结局变更,如《碾玉观音》、《狄氏》、《贞节坊》等。改作基本属于第一、第二两种方式。林语堂在"重编"时并未作大幅度的修改,基本遵循原作的故事脉络,只不过通过增删、细化等手段或突出地域化文化特点,或强化故事中具有普遍性的人性化因素,从而使文言短篇小说"涂"上了现代短篇小说的色调。现代短篇小说旨在通过诗意的方式反映现代人的生活状况,它通过简短的艺术形式揭示了深刻的人类思想与人生哲理。由于它能加深读者对人生之了解,因而能唤起人类普遍之"恻隐心、爱心及同情心"。改作与原作相比,有几处明显的增删与改动。如小说开头增加了一大段对唐初背景的想象性描

---

①　林语堂:《中国传奇》,张振玉译,东北师范大学出版社 1994 年版,第 3 页。

②　林语堂根据内容把中国古代小说分为八类,这八种类型及其代表作分别为:1. 侠义小说:《水浒传》;2. 神怪小说:《西游记》;3. 历史小说:《三国志》;4. 爱情小说:《红楼梦》;5. 淫秽小说:《金瓶梅》;6. 社会讽刺小说:《儒林外史》;7. 理想小说:《镜花缘》;8. 社会现状小说:《二十年目睹之怪现状》。排队顺序是根据这些小说"在公众中的影响程度大小",并认为"从街上那些'流通图书馆'图书借阅的情况来看,最流行的小说,当首推冒险小说。汉语叫'侠义小说'。"(《中国人》,郝志东、沈益洪译,学林出版社 2002 年版,第 269~270 页)

述。时代背景的交代起着"主题先行"的作用,对异域读者的接受起着关键的引导作用。原作开头司空杨素"奢贵自奉,礼异人臣"的骄贵态度在改作中以插叙方式被引入,而发生在太原店中的一段则被特意删除:"既巡,客曰:'吾有少下酒物,李郎能同之乎?'曰:'不敢。'于是开革囊,取一人头并心肝,却头囊中,以匕首切心肝,共食之。曰:'此人天下负心者,衔之十年,今始获之,吾憾释矣。'"原作意图在于表现虬髯客的行侠仗义之举和疾恶如仇的心理,但这种复仇的心机很大程度上是建立在"泄私愤"而非普遍的正义基础之上,不能体现西方人道主义精神,因而将其删除是必要的。此外,李靖与红拂的私奔、店中与虬髯客相遇、拜访刘文静、面相李世民等若干情节都比原作更为详细。改作主要通过语言对白、外貌描写,使原本以故事叙述为主的传奇成为主题更鲜明、可读性更强的现代短篇小说。

二、侠义元素的抽绎

基于"重编"这一翻译策略,林语堂对《虬髯客传》只是通过相对简单的艺术方式进行处理,改作与原作的关系只要通过粗略的阅读与稍稍对比便能够发现。与此不同,《朱门》与《虬髯客传》之间的关系较为隐蔽,它是在保留原作的一些传奇元素的基础上进行的艺术"重构",具有一定的繁复性。

陈惠琴曾绘制出唐代传奇创作的一个基本模式图型,即一个以奇异性(主题内容)、表现性(创作主体)、兼容性(作品样式)、间离性(读者接受效果)四者为特征的环形构型。① 应该说,这个模式依据一般的文学创作原理而得出,具有一定普遍性,为我们认识传奇小说本体特征和文化蕴含提供了一种方便。从文化蕴含而言,传奇小说是十分具有代表性的。首先,小说思维与文化之间具有同构关系,它的构成受文化因素的制约。"文化提供了作家认识生活、认识社会、认识自我的思维能力,而作家在思维运动中,又依据民族的文化心理范式,规范着认知客体的价值取向和追求这一价值目标的主体审美意

---

① 参见陈惠琴:《传奇的世界:中国古代小说创作模式研究》,北京师范大学出版社1996年版,第29~30页。

识,并将各种形象因素组合成能体现民族文化精神,而具有一定审美价值的形象实体。"①其次,作为"中国"的传奇小说,它的特性也正在于它自身所包含的中国性,即由中国文化逻辑所规约的写作特点。比如侠义类的传奇小说,它主要基于一个以"拯救—超越"为中心的逻辑叙事,突出的是中国古代的侠义精神,其中必然包含着奇、侠、神秘等多种文化元素的参与制造。《虬髯客传》因在这些元素的利用与组合线路上具有代表性而成为侠义传奇的经典。借此,我们可以反观《朱门》四个方面的特点:

1.乱世背景

《虬髯客传》把隋末唐初既视为"无道"的历史时代,又将之想象为"豪侠冒险、英雄美人的时代","勇敢决战和远征异域的时代"。《朱门》具有历史小说的性质。故事发生在 20 世纪 30 年代上半叶那个动荡的时期。据作者自序交待:小说中涉及的新疆事变是真实的,历史背景中的名士也以真实方式出现。主要人物有曾首率汉军家眷移民新疆的大政治家左宗棠,1864~1878 年领导回变的雅库布贝格,哈密废王首相约耳目巴司汗,日后被自己的白俄军逐出新疆并在南京受审被枪毙的金树仁主席,继金之后成为传奇人物的满洲大将盛世才,曾想建立一个中亚回教帝国而后来于 1934 年尾随喀什噶尔的苏俄领事康士坦丁诺夫一同跨越苏俄边界的汉人回教名将马仲英等。其他如1931~1934 年间的"回变"主要依据史文海丁的《大马奔驰》(或译《马仲英逃亡记》)和吴艾金的《回乱》等书。据此可以基本确定《朱门》讲述的故事所发生的历史背景。但也正如作者自言:"本书人物纯属虚构,正如所有小说中的人物一样,多取材自真实生活,只不过他们是组合体。深信没有人会自以为是本书中的某个军阀、冒险家、骗子或浪子的原版。如果某位女士幻想自己认识书中的名媛或宠妾,甚至本身曾有过相同的经历,这倒无所谓。"②尽管作者本人曾于 1943 年 10 月以国民党侍从室顾问身份回国考察时到过宝鸡、西安等城市,但他并没有去过天水、兰州、哈密、吐鲁番、大坂城、迪化等西部城市。可

---

① 吴士余:《中国小说美学论稿》,上海三联书店 1991 年版,第 3 页。
② 林语堂:《中国传奇》,张振玉译,东北师范大学出版社 1994 年版,第 1 页。

以说,《朱门》融通了作家本人的现实体验与重构历史的艺术想象,是在动荡的时代背景下展开的历史故事虚构。

2.传奇之旅

相比于《虬髯客传》,《朱门》涉及的人物、事件远远要复杂些。小说主要由两条叙述线索交织而成:一是杜柔安(西安前市长杜范林之侄女)与李飞(国立《新公报》报社的西安特派员)的爱情故事,基本叙事单元包括相识、相恋、怀孕、被逐、等待、团圆等;二是说艺姑娘崔遏云的故事,基本叙述单元包括被困、解救、逃亡、暴露、自杀等。在两条线索叙述的过程中间,作者又穿插了大量的情节,如杜氏家庭内部矛盾、回汉民族相争等,其中又以范文博(李飞的朋友)的救人与李飞的新疆冒险的故事最有吸引力。崔遏云被困在省主席家,范文博深夜派人解救;乔装逃出城外后,崔遏云又远走兰州。李飞为了报道中国内地战乱,准备远赴他乡,恰因新闻事件遭当局通缉,不得已也只身逃离到兰州,后来孤身赴新疆采访,身陷图圄,先后得到回军、汉军领袖等社会各界人士的帮助,最终安全返回并与家人团圆。因此,《朱门》讲述了一个鲁滨逊式的冒险故事,充满了传奇性。

3.侠客风度

虬髯客具有仁善、侠义、慷慨、豪放的性格特点,范文博亦如此。他是一个现代侠客形象,其特点是老练、世故、交友广泛,对朋友很够义气,做事讲原则(一是"千万别去惹良家妇女",二是"服从自然律")。小说中有一段话颇能标明他的身份:"范文博不是那种姑息养奸的人,他的保护网广布在茶楼里里外外。虽然屋顶是坚固而又防水,但是总免不了有拳头来坏事。范文博在'河南红枪会'中居'大叔',也就是说,在这个联盟组织里是第三号人物。秘密组织渗透到下层社会、戏园子、茶楼、酒馆,那种地方难免发生暴力纠纷,总是仰赖帮会来保护。"①保护弱势群体、除暴安良正是范文博的可敬之处。小说中描写他的侠义之举甚多,如对于崔氏父女,尤其是对崔遏云"近乎兄弟般地采取保护态度"。当崔遏云被架走且被省主席囚困之际,小说这样写范文

---

① 林语堂:《朱门》,谢绮霞译,东北师范大学出版社1994年版,第50~51页。

博的气愤:"那个满洲人只想蹂躏人家的黄花闺女。我老范可不许这种事情发生。咱们西北百姓绝不允许一个东北浪荡子糟蹋我们的女孩子。这事我管定了。"①后来范文博成功营救出崔遏云并将其转移到相对安全之地。小说还描写了他对杜柔安困厄时的经济资助、其他帮助等。这些事实都是侠客风度的典型体现。

4.道家气息

虬髯客本是一位神秘型人物,来去无踪,行动怪异,并非常人。如果说故事开端李靖与红拂的相识较为突然而并非神秘的话,那么虬髯客在太原店中的出现则显得既相当突然又极诡异。他对李靖夫妇的万分信任则表现出他非凡的个性和过人之处。后来虬髯客到东南边陲另立新国,其间具体的行动踪迹也并非为常人所知。篇中也曾多次写到面相等充满玄机之事。虬髯客正是受某种不可知论或者说天意的安排才毅然放弃起兵计划而让命天下于李世民,原作的结尾便很好地反映了这一点。因此,《虬髯客传》受中国古代神仙文化影响深重,充满了神秘的道教气息。同样,《朱门》也贯穿了作家一向的道家文化理想。与其他长篇小说《京华烟云》、《风声鹤唳》一样,《朱门》对温情人性的歌颂都以血腥战争来反衬,而顺其自然的道教思想也正是在与法家思想的对照中得以彰显。小说中乱相云集、险象环生,各方矛盾冲突相当激烈。与姚思安一样,杜忠是一个已淡出政治圈的"现代庄子"。他过着隐居的生活,主张无事为上,认为只有与回民搞好关系,才能得到回民的尊重,才能保证三岔驿祖宗留下的财产。他的为人处世与弟弟杜范林及其儿子完全相反。父子俩完全主张采取高压政策,如通过要挟当地政府保护私人财产,通过限制回民进湖捕鱼以及增加湖口高度等手段达到"渔利"目的。杜氏兄弟阋墙事实实际上是回汉两个民族冲突的缩影,也是道家与法家思想对峙的体现。虽然小说具有相当的现实性,但是善有善报、恶有恶报的结局多少蒙上了一层天命观色彩,增添了小说的诡秘性。

---

① 林语堂:《朱门》,谢绮霞译,东北师范大学出版社1994年版,第117页。

三、人性内涵的新纳

如果说《虬髯客传》偏于古代武侠传奇的本色蕴味,那么《朱门》就因其具有传奇因素而成为一部渗透着中国古代侠义文化精神的现代小说。与《虬髯客传》相比,《朱门》新纳了更多的现代人性内涵,突出表现在小说对自主、完美女性形象的塑造、浪漫与忠贞不渝的爱情书写以及善良本性的极致歌颂这三个方面。

《朱门》对《虬髯客传》故事原型的继承并非是简单的移植关系,它的复杂性在于在一种广阔的文化空间中被引申出来的人物形象的多维叙述、多向发展和多样性格。我们不能直接套用《虬髯客传》,把其中的人物进行一一的对应。如作为最为关键人物形象之一出现的红拂是《虬髯客传》中唯一的女性,她具有超人胆识和非凡智慧。在《朱门》中,红拂"才貌双全"的特征被分化到杜柔安、崔遏云、春梅等几位女性身上。杜柔安"慧眼识英雄",相中李飞主要是因为他的才。敢于突破家族的歧见,与出身卑微的李飞相恋,以及远赴兰州待产,并通过各种关系联络远在新疆的李飞,这些行为显示出杜柔安的坚强、智慧以及对爱情的忠贞不渝。身为说书艺人的崔遏云敢于深夜逃脱,为保持贞操和不容忍辱而跳水溺亡,这些事件突显出她具有独立、勇敢、讲义气的性格。春梅虽为前市长杜范林的佣女,却为他生下两个孩子。她在杜家有名无份,地位岌岌可危,但她为争取自己的名份巧妙地处理自己的暧昧地位,不仅把杜家管理的井井有条,而且逐渐在杜家获得了权力和地位。因此,春梅既有《红楼梦》中王熙凤的性格,又有新时代女性那种要求合法地位的冲动。三位女性不仅具有非凡美貌,而且自具胆识,都有红拂那样的过人气质。

《朱门》又是一部爱情小说。《虬髯客传》原作叙事结构、线索都比较单一,基本以直线发展为主,并无过多的枝蔓。"重编"的《虬髯客传》基本遵从原作的结构,但对李靖与红拂私奔过程的描写花了较多笔墨,张扬了一种现代的自由精神。然小说对神秘虬髯客的渲染冲淡了李靖夫妇爱情的意义,何况作者又是把该篇作为"神秘与冒险"的主题来表现。实际上,《朱门》的两条线索都在叙写爱情。除李飞与杜柔安的爱情外,蓝如水与崔遏云的爱情故事也十分显要。蓝如水是李飞在上海念大学的同窗,曾去巴黎念艺术。这个满怀西式生活幻想的年轻人却"对生意和政治都不敢兴趣,连只苍蝇也不敢打"。同时,他对传统中国人的生活方式又有深深的认同感。他对崔遏云十分慕恋,主动追求,无奈崔遏云是个较为独立而又保守的女性。两人关系若即若离,让人捉摸不定。如果说他们之间的爱情属于古典型,那么李飞与杜柔安之间的爱情则富有现代浪漫情调。他们大胆恋爱,敢于蔑视等级,即使在分离期间也永远斯守那份爱恋。他们的敢作敢为体现出现代青年对自由新生活的渴望与热烈追求。

《朱门》最大的主题之一应当是对人的善良这一本性的歌颂。整篇小说似都在描写助人行为,如杜柔安先后得到李飞(寻表)、范文博(与李飞联系的中介)、唐妈(一直照顾她长大,尤其是怀孕期间)、飞行员小包(寻找在新疆的李飞)等人的帮助;崔遏云受困后得到范文博(商议并派人解救)、杜柔安(借车帮助逃往城外)的帮助;李飞在新疆受困期间又先后得到回民领袖哈金、马仲英、新疆汉人杨主席、杜柔安童年伙伴蛋子、欧亚航空局飞行员小包、哥哥李平等一批人的帮助;还有杜忠帮助回民拆除堤坝等。这些使小说处处洋溢着人性的温馨。互助、讲义气成为小说的基本叙述主题,正如古代侠客具有义气、助人品德一样,传奇小说也处处反映这样的人性关怀事实。侠义传奇中是非善恶的人性区隔对后世文学起着重要的借鉴作用。小说描写了人在困厄之际总是有意无意地受到他人的帮助,这与西方现代个人本位主义思想形成了巨大的反差。所谓"他人就是地狱"就是指人际之间的不能信任、不能理解,个人只能作为孤立的个体存在。因此,中国传统文化重温情人性的特色能成为现代西方人处于精神困境时的解脱参照。

总之,既真亦虚的历史背景、人与人之间的恩怨情仇、才子与佳人的古典式爱情、民逃兵追的曲折情节、异地相逢的生活境遇、情投意合的人生知己、剑胆侠心的凌然义气、超绝盖人的非凡勇气,这些使《朱门》与《虬髯客传》之间具有了惊人的同质性。因此,如果说《京华烟云》是"现代的《红楼梦》",那么《朱门》就是"现代的《虬髯客传》"。

四、"主题借鉴"

从"重编"《中国传奇》到写作长篇小说《朱门》,这一过程是中国传奇文化的一次"现代"之旅,意味着林语堂对中国传奇进行了深度的挖掘、开发。身为海外人的林语堂,以这种方式审视中国传奇文化,既是在利用中国文化资源,又是在打造民族文化精神,起着一种"自塑形象"①的作用。文化形象的运用是不同文化之间对话的基础和理解的关键,"一种形象绝不仅仅具有一种直接可读的内容。洞悉一种形象的内涵总是暗含着在形象本身的视角与使用或产生形象的视角之间的摆动。而且形象的中心并不设置在这两个位置中的任何一个之上,却设置在二者之间所浮现的位置之上"②。这里实际上提供了在两种文化比较中解读形象时的双层维度:一是"直接可读的内容",另一是在"形象本身"与"使用或产生形象"这样双重视角支配之下的"摆动"。《中国传奇》、《朱门》分别体现了这两种形象建构方式。

众知,唐代既是中国古代政治经济文化相对稳定发展的时期,也是文学艺术繁荣发展的时期。除以诗歌为代表的文学文体外,小说也得以发达起来。像鲁迅在《中国小说史略》一书中就特别提到唐传奇在中国小说史上的地位。他说:"小说亦如诗,至唐代而一变,虽尚不离于搜奇记逸,然叙述宛转,文辞华艳,与六朝之粗陈梗概者较,演进之迹甚明,而尤显者乃在是时则始有意为小说。"③在鲁迅看来,唐传奇小说是可以与唐诗相媲美的艺术形式。林语堂对唐代的时代气象与唐传奇小说也多有赞美,他这样描写:

> 唐朝初年是个豪侠冒险、英雄美人的时代,是勇敢决战和远征异域的时代——奇人奇迹,在大唐开国年间,比比皆是。那个伟大时代的伟大人物,说来也怪,都是身体魁梧,想象高强,心胸开阔,行为瑰奇的英雄豪杰。由于隋朝皇帝无道,豪杰之士,自然蜂拥而起。不惜冒大险,赌命运,巧与

---

① "自塑形象"是指由中国作家自己塑造出的中国人形象,但承载着这些形象的作品必须符合下述条件之一:它们或以异国读者为受众,或以处于异域中的中国人为描写对象。(参见孟华:《比较文学形象学》,北京大学出版社 2001 年版,第 15 页)

② (丹)斯文德·埃里克·拉森:《文化对话:形象间的相互影响》,见乐黛云、张辉主编:《文化传递与文学形象》,北京大学出版社 1999 年版,第 209 页。

③ 鲁迅:《中国小说史略》,东方出版社 1996 年版,第 45 页。

巧比，智与智斗。而且有偏见，有迷信，有毒狠，有赤诚。但也时或有一两个铁汉，具有菩萨般心肠。①

　　唐代非特为中国诗歌之黄金时代，亦系中国短篇小说之古典时代。在唐代，犹如英国之伊丽沙白时代，褰拙之写实主义尚未兴起，时人思想奔放，幻想自由，心情轻松，皆非后人可及。当时佛教故事已深入中国社会，道教为皇室及官方所尊崇，在时人心目中，天下无事足以为奇，无事不能实现，故唐代可称为法术、武侠、战争、浪漫之时代。广而言之，宋朝为中国文学上理性主义之时代，唐代为中国文学上浪漫主义之时代。当时尚无真正之戏剧与长篇小说；但时人所写之传奇，则美妙神秘，为后人所不及，故本书所选，半为唐人传奇。②

　　尽管如此，传奇小说这样一种富有魅力的文学艺术形式在十几个世纪以来却一直未能引起西方人的关注。根据周发祥的介绍，唐代传奇直到20世纪初才被西方人所看重，其中高延（J.J. M. de Groot），在他的六卷本《中国的宗教体系》中的第四、五、六卷（莱顿，1901～1910）已较多地译介传奇作品，另一人亚瑟·韦利（Authur Waley）是在1919年开始介绍《莺莺传》等故事。至六七十年代，译例才逐渐增多，并出现了一批著名译者合作的译本，如鲍吾刚（Wolfgang Bauer）和傅海波（Herbert Franke）、王德箴、马幼垣和刘绍铭等人的辑本。同时，单篇作品的翻译也多起来，其中又以《莺莺传》、《游仙窟》、《三梦记》、《虬髯客传》等名篇较受重视。③ 从这一"中学西渐"的文化传播情况看，林语堂"重编"的《中国传奇》亦可属此列，它为西方读者提供了较为直接"可读"的唐代（中国）文化形象。

　　在以往林语堂作品研究中，《朱门》只是被从一般的艺术性角度给予肯定，其互文性因素并不受关注。如万平近的观点："从小说艺术方面来说，《朱

---

①　林语堂：《中国传奇》，张振玉译，东北师范大学出版社1994年版，第1页。
②　林语堂：《中国传奇》，张振玉译，东北师范大学出版社1994年版，第2页。
③　参见周发祥：《西方的唐代传奇与变文研究》，http://www.literature.org.cn/article.aspx? id=485。

门》虽然未能超越《瞬息京华》(今译《京华烟云》——引者注),但《瞬息京华》借鉴《红楼梦》过多,《朱门》则是林语堂独出心裁的创作,较之《唐人街》可读性更高一些。"①万氏的评价多少忽略了《朱门》与其他小说之间的继承性或文化同缘性关系。英国启蒙主义时期的著名作家杨格曾呼吁文学创作要具有古典作品的精神、趣味而不是充塞着古典作品的题材。从作家创作心理角度而言,追求艺术的独创性当然是一个重要目的,但阅读范围、读者对象的限制必然会使作家做出调整,甚至要以自我体验为基础去寻绎普遍性的文化经验,追求一种视域融合。而传奇在西方又有着广泛的发展历史,"几乎可以作为从形式到特质的变动的缩影"②。因此,中国传奇极能暗合西方人的阅读惯例和审美趣味,正如西方学者道格思在《中国的语言与文学》一文中所评议:"他们(指中国人——引者注)的一些短篇小说,剔除了长篇小说那样的冗长和重复,因而更值得翻译,许多情景和事件颇有新奇之处,能吸引读者的注意力。但绝大多数中国长篇小说的格调却不是这样,因而不能改变其内容的苍白……"③

应该说,中国古代传奇小说以短篇见长,内容丰富、形式新颖,其"艺术想象、艺术境界、艺术形象,具有中国化的三教同流、天人合一的民族特色,……传奇小说的隐喻、象征符号,也是中国所特有的,不懂中国文化,便有可能不知所云"④。因此,如何在普世的价值体系中书写中国文化特有的形式,同时又不贬损中国文化自身的价值含量,这实是一种两难的选择。《中国传奇》所采取的并非是拘泥于原文,毫无改变的严格意义上的直接翻译,而是通过现代短篇小说技巧,即所谓"以重编办法而以新形式写出"的翻译策略。其实,任何的直译、意译、字译、句译均可能产生误译。林语堂曾说,真正译家的资格都必须具备三样责任,即对原著者,对外国读者和艺术对艺术的责任。他对克罗齐

① 万平近:《林语堂评传》,重庆出版社1996年版,第395页。
② (英)吉利恩·比尔:《传奇》,邹孜彦、肖遥译,昆仑出版社1993年版,第6页。
③ 转引自(美)约·罗伯茨《十九世纪西方人眼中的中国》,蒋重跃、刘林海译,中华书局2006年版,第128页。
④ 薛洪勣:《传奇小说史》,浙江古籍出版社1998年版,第389页。

(Croce)的"翻译即创作"(not reproduction, but production)的观点颇为认同:"我们可以说翻译艺术文的人,须把翻译自身事业也当做一种艺术。"①有了这样的"前理解",林语堂也就能自觉注重通过比较、阐释的方式去解读中西文化。因而,对于他所说的"以新形式写出"这一句话,我们切不可作狭隘的理解,即仅仅针对或者局限《中国传奇》本身,而应放眼于他的其他所有作品。《朱门》的"独出心裁"在于对《虬髯客传》故事原型的新绎,在于对传奇小说所包蕴的民族文化精神的阐扬以及由此生发的中国形象建构。这正是互文性意义上的"主题借鉴",即"在主题和语言之间不甚配合的情况下,重写可以反照出表述及其内容(主题的规划或意义的差别使得作者在选择话语时受到困扰,为了明确自我,他不得不不断重述话语),这种自鉴——互文性使得语言形式的主题永远是他自己本身。"②

第三节　世俗的拯救——从《中国传奇》到《奇岛》

之所以将《中国传奇》与《奇岛》并置在一起进行评述,是因为两者在世俗理想旨趣追求方面存在某种同一性、连续性。其一,正如德国学者顾彬(Wolfing Kubin)所认为,西方人自古以来就有一种"异"的情结,即一方面要"寻找一种与自己社会不同的异域";另一方面又"寻找一种原始社会"。③ 如果说《中国传奇》所展示的是古典的中国形象,那么《奇岛》则建构了另一种遥远而又神秘的理想国家形态,它们都为西方读者提供了独特的时空构成体和文化想象物。其二,《中国传奇》与《奇岛》分别出版于1952年和1955年,时间相隔不长,因而刚好构成两个"互文本",这为我们的解读提供了某种方便。法国文学批评家蒂费纳·萨莫瓦约曾指出:"文学是在它与世界的关系中写

①　林语堂:《论翻译》,《语言学论丛》,东北师范大学出版社1994年版,第320页。
②　(法)蒂费纳·萨莫瓦约:《互文性研究》,邵炜译,天津人民出版社2003年版,第89页。
③　参见顾彬:《关于异的研究》,曹卫东编译,北京大学出版社1997年版,第1~9页。

成的,但更是在它同自己、同自己的历史的关系中写成的。"①因此,我们可以通过跨历史的视角对这两个文本意义之间的"流动性效果"进行研究。

一、暧昧的"乌托邦小说"

我们不烦先了解《奇岛》的主要内容。这部小说描述了泰诺斯人的自然、原始的生活状态。"泰诺斯"是一个位于南太平洋的小岛,是一处远离"旧世界"的安静乐土。一个叫芭芭拉·梅瑞克(后改名尤瑞黛)的美国女飞行员在一次事故中偶然发现了它。小说正是借助梅瑞克在岛上的奇特经历展开叙述的:通过尤瑞黛的所见所闻,展示了泰诺斯人的日常生活、风俗人情与国家管理体制,为我们图绘了一个乌托邦世界。但比"奇特"经历更"奇特"的是,作家似乎又是在有意回避对现代乌托邦理念的传达。小说中尤瑞黛曾向艾玛·艾玛(人类学家)提出了"乌托邦"存在的真实问题,但遭到了对方坚决的批评:"别用那个字眼,别在劳思(哲学家、小岛理想的设计者)面前用这个字。乌托邦有空幻的意味,像是某个梦想家,梦想改变人生,照自己意愿改革生活的虚幻计划。如果你把这个艾音尼基人的殖民地说成乌托邦,劳思会生气的。"②所以,《奇岛》这部小说自始至终都夹杂着两种声音:尤瑞黛自认为自己已经进入了一个乌托邦世界,但是劳思、艾玛·艾玛等又始终在否定她的想法。肯定与质疑的声音对峙使得文本生发出一种令人无法理解的张力,也因此使众多读者对这部小说是否是一部纯粹的"乌托邦小说"而感到纠结。

所谓"乌托邦小说"乃指以一种具体化、形象化的方式来表现乌托邦思想的艺术形式。乌托邦的本义是指"乌有之乡",意味着一个根本不存在的地方,现在经常被引申为"空想、虚构、童话"的含义。16世纪中叶,英国人托玛斯·莫尔因创作小说《乌托邦》而得以使"乌托邦"一词广为流传。此后,弗朗西斯·培根的《新大西岛》、康帕内拉的《太阳城》和哈林顿的《大洋岛》这些

① (法)蒂费纳·萨莫瓦约:《互文性研究》,邵炜译,天津人民出版社2003年版,第1~2页。

② 林语堂:《奇岛》,张振玉译,东北师范大学出版社1994年版,第49页。

小说也都大肆渲染乌托邦的存在,从而掀起了一股"乌托邦"浪潮。其实,乌托邦思想在西方源远流长,在先知言论和早期基督教教义、奥古斯丁《上帝之城》和柏拉图《理想国》中都蕴含了一些宗教性、伦理性的乌托邦思想。"乌托邦"引起世人关注并成为西方文化的一大传统,原因之一在于乌托邦小说具有强烈的批判性、超越性和颠覆性的社会意义和重建人类美好生活理想的文化功能。然而,正如美国学者赫茨勒(J.O.Hertzler)所言:"虽然乌托邦思想家的许多思想和理想超越了他们的时代,甚至超越了以后的时代,虽然乌托邦思想家都是些天才和发明家,在许多方面走在他们时代的前列,但他们毕竟是他们那个时代的人,也具有所有人对社会看法的局限性。"局限性表现之一就是这些乌托邦思想家不能对人的本性进行正确的认识。他们往往将人性设计得完美无瑕,将人作为神和天使一样来看待,既忽视了环境等外在因素的作用,又不能对人的内在特性、倾向性或癖好有合理的认识。因此,他们不可能按照一种普遍的社会利益对人性进行有效的控制。① 基于此,小说中艾玛·艾玛在向尤瑞黛解释劳思为何反对建立乌托邦时曾作过的一番解释可以引起我们的注意:

> 所有社会学家的实验都失败了,有些计划甚至根本无法付诸实现。看看柏拉图笔下的妻子与子女的社会,人种改良的哲学家王国。他只是为了自己的愉快,而写下了理想的国家该如何如何,我认为他并不真想见到他的理想国真正存在。……劳思是个十分实际的人,他说,所有的乌托邦都因对人性的假定太多而失败。……假如这世上还有一样被他了解且尊敬的东西,那就是人性。他从不试图改变它,只因为他了解人性是无从改变的。一个哲学家的首先任务,他说,就是毅然面对人性,作最好的利用。他有中国人的血统,他不想改变这一点。还有些人你没见不予考虑,否则你不会将此岛称为理想社会,还差得远呢!②

劳思作为泰诺斯共和国的设计者,反对建立那种虚幻的、不可能实现的柏

---

① 参见(美)乔·奥·赫茨勒:《乌托邦思想史》,张兆麟等译,商务印书馆1990年版,第289页。

② 林语堂:《奇岛》,张振玉译,东北师范大学出版社1994年版,第49页。

拉图式的理想国。柏拉图与早前的希伯莱先知一样,都赞成公平与正义,视善为人类社会的基本原则。但这种过于理想化的道德哲学并不为劳思采纳,他所坚守的理想建制原则就是自然化的人性:

> 首先,在我希望的一个社会里,人能恢复他所失去的个性和独立性,一种更单纯的生活。为什么呢?我希望完全简化人类的生活,找出人在尘世上需要些什么,使人能和自然和谐相处。套中国哲学家庄子的话说,就是使人过和平的一生,完成他的本性。"大块载我以形、劳我以生、供我以劳、息我以死。"享受宇宙的和谐,这一周期的美,使人性在其中得以完成。其次,社会中的人能够发挥他的优点,能自由自在顺他自己的长处来发展。①

顺其自然发展而不横加控制,这是劳思的自然人性观。鉴此,我们可以发现"奇岛"上的人十分独特。他们既可以有基督教信仰自由,又可以否定上帝的存在;既有善良、正直的人性优点,又有自私、强暴、偏见等人性弱点;既追求一个没有原罪的宗教世界,又追求一个多元文化共生的世界。这些混同,使得"奇岛"具有了非同一般性。因此,与那种被纯化、过滤过的文化理想国不同,《奇岛》旨在打造一个杂交文化的共同体。所以,小说所宣扬的并非是西方流传甚久的乌托邦主义,而是另外一套乌托邦主义。

尽管《奇岛》并非是一部西方传统意义上的乌托邦小说,但巧合的是小说又恰恰借助了西方乌托邦小说的某种形式。显然,小说形式与其内容之间存在矛盾性或曰具有"不连贯现象和互异成分"②。这种情况使得小说具有了更为隐蔽的蕴含,也势必引起读者的争议和进一步思考。

二、人间景象的"设计"

对于这种暧昧性,我们只有通过与不同作品之间的比较和从作家本人那儿可以得到解释。正如万平近所说:"如果从一般小说创作考察,《远景》(《奇

---

① 参见林语堂:《奇岛》,张振玉译,东北师范大学出版社1994年版,第130~131页。
② (法)蒂费纳·萨莫瓦约:《互文性研究》,邵炜译,天津人民出版社2003年版,第135页。

岛》的另一中译名——引者注)除了题材新颖、构思独特之外,在思想和艺术上难以得到高度评价,但放在林语堂的小说作品中考察,《远景》依然是一部重要作品,体现了作者的世界观、人生观和政治观,'夫子自道'的意味大大超过了前几部小说。小说中的劳士实际上就是林语堂自己。如果撇开政治观念看这部小说,可以看到作者是懂得生活的艺术而且富有幽默感的。"①

从 20 世纪 40 年代起,林语堂先后写作了《啼笑皆非》、《忧戈待旦》、《奇岛》等一批富有现实针对性的小说。其中《啼笑皆非》的写作较早,至《奇岛》已间隔十余年。在此期间,林语堂经历了"南洋大学校长"事件,之后远走欧陆,隐居法国戛纳,《奇岛》写作于此时。这些小说基本都建立在共同的时事背景之上。林语堂正是有感于国内外战事频发以及强权政治当道的现状,提出反对物质主义和"重立"人道主义的决心,以表达对和平社会的祈愿。但是强烈的政治批判掩盖不了它们共同的艺术缺陷,说理性强于艺术性。而就《奇岛》与《啼笑皆非》的艺术性相比,前者似更胜一筹,批判策略更富诗意,这突出表现在如万氏所说的"生活的艺术",其实这是一个被精心"设计"的文化理想。

《奇岛》除了在整体基调上宣扬自然人性观之外,着重在教育与国家体制这两项措施上予以了新的阐释。按照大哲学家劳思的设计,"奇岛"上要建立一所"男子心灵抚慰学院",这实际上是专为未婚女性提供生活指导的场所,而她们学习的内容其实就是一种"男性学"。柏拉图在"理想国"中曾把妇女、儿童看做国家公有的财产,家庭被视为国家的天然敌人,男女之间的两性关系"严格得几乎达到不可能的程度",一切婚姻都被视为改善种族和加强国家的手段。与之相反,"奇岛"上的女性拥有优先的受教育权,有恋爱、婚姻的自由。女性具有较高的知识学养和社会地位,女性美被视为用以"提高社会道德内容的格调与价值"和具有维持美学传统的象征性。同时,劳思认为现代政府是一种"必要的罪恶",因而主张建立一种简单化的行政和法庭程序。通过扩大国家的民主基础,即按集体责任原则、咨商原则和渐进原则来制约政府

---

① 万平近:《林语堂评传》,重庆出版社 2001 年版,第 442 页。

的统治力。"奇岛"的政治体系以低效率的政府为依托,以削弱国家机器为代价。"简单的法律、微弱的政府和低税率,三者是快乐共和国的三大基石。"①"奇岛"在教育与政府制度这两方面的特征为我们图绘出一个基本社会形态。这个社会以不限制人性自由为根本前提。此外,土著的泰诺斯人和现代社会移民组成艾因尼基人(以希腊人为主)混居在"奇岛"上,使"奇岛"成为一个多元文化交融的世界,人们在这个世界上可以按照自己的生活方式进行。可以说,"奇岛"既要"无为而治",又要保持国家形态,这使得"奇岛"具有了非同一般的象征意义。

乌托邦思想的普遍意义在于"依靠某种思想或理想本身或使之体现在一定的社会改革机构中以进行社会改革的思想"。正如人们通常所认为的一样,思想的力量并不仅仅只在形而上的观念层面,而在于它能激发世人的意志与行动。因此,为了实现乌托邦,乌托邦思想家也往往陈设一整套新的社会方案,如通过教育的方式洗刷人心,通过教化的方式扬善避恶,通过强化国家机器来保持整个社会的稳定,等等。② 尽管这种普遍意义是基建于西方理性文化,但是"生活的艺术"是不同文化背景下人们的共同理想。林语堂在"重编"中国传奇时亦着力这类文化主题,并采取了足以引起我们关注的艺术处理方式。

中国古代传奇小说以"轻松诙谐、幻想超逸"见长,其中有大量的关于"世外"生活的描述,又以《南柯太守传》、《白猿传》较为典型。《南柯太守传》原由唐代李公佐所写,"南柯一梦"这一成语典故即出自此。李公佐以"梦"的形式虚构了一个"理想"之国:

> 豂见山川、风候、草木、道路,与人世甚殊。前行数十里,有郛郭城堞,车舆人物,不绝于路。生左右传车者,传呼甚严,行者亦争避于左右。又入大城,朱门重楼,楼上有金书,题曰:"大槐安国"。(李公佐:《南柯太守传》)

---

① 林语堂:《奇岛》,张振玉译,东北师范大学出版社1994年版,第230页。
② 参见(美)乔·奥·赫茨勒:《乌托邦思想史》,张兆麟等译,商务印书馆1990年版,第4页。

林语堂将其悉数译出。《白猿传》(原作据《太平广记·补江总白猿传》)中也描写了一个"新奇的世界":

> 一带广阔的高原上,高峰环峙,橘树成荫,棕桐掩映,处处稻田,看来不啻仙乡宝地。空气清和宜人,与外面的炎热大不相同。山谷之中,清朗爽快,花果树叶,鲜丽非常,使人心旷神怡,逸兴遄飞,好像突然到了一个新奇的世界。(《中国传奇·白猿传》)

较之整个故事,这两段描写具有功能上的同一性。它们都以现实与虚幻双重的时空为结构,将中国古人的美好愿望寄托于一个非现实的世界,通过现实与理想两者之间的巨大反差,彰显出古人追求美好生活的意愿,从而具有审美性批判价值。正如此,林语堂在"重编"时特意进行强化。与原作《南柯太守传》稍有不同的是,他特意删除了淳于棼对婚约产生顾虑的一段话。① 淳于棼欲与国王之女成婚,但担心未受父母同意,原以为其父早已战死沙场,谁知仍戍守边疆,为国效力。实际是这桩婚事父母早已作安排。这说明淳于棼的婚姻仍没有违反"父母之命,媒妁之言"的传统道德伦理。林语堂删除此段的目的很明显,即要突出表现淳于棼的自由生活选择,而不是去倡导中国传统意义上的婚恋观。在"重编"《白猿传》时,他将"欧阳将军失妻于白猿"作为主题。小说有大段描写寻妻的过程,着力渲染欧阳将军与妻子之间的情笃意厚。然而故事的结局出人意料,欧阳的妻子不愿与丈夫回家,宁可与白猿一起生活。人不愿与人共居,反而愿与动物(白猿)一起生活,这很具讽刺性和批判性。可以说,这两则故事"述奇纪异"(凌云翰《剪灯新话·序二》),故事、情节都十分亲切、吸引人,可读性强。但我们必须注意:无论是"大槐安国",还是"新奇的世界",都不是完全虚幻的、毫无根据的"理想国"。"大槐安国"里面车水马龙,一派繁华的景象,虽然"与人世甚殊",但它正是一个井然有序的

---

① 这段话的原文:"生因他日启王曰:'臣顷结好之日,大王云奉臣父之命。臣父顷佐边将,用兵失利,陷没胡中,迄来绝书,告十七八岁矣。王既知所在,臣请一往拜观。'王遽谓曰:'亲家翁职守北上,信问不绝,卿但具书状知闻,未用便去。'遂命妻馈致贺之礼,一以遣之。数夕还答,生验书本意,皆父平生之迹,书中忆念教诲,情意委曲,皆如昔年。复问亲戚存亡,闾里兴废。复言道路乖远,凤烟阻绝。词意悲苦,言语哀伤。又不令生来观,云:'岁在丁丑,当与汝相见。'生捧书悲咽,情不自堪。"(《南柯太守传》)

人间社会之缩影。为了制造一个亦奇亦幻的世界，"重编"的《白猿传》中特意增入唐宋时期的《背葫芦》（段公陆）、《桂海虞衡志》（范成大）和《七蛮丛夏》（朱复之）三本志书中遴选出的一些材料，以表现番人特有的风俗人情。上述这段景物描写中的稻田等意象实际上也标明这个世界的人间气息。可见，林语堂"重编"《中国传奇》实际上仍着眼于对现实的理解，即依据现实进行艺术想象。因此，真正的生活理想并非都是那些远离现实的"乌有之乡"，它更应是基建于现实的人间世界。所谓的"重编"也就成了一场精心的"设计"。

三、文化理想的"归化"

德国社会学家卡尔·曼海姆（Karl Mannheim）曾指出："确定乌托邦含义的努力，表明在历史思考中每一种定义在多大程度上必须取决于人们的视角，就是说，它本身包含了代表思考者地位的整个思想体系，尤其是隐含在这种思想体系背后的政治评价性。"①任何的"乌托邦"想象都源于对现存社会秩序的批判和超越，但是任何的乌托邦思想也都具有片面性，即一种有限的"有效性"，因为它所代表的只是思想家本人的一种思考。所以，作为哲学家个人的设计和政治理想的实现的"奇岛"，它不具有终极性和普遍价值是必然的。如《奇岛》所呈现的世界并不完全具有开放性，"奇岛"上的人们都拒绝与"旧世界"相联系，存在着一种消极避世的态度。而这种态度实际上"并非源自乌托邦，倒是与陶渊明的桃花源相似"②。如果说《奇岛》具有另一种混杂性，那么它的集中体现就是试图糅合中西两种文化，努力去建构一个"文化乌托邦"。小说并不是完全在抽象演绎西方的"乌托邦"概念，而是试图以人性这一中介去嫁接、整合两种异质文化。

一般地说，传奇小说重在艺术性。中国古代传奇小说正因其包含高超的创作技术含量而备受后人推崇。鲁迅称唐人"始有意为小说"，不仅说明唐人自觉追求传奇小说的艺术性，而且说明他个人对传奇小说艺术的追捧。这终

---

① （德）卡尔·曼海姆：《意识形态与乌托邦》，商务印书馆 2000 年版，第 201 页。
② 施萍：《林语堂:文化转型的人格符号》，北京大学出版社 2006 年版，第 140 页。

归于传奇小说自身能够产生高度的审美效应。英国学者吉利恩·比尔曾指出:

> 然而最好的传奇总是充满了极大的心理责任。因为传奇对我们显示了一种理想,它既是暗含着启发意义的,也是逃避现实的。通过撤除理性主义的限制,它可以直接达到我们经验的那些层次,那些在神话和童话中也会得到再创造的经验层次。用简化的性格传奇撤除了使其他人与我们隔离的特异性;这允许我们通过风格化的形象,来体验人类经验的基本冲动。在典型的传奇结构中相互交织的故事呈现有节奏的变化,这符合我们把我们自己的经验解释为多重的、没有终结的、相互渗透的故事的情形,而不是简单的一些平庸的进程。①

从中看出,传奇小说具有拓展人类经验的重要功能,对开启人类认知视域具有重要的催化意义。但也正如吉利恩·比尔所指出,"逃避现实"并不同时意味着传奇小说尝试"卸掉我们对现实的把握"。② 如果说传奇小说是在对一个悉知世界的再现和解释,那么它总是对隐藏的梦幻的显现,它关心人类理想、愿望的满足,成为人们反思、批判和超越现实和时代精神现象,用于建构未来的一种独特艺术形式。因此,传奇小说也被视为是一种"严肃性的作品"③。正是这种"严肃性",使得林语堂获得了一个中西文化互释的立足点。他在《中国传奇》中对中国古典的理想文化进行修饰,目的是去融合甚至更新西方的"乌托邦"文化。

的确,在中国文化中存在着与"乌托邦"相互对应的文化概念"桃花源"。张隆溪认为,在中国文学创作领域并不能说有一个丰富的乌托邦文学传统,但在政治理论和社会生活实践中有许多因素具有乌托邦思想的特点。他赞成一些西方学者的观点,但也反对他们对乌托邦概念进行狭隘化的理解。实际上,现代乌托邦观念兴起于特定的历史条件:反对中世纪宗教、受文艺复兴的人文主义精神感召,并伴随着地理大发现、游记文学盛行等。因此,西方乌托邦观

---

① (英)吉利恩·比尔:《传奇》,邹孜彦、肖遥译,昆仑出版社 1993 年版,第 15~16 页。
② (英)吉利恩·比尔:《传奇》,邹孜彦、肖遥译,昆仑出版社 1993 年版,第 15 页。
③ 薛洪勣:《传奇小说史》,浙江古籍出版社 1998 年版,第 387~388 页。

念的核心在于一种"反宗教性和世俗性"的人性诉求。显然,在中国古代社会不存在类似西方的宗教情境,但是也确实存在一个相类似的土壤,即在中国传统儒家思想者的经世致用和对现世人伦的关怀中,都隐藏着一种"乌托邦"式的倾向。作为文学想象的"乐土"(《诗经·魏风·硕鼠》)或者说"桃花源"(陶渊明《桃花源诗并记》)实际上都是这样的政治、社会理想的反映,它们具有强烈的现实性和批判性。因此,西方的乌托邦与中国的桃花源作为两种不同文化语义场中的核心观念,仍存在某种对等性,那就是强烈的世俗性关怀。两者虽然具有不同的文化存在条件,但仍具有某种语言和逻辑上的通译性,可以相互补充。①

因此,林语堂写作"桃花源"与"乌托邦"这两种文化具有重要意义。在翻译《扬州瘦马》时,他将陶渊明的"桃花源"译成"The Peach Colony",这是一种"异化"的翻译法,即一种以追求保留原文的语言和文化差异而进行直接翻译。与"异化"相对的是"归化",它要求必须遵守目的语文化当前的主流价值观,以迁就读者、迎合异域的典律为基本准则。这种译法往往以不得不放弃原语言文化韵味为代价。"重编"作为林语堂的一种翻译策略,虽然混合了异化与归化两种译法,但实际上最终偏向了意义上的"归化"。社会条件、文化身份、心理环境等各种语境因素的影响,使得林语堂在拯救世俗社会、建构世界理想、审视中国文化时带有明显的个人偏向。在某种程度上说,"桃花源"这种原汁原味的中国文化,变成了西方读者视域中的一道景观,被变形化了的文化实体成为西方人"猎奇"甚至观赏的对象。林语堂站在西方读者的立场反观中国文化,也多少可以说是满足了西方读者寻求理解自我视角的需要。因此,乐黛云的这段话可以成为我们进一步反思的基础:

> 欧洲学者谈"异乡"、"异地"、"异国情调",北美学者谈"他者",其实都是为了寻找一个外在于自己的视角,以便更好地审视和更深刻地了解自己。但要真正"外在于自己"却并不容易。人,几乎不可能脱离自身的处境和文化框架,关于"异域"和"他者"的研究也往往决定于研究者自身

---

① 参见张隆溪:《中西文化十论》,复旦大学出版社 2005 年版,第 244 页。

及其所在国的处境和条件。当所在国比较强大,研究者对自己的处境较为自满自足的时候,他们在"异域"寻求的往往是与自身相同的东西,以证实自己所认同的事物或原则的正确性和普遍性,也就是将"异域"的一切纳入"本地"的意识形态。当所在国暴露出诸多矛盾,研究者本身也有许多不满时,他们往往将自己的理想寄托于"异域",把"异域"构造为自己的乌托邦。如果从意识形态到乌托邦联成一道光谱,那么,可以说所有"异域"和"他者"的研究都存在于这一光谱的某一层面。①

---

① 参见乐黛云:《关于异的研究·序》,(德)顾彬讲演,曹卫东编译,北京大学出版社 1997 年版,第 1~2 页。

结语　通向转化传统的途中

　　如前所述，林语堂的"对外讲中"是立足于西方现实语境，以古典化方式写作、传播中国文化，重构了中国经典。这是一种别具意义的"林语堂现象"。他以道家的视角对以儒家为主导的中国文化进行了认真审理，更新了那种传统的中国文化认知范式，体现出一种强烈的中国现代性认同意识。正如当代美国社会学家罗兰·罗伯逊（Roland Robertson）所说："对传统的'发现'和'发明'，必须置于全球背景下向外渗透社会和被渗透社会之间复杂的系列关系之中。"①因此，在全球化时代条件下，借助林语堂的经验反思本土现代性问题应当具有重要的意义。

一

　　"对外讲中"写作并不在于挪用一成不变的传统，而在于试图用古代（典）性去暗合现代性。现代性即是"与传统价值的对立，不是与古代价值的对立"②。古代性与现代性两者之间具有这样的辩证关系：

---

　　① （美）罗兰·罗伯逊：《全球化：社会理论和全球化》，梁光严译，上海人民出版社 2000 年版，第 213 页。
　　② （法）伊夫·瓦岱：《文学与现代性》，田庆生译，北京大学出版社 2001 年版，第 25 页。

今天,如果说"现代性"和"古代性"的对立在科学技术和经济领域(这些领域的现代化速度很快)还保留着某种意义的话,那么,这种对立性在文学和艺术中不再具有真正的价值。本世纪里发生的可怕事情太多了,人们再也不能相信进步的不可逆转性了,再也不能相信有些野蛮行为(在世纪初的人们的眼里,这些行为只不过是古代社会的残余而已)已经在发达国家彻底消失了。相反,艺术家们从古代艺术中得到的收获、现代艺术从中汲取的革新动力这些事实使得我们从今往后不能再将古代性与现代性对立起来。①

这里指涉了现代性的两种类型,即历史现代性与审美现代性。就前者而言,现代性与古代性之间是一种断裂,这是理性进步的必然趋势,正如谁都无法回到那个逝去的时代;但就后者而言,由于发生在艺术和精神层面,古代性反而能成为现代性的动力与补充,成为理性反思的中介。所以,审美现代性具有深刻的、复杂性的内涵。具体来说,它表现在两个方面:一是都具有一个从"获得"到"展开"的过程,即历经"浪漫的审美现代性"与"批判的审美现代性"两个阶段;二是"双重的内涵",即"对于审美领域自身内部的古典性审美传统的超越与'现代化',同时也是对于社会现代性的回响、批判与超越,只是在浪漫审美现代性阶段,对于社会现代性的批判还不是那样强烈"。② 审美现代性尤其包容并突出了现代性的反思特征,而其基本要求就是"依据新的知识信息而对之作出的阶段性修正",此即意味着现代性能例行化地把新知识和信息纳入环境当中并给予重构或重组。③ 所以,现代性即反思性,也只有通过自我反思才能不断地进行自我超越。

"对外讲中"写作通过诉诸古代性以对抗现代性的危机,或者说"不适应

---

① (法)伊夫·瓦岱:《文学与现代性》,田庆生译,北京大学出版社 2001 年版,第 111 页。
② 寇鹏程:《古典、浪漫与现代:西方审美范式的演变》,上海三联书店 2005 年版,第 393 页。
③ 参见(英)吉登斯:《现代性与自我认同》,赵旭东、方文译,三联书店 1998 年版,第 15 页。

历史进化的观念,并且直接挑战西方的意识形态霸权"①。相比一般意义上的启蒙主义,它实在是一种悖反。这种启蒙主义坚持历史进化观念,它对促进社会进步以及肃清那些不利于现代中国文化发展的不利因素等方面具有无比积极的意义,但是它也必然造成诸多负面效应,表现之一就是制约了现代作家对古典文学(化)的关注,使得他们不能得到来自本土文化内部的响应。五四新文学的精神资源与审美资源都在由此产生的一股反传统主义思潮中变得单薄、功利。所以说,变革传统的方式不在于全盘抛弃,事实上也不可能全盘抛弃,更多的传统仍能存活于今天,成为历史与自由的因素。这也是后人不得不反思启蒙现代性的最大原因之一。同样,它区别于纯粹的复古主义。学衡派主张的"昌明国粹,融化新知"是一种地地道道的复古主义,是对社会进化论的彻底反动,其实质就是复兴体用论。"中学为体,西学为用",这既是林语堂一向反对的,又是有违他一贯主张的文化整体论的。② 在中国现代化进程中,"对外讲中"写作彰显出一种特别的现代性思想倾向。它要求重新确立现代社会秩序的道德基础,并在此基础上诉求传统;它不只是纯粹为了保持传统而去努力,而是为了寻求一种秩序及其秩序背后的规范性内容。显然,这是一种具有"反现代化"倾向的现代性思想实质:"这些文化哲学的绝大多数并不真的是在反对现代化;却是在实质上倡行一种本土精神文化与外来物质文化的混合、连接或融合。许多都隐然地意味着本土精神文化的高超性,却同时提倡从现代文化作选择性的引借。这个公式隐含的结果是:本土文化因之具备了现代化控制自然的装备,同时也保有着其原有的高超精神性。"③林语堂追问中国现代性问题具有本土与外来的双重视域,即是在世界这一宏大视野中融聚而成的。他没有纯粹采用西方式启蒙理性叙述和知识线性生产方式,而是

---

① Axel Schneider:《何种传统? 往何处去? ——保守主义的研究意味着什么?》,曾亦译,见贺照田主编:《颠踬的行走:二十世纪中国的知识与知识分子》,吉林人民出版社 2004 年版,第 88 页。

② 参见林语堂《论佛乘飞机》,《论语》第 13 期(1933 年 3 月 16 日)。

③ (美)艾恺:《世界范围内的反现代化思潮——论文化守成主义》,贵州人民出版社 1991 年版,第 207 页。

在谋求在与外来思想对话的过程中,寻求作为一个中国人的自我认同。"对外讲中"写作的方略就是将这种承载了民族性特殊内容的文化搭入整个世界文化的进程之中。

应当说,"对外讲中"写作具有相当明显的意向性和目的性。林语堂并没有将中国文化进行高度化的抽象和东方论式的简单陈列,而是让其坦然承担因过度理性化、意识形态化造成的价值缺憾而进行补偿的文化功能。他对西方文化既有认同又有隐忧:承认物质的现实,但反对物质化、理性化和科学主义,对由此而造成的人文主义失落的现实有着深切的关怀。因此,他依据现代知识重构中国经典、反思中国文化,既不是简单地否定传统,又不是简单地肯定现代,而是努力在两者之间寻求一种反思意向上的内在逻辑关联。从本质上说,"对外讲中"写作既是反对现代性又是为现代性辩护的现代现象。在这种意义上说,它是对审美现代性的一种深刻把握。

二

以"无政府主义者,或道家"自许的林语堂,虽然一度远离中国社会现实,但是并没有远离中国文化之根本。徜徉在西方浪漫的现代生活中的他,却又始终陶醉在东方文化的古典魅力中。他在参酌世界文化背景之下,重识了中国文化传统的价值与地位。他的古典化诉求突破了那种建立在形而上基础上的、简单对待传统与现代关系的文化构思。

传统与现代往往被作为一对矛盾体,认为两者是不相容的,即讲传统就是反现代,讲现代就是否弃传统。中国近代以来对现代性的认识就是长期建立在这样的认识论基础之上。在现代性问题的中国阐释中所体现的关于现代性的知识归属问题,就是这种现象的典型表现。受西方中心主义观的影响,人们普遍把韦伯式的现代性作为一种共享模式。然而事实上是,在中国文化语境中挪用西方现代性导致了诸多显而易见的困惑:一方面是启蒙主义者、民族主义者对西方制度的大力移植,但是这种"热情"并没有给中国的现代化铺就平坦;另一方面是在此过程中长期存在"主义"之争与文化混乱,不是"显明"反而是"遮蔽"了中国现代性。可以承认,韦伯所说的"新教伦理"不适宜在中国这块土壤上生长,因为中国儒教伦理追求一种过度的世俗日用主义,或者说是中国儒教缺乏彻底的宗教超越性,这根本不可能孕育出"资本主义精神"。①随着全球化的加剧,把西方地方化经验作为普遍经验的倾向只会日益明显,但也日益呈现矛盾,这是无可怀疑的。因此,如何在一种富有张力的文化语境中既实现自由、民主等现代性的普世价值诉求,同时又要突出本土文化的意义,乃是思考中国现代性问题的最为重要的前提之一。

中国现代性的合法性必须夯定在中国自身的文化传统根基之上,因为即使"韦伯的命题"也是建立在西方宗教传统的改革之上的。所以,现代性反思与建构的关键并不在知识的"挪植",而是传统的"创造性转化"。此即要求把中国文化传统中的诸多符号与价值系统彻底加以改造,使之变成为有利于社会变迁的"种子",而在此变迁的过程中,要能够继续与传统文化保持情感上的同质性关系。西方现代性自然具有"参照"作用,但对于"参与"现代性的中国人而言,重要的并不在于全面吸收,而在于寻求传统文化中的那些积极可用的因素。金耀基认为,在从传统向现代过渡的文化转型期,两种文化相互接触(即"濡化")的过程并非意味着一种文化的消亡的过程,而是一个"新传统化"和创造"世界文化"的过程。传统文化在这个过程不是被简单的"复古",而是"重估",这本身就是现代化含义的一部分。② 这一事实要求知识人如果要积极寻求文化"认同",那么只有通过重新"书写"才能确认传统文化品格和文化精神,只有通过反思传统文化价值,或是对传统文化中有意义的、有价值的某一部分的选择才能够真正实现。因此,解决中国现代性问题的有效方式并非单纯依靠从西方引入资源入手,而实应从中国文化自身入手,寻找可能转化的现代性资源。这种转化亦并非简单地回归到传统文化之中,而是利用自身文化创造出新的价值观,从而形成一种具有创造性的文化传统。

---

① 参见万俊人:《"现代性"的"中国知识"》,《学术月刊》2001 年第 3 期。
② 参见金耀基:《从传统到现代》,中国人民大学出版社 1999 年版,第 115 页。

三

寻找转化传统的道路一直是现代中国知识分子的历史使命。在现代化进程中，他们都进行了不全一致的、不同程度的探索与实践。自然，林语堂是其中的一份子，但是他显得更为"另类"，更加与众不同。沿着胡适、梁实秋、鲁迅等人的思路，我们可以进一步反思林语堂的道路。

胡适与梁实秋都是改造中国传统文化的先行者、实践者，一个略显激进，一个略显保守。西化的胡适禀承现代西方的民主、科学精神，主张全盘反传统主义，并将传统作为一个整体予以抛弃。倡导新古典主义的梁实秋也较为完整地接受了西方思想，借助"新人文主义"，对中国传统文化进行了自觉的受认，试图从内部撑住传统的形成并使传统得以承传。从胡适到梁实秋，表明中国知识精英对西方文化已从单纯的进口改换为理性地移用，代表了新、旧文化之间的斗争已进入到一个"新的阶段"，而最能说明的是他们对传统本身的态度发生了"位移"，即从全盘否定到积极地"向内看"，从固有的文化边缘试图回到固有的文化中心。① 相比之，林语堂在"对外讲中"写作过程中，以一种更加自觉、开放的眼光"向外转"。他干脆、主动地将中国文化"输出"，去接受西方人的检阅和西方文化的挑战。在中西文化交融、比较、反思中，林语堂基本持以一种"中西互补"而又偏"中"的态度，显示了他对待"传统"的特殊态度。

无疑，鲁迅是改造中国传统文化的更为坚实有力者。把主体的利益作为价值尺度去选择文化，这个尺度就是无论何种文化，都应当有利于主体，包括国家和民族生存和发展下去，这是鲁迅对待民族传统的文化和外国文化的整体态度。可以说，鲁迅开辟了一个"以建立个性与主体性价值观"为关键的转化方式。但由于他过早的去世，致使"传统转化"成了一个有待他人继续去完

---

① 参见罗钢：《历史汇流中的抉择：中国现代文艺思想家与西方文学理论》，中国社会科学出版社 1993 年版，第 228~236 页。

成的重大历史课题。实际上,在林语堂文化探索之路上深深留有鲁迅的"印迹",尽管他与鲁迅之间存在"相得"与"相离"的微妙关系。可以说,一方面他曾受到过鲁迅的感召;另一方面又不自觉地接续了鲁迅那个"尚未完成的谋划"。他们两人都曾表现出对中国国民性的深深"焦虑"。如果说鲁迅的启蒙意向对准的是下层民众的话,那么林语堂则将目光更多地移向现代都市大众。如果说"庙堂、广场、民间"①是 20 世纪知识分子追寻人文价值的三方空间的话,那么在"民间"这个非主流意识形态之外的生存空间和文化空间中,鲁迅、林语堂所面对的是不同层次的"民间",前者直指本色的"民间",而后者更具一种"民间化"的色彩。鲁迅对传统文化的改造深深植根于内部的"勘探",而林语堂则主要转向与世界文化进行同质"构合"的民族性建构,这使得探取中国文化中的世界性因素成为实现他个人文化审美理想的必然之选择。尽管两人在实现文化理想的道路和策略上有所不同,但是作为生存于东西文化夹缝中的 20 世纪现代知识分子表现出共同的"异化"体验,即他们的文化观念变革既是为了中国文化现代化的发展,又是为了满足他们内心深处的需要。鲁迅所面临的困境是显然的:"在价值取向上应当反传统,但在建设新文化的实际行为中,又不得不以传统为逻辑起点。"②林语堂也以反思和重构中国文化传统为起点与根本,指向"中国问题"本身,体现出对中国文化现代生存焦虑,但是他一度自言"一团矛盾"、"一生矛盾说不尽"。故而我们可以进一步承认:鲁迅、林语堂在致力现代中国文化建设的道路上出现的"矛盾心态"是一个相当普遍的现象。

然而,林语堂并不以矛盾自责,反以矛盾为"快乐",拥有一种更加开放、平和的文化心态。他对传统的转化似乎相当的自信、乐观和从容。这终究体现在这是一种在全球化语境中显示中国文化独特个性的积极努力。在一定意义上说,林语堂将中国文化现代性问题转向并提升到了一个较为高远的层次和广大的境界,这是对建设本土文化现代性的重要启示。因此,如果说胡适、

---

① 陈思和等:《民间文化 知识分子 文学史》,《文学世界》1995 年第 1 期。
② 刘再复、林岗:《传统与中国人》,安徽文艺出版社 1999 年版,第 374 页。

梁实秋、鲁迅等对中国文化的反思构成了几种路径、模式的话,那么在延续他们的道路上,林语堂则是另一种值得关注的路径、模式。目标是一致的,但转化的方式是不一致的,甚至是错位的。无论如何,他们都对转化传统做出了富有时代价值的贡献。

四

实际上,转化传统是一个艰难的过程,因为它与漫长的社会转型相伴始终。金耀基曾指出:"中国的转型期社会虽然已经度过了一百年,可是我们仍没有任何理由相信转型期的现象即可过去,事实上,进步并不是一件必然的事,转型期社会(或过渡社会)也不必定地可以从'传统'过渡到'现代'。"①社会转型的复杂性在于两方面:一是虽有一个既定的现代化目标,但它似乎始终没有终点;二是并不必然走向单一路线,因为社会的必然向前发展并不意味着文化的必然向前发展,两者步调并非完全一致。社会转型涉及方方面面。相对于社会制度、政治模式等,思想、文化方面的转型更复杂、任务更艰巨,如它不一定按照进化论的模式,有时往往会出现回复,甚至倒退的现象。以此反观林语堂,他的以"对外讲中"写作为策略的转化传统的方式也就自然暴露出某些局限和不足。

"对外讲中"写作既体现林语堂理解中西文化的视角,又隐含他践行文学观念的特点。林语堂以一种纯主情的文学观念来认识文学的发展。需知,文学观念是一个作家进行文学史建构的前提。建构文学史不是对客观历史时代的文学进行历史性的呈现,而是以文学理念的发展和演变为脉络,对文学发展进行历史性状态和文学时代的历时性展示。"文学史既不能靠观念的直接表白,也不能依赖史事的排比罗列相叠而成,它必须在观念和史实之间取得协调,磨合它们直到不分彼此、水乳交融,使观念隐藏在史事的表述中,史事的演

---

① 金耀基:《从传统到现代》,中国人民大学出版社 1999 年版,第 82 页。

示又能贴合观念。"①所以,文学史的书写既要处理好文学与时代之间的密切关系,同时又必须处理好文学演进的自身内部逻辑。总之,要立足于文学性因素的叙述判断。而文学观念最直接呈现方式是在于作家本身的作品之中以及与他之前已存在的文学文本之间的承继之关系。林语堂对文学观念的构建建立在重构中国历代文学作家、作品的基础之上。被重构的客体对象十分丰富,包括了从先秦、唐宋到明清时期大量的作家、作品,而它们本身就处于中国古代文学史建构的序列中,是其中的一个重要组成部分。但林语堂有意打乱这个序列,从中抽绎出诸多他所认可的作家、作品,从而建立起自己的一套文学话语体系。因此,与诸多作家不一致的是,林语堂有意消除政治、外在思想因素的介入与影响,重点选择那些有个性的、性灵的作家、作品:一方面,他坚持文学与道德、文学与科学之间的对立与互补的观点,使得文学远离了道统观念;另一方面,他又坚持近情的思想观、生活观,认为孔子、苏东坡、柏拉图等都是近情的,由此突出了一种现代的人生观。他使文学成为一方"净地",而在"朝圣"之路上也越走越远。在一定意义上说,他所构建的是一个"新传统",这个"新传统"实际上代表了一个"文化乌托邦"。

同样,林语堂对中西文化比较这样的大问题进行了相对简单的处理。他的文学本体、文化比较的基点都在人生,"一种文化的真正试验并不是你能够怎样去征服和屠杀,而是你怎样从人生获得最大的乐趣"②。虽然这种文化人生观具有普适性,但是在客观上也造成了与社会现实之间的巨大隔阂。与梁漱溟、罗素等思想家一样,他也试图借助中国文化来批判西方现代文化,这难免有"以中国的书本比西方的现实"③之嫌。中西文化比较是一个大课题,涉及时空性以及各自文化内部等各种复杂问题,这是不能概而论之的。把文化基点立于人生之上,实际上就是脱离了文化言说的具体对象和现实内涵。正

---

① 戴燕:《文学史的权力》,北京大学出版社 2002 年版,第 25 页。

② 林语堂:《英国人与中国人》,见《林语堂名著全集》第 15 卷,东北师范大学出版 1994 年版,第 11 页。

③ 冯崇义:《罗素与中国——西方思想在中国的一次经历》,三联书店 1998 年版,第 161 页。

如蒋原伦所批评:"作为文化表象的符号或成为缺乏生动的内容所指的僵死的能指,或成为一种精神的负担和桎梏。它的功能在于把学人引向古代世界,却避免描述现实世界的活的思想和活的精神。"①林语堂通过抹去文化与社会现实之间的鸿沟,平面、直观地展示一维性的文化共性,这只是为个人审美"古代世界"和建构"文化乌托邦"提供了基础、前景。

从深层次看,"文化乌托邦"的形成源于林语堂对历史本真的一种误解。理解历史本真是个体现代性意识得以发生和充分展开的前提。"历史意义上的现代性就只不过是一个向着一系列新的生存条件过渡的阶段,历史这个概念本身会在新的条件下失去它的意义。"②这意味着现代性所具有的强烈反思性、倾向性并不在于对传统的简单继承,而在于对一种传统(历史)的反叛,以及与传统之间形成的复杂绞结状况。如果说人类学研究所揭示的是文化之共性特点的话,那么现代性是就是那种与传统文化特征相对立的文化状态,即那种对以"神话思想"为体制特点且存在于时空中的绝对基点的颠覆。从现代性的反面古典性去理解现代性,对揭示现代性的历史内涵有重要意义。即使从产生看,现代性也首先是被作为一个时间性的概念,它是历史的产物。但是现代性的真正魅力体现,应当主要是奠基在社会现实而并非仅仅是历史的维度之上。这种具有内在一致的历史与现实之间的逻辑关系恰恰是林语堂在审视过程中所真正缺乏的。

转化传统是一个长期的过程,这意味着需要众多的文化经验的参与。无疑,林语堂的"对外讲中"写作以"发明"传统的方式为我们提供了"传统转化"的一个样榜。但由于各种原因,林语堂在中国文学史、文化史上长期处于暧昧地位,这为后人留下了许多无法弥补的缺憾。而他个人对中国文化具有相当的自信、从容和乐观,这种"过度"的"转化"态度,是否本身已经蕴含了一种不言而喻的遗憾?我们必须继续反思现代知识分子所面对的这一课题,因为这仍然是当代中国文化建设最为重要的任务之一。

---

① 蒋原伦:《传统的界限:符号、话语与民族文化》,北京师范大学出版社 1998 年版,第 105 页。

② (法)伊夫·瓦岱:《文学与现代性》,田庆生译,北京大学出版社 2001 年版,第 9 页。

参考文献

一、林语堂作品 *

《林语堂经典名著》(33卷),台北:金兰文化出版社1984年版。

《林语堂论中西文化》,万平近编,上海社会科学院出版社1989年版。

《林语堂名著全集》(30卷),梅中泉主编,东北师范大学出版社1994年版。

《衔着烟斗的林语堂》,萧南选编,四川文艺出版社1995年版。

《林语堂文集》(10卷),寇晓伟主编,作家出版社1996年版。

《林语堂散文经典全编》(3卷),梦琳编,九州出版社1997年版。

《林语堂书话》,陈子善编,浙江人民出版社1998年版。

《林语堂批评文集》,沈永宝编,珠海出版社1998年版。

《中国人》,郝志东、沈益洪译,学林出版社2002年版。

《信仰之旅》,胡簪云译,新华出版社2002年版。

《林语堂经典文存》,洪治纲编,上海大学出版社2004年版。

《林语堂文集》(22卷),陕西师范大学出版社2005年版。

《中国印度之智慧》(全2册),杨彩霞译,陕西师范大学出版社2006年版。

《美国的智慧》,刘启升译,陕西师范大学出版社2006年版。

《大家小集:林语堂集》,施建伟编,花城出版社2007年版。

《中国新闻舆论史》,王海、何洪亮译,中国人民大学出版社2008年版。

《林语堂·代表作:谈中西文化》,中国现代文学馆编,程丹编选,华夏出版社2009年版。

《林语堂英文作品集》(多种),外语教学与研究出版社2009年版。

《林语堂文集》(9种10册),群言出版社2010年版。

《林语堂全集》(34种),群言出版社2010年版。

---

* 以出版时间为先后,同一作者、国别集中排序。

Lin Yutang, *My country and My people*, New York: Reynal & Hitchcock, Inc., (A John Day Book), 1935.

Lin Yutang, *A History of the Press and Public Opinion in China*, Chicago, The University of Chicago Press, 1936.

Lin Yutang, *The Importance of Living*, New York, Reynal & Hitchcock, Inc. (A John Day Book), 1937.

Lin Yutang, *Wisdom of Confucius*, Random House, The Modern Liberary, 1938.

Lin Yutang, *Moment in Peking*, New York, The John Day Company, 1939.

Lin Yutang, *A Leaf in the Storm*, New York, The John Day Company, 1940.

Lin Yutang, *The Wisdom of China and India*, New York, Random House, Wolff Inc., 1942.

Lin Yutang, *Between Tears and Laughte*, New York, John Day, 1943.

Lin Yutang, *The Vigil of a Nation*, New York, John Day Company, 1944.

Lin Yutang, *The Gay Genius: The Life and Times of Su TungPo*, New York, The John Day Company, 1947.

Lin Yutang, *Wisdom of Laotse*, Random House, The Modern Liberary, 1948.

Lin Yutang, *On the Wisdom of American*, New York, The John Day Company, 1950.

Lin Yutang, *Famous Chinese Short Stories*, *Retold by Lin Yutang*, New York, The John Day Company, 1952.

Lin Yutang, *The Vermilion Gate*, New York, The John Day Company, 1950.

Lin Yutang, *Widow*, *Num and Courtesan: Three Novelettes From the Chinese Translated and Adapted by Lin Yutang*, New York, The John Day Company, 1952.

Lin Yutang, *Looking Beyond*, Prentice Hall, 1955.

Lin Yutang, *Lady Wu*, World Publishing Company, 1957.

Lin Yutang, *The Secret Name*, Farrar, Straus and Cudahy, 1958.

Lin Yutang, *The Chinese Way of Life*, World Publishing Company, 1959.

Lin Yutang, *From Pagan to Christianity*, World Publishing Company, 1959.

Lin Yutang, *The Importance of Understanding: Translations from the Chinese*, World Publisher Company, 1960.

Lin Yutang, *Imperial Peking: Seven Centuries of China*, Crown Publishers, 1961.

Lin Yutang, *The Red Peony*, World Publishing Company, 1961.

Lin Yutang, *The Pleasures of a Nonconformist*, World Publishing Company, 1962.

Lin Yutang, *Juniper Loa*, World Publishing Company, 1963.

Lin Yutang, *The Chinese Theory of Art: Translation form the Marter of Chinese Art*, G.P. Putnam's Sons, 1967.

二、林语堂传记、研究著作

万平近:《林语堂论》,陕西人民出版社 1987 年版。

万平近:《林语堂评传》,重庆出版社 1996 年版。

万平近:《林语堂评传》,上海远东出版社 2008 年版。

林太乙:《林语堂传》,北岳文艺出版社 1994 年版。

林太乙:《林家次女》,西苑出版社 1999 年版。

陆扬:《幽默人生——林语堂的魅力》,广西人民出版社 1994 年版。

《回顾林语堂》,台北:中正书局 1994 年版。

施建伟:《林语堂研究论集》,同济大学出版社 1997 年版。

刘炎生:《林语堂评传》,百花洲文艺出版社 1997 年版。

施建伟编:《幽默大师——名人笔下的林语堂 林语堂笔下的名人》,东方出版中心
1998 年版。

施建伟:《幽默大师林语堂》,上海书店出版社 1998 年版。

施建伟:《林语堂传》,北京十月文艺出版社 1999 年版。

杜运通:《伊甸园之歌:林语堂现象透视》,河南大学出版社 1997 年版。

王兆胜:《林语堂的文化情怀》,中国社会科学出版社 1998 年版。

王兆胜:《闲话林语堂》,中国国际广播出版社 2002 年版。

王兆胜主编:《解读林语堂经典》,花山文艺出版社 2004 年版。

王兆胜:《林语堂 两脚踏中西文化》,文津出版社 2005 年版。

王兆胜:《林语堂大传》,作家出版社 2005 年版。

王兆胜:《林语堂与中国文化》,社会科学文献出版社 2007 年版。

王兆胜:《林语堂正传》,江苏文艺出版社 2010 年版。

李勇:《林语堂传》,团结出版社 1999 年版。

李勇:《本真的自由:林语堂评传》,南京师范大学出版社 2005 年版。

董大中:《鲁迅与林语堂》,河北人民出版社 2003 年版。

子通主编:《林语堂评说七十年》,中国华侨出版社 2003 年版。

冯羽:《林语堂与世界文化》,江苏文艺出版社 2005 年版。

杨柳:《林语堂翻译研究——审美现代性透视》,湖南人民出版社 2005 年版。

高鸿:《跨文化的中国叙事——以赛珍珠、林语堂、汤亭亭为中心的讨论》,上海三联书
店 2005 年版。

施萍:《林语堂:文化转型的人格符号》,北京大学出版社 2005 年版。

谢友祥:《幸福是一项成就:林语堂人生智慧解读》,中山大学出版社 2006 年版。

漳州师范学院中文系现当代文学学科编:《漳州籍现代著名作家论集》,人民文学出版
社 2006 年版。

陈亚联:《飞扬与落寞:林语堂的才情人生》,东方出版社 2006 年版。

陈亚联:《锦心与绣口:林语堂》,湖南师范大学出版社 2011 年版。

陈煜斓主编:《林语堂研究论文集》,河南人民出版社 2006 年版。

陈煜斓:《林语堂的文化民族精神》,中国华侨出版社 2007 年版。

陈煜斓主编:《走近幽默大师》,中国社会科学出版社 2008 年版。

沈金耀:《林语堂的理想文化人格》,中国华侨出版社 2007 年版。

李少丹:《林语堂的语言理论与语言运用》,中国华侨出版社 2007 年版。

黄荣才:《我的乡贤林语堂》,安徽文艺出版社 2010 年版。

王稼句:《民国人物回眸:印象林语堂》,安徽文艺出版社 2011 年版。

林坚编:《芙蓉湖畔忆三"林":林文庆、林语堂、林惠祥的厦大岁月》,厦门大学出版社 2011 年版。

俞兆平:《浪漫主义在中国的四种模式:鲁迅、沈从文、郭沫若、林语堂》,广西师范大学出版社 2011 年版。

王少娣:《跨文化视角下的林语堂翻译研究》,上海外语教育出版社 2011 年版。

Diran John Sohigian, *The life and times of Lin Yutang*, Thesis (Ph.D.), Columbia University, 1991.

Jun Qian, *Lin Yutang negotiating modernity between east and west*, Thesis (Ph.D.), University of California, Berkeley, 1996.

Shen Shuang, *Self*, *nations*, *and the diaspora Re-reading Lin Yutang*, Bai Xianyong, and Frank Chin , Thesis (Ph.D.), City University of New York, 1998.

三、相关理论著作(国内作者)

任访秋:《袁中郎研究》,上海古籍出版社 1983 年版。

林毓生:《中国意识的危机——五四时期激烈的反传统主义》,穆善培译,贵州人民出版社 1986 年版。

林毓生:《中国传统的创造性转化》,三联书店 1988 年版。

陈平原:《在中西方文化碰撞中》,浙江文艺出版社 1987 年版。

朱光潜:《诗论》,见《朱光潜全集》(第 3 卷),安徽教育出版社 1987 年版。

李壮鹰:《中国诗学六论》,齐鲁书社 1989 年版。

李壮鹰:《禅与诗》,北京师范大学出版社 2001 年版。

吴士余:《中国小说美学论稿》,上海三联书店 1991 年版。

罗荣渠:《从"西化"到现代化——五四以来有关中国的文化趋向和发展道路论争文选》,北京大学出版社 1990 年版。

聂振斌:《中国近代美学思想史》,中国社会科学出版社 1991 年版。

韩兆琦主编:《中国传记文学史》,河北教育出版社 1992 年版。

温儒敏:《中国现代文学批评史》,北京大学出版社 1993 年版。

童庆炳:《文体与文体的创造》,云南人民出版社 1994 年版。

童庆炳:《中国古代文论的现代意义》,北京师范大学出版社 2001 年版。

童庆炳:《维纳斯的腰带——创作美学》,上海文艺出版社 2001 年版。

杨正润:《传记文学史纲》,江苏教育出版社 1994 年版。

刘小枫主编:《人类困境中的审美精神》,东方出版中心 1994 年版。

刘小枫:《现代性社会理论绪论——现代性与现代中国》,上海三联书店 1998 年版。

刘小枫:《沉重的肉身:现代性伦理的叙事纬语》,华夏出版社 2004 年版。

李春青:《乌托邦与诗:中国古代士人文化与文学价值观》,北京师范大学出版社 1995 年版。

李春青:《诗与意识形态:西周至两汉诗歌功能的演变与中国诗学观念的生成》,北京大学出版社 2005 年版。

李春青:《在文本与历史之间:中国古代诗学意义生成模式探微》,北京大学出版社 2005 年版。

乐黛云、(法)勒·比雄主编:《独角兽与龙——在寻找中西文化普遍性中的误读》,北京大学出版社 1995 年版。

乐黛云、张辉主编:《文化传递与文学形象》,北京大学出版社 1999 年版。

陈惠琴:《传奇的世界:中国古代小说创作模式研究》,北京师范大学出版社 1996 年版。

辜鸿铭:《中国人的精神》,黄兴涛、宋小庆译,海南出版社 1996 年版。

陈鼓应注译:《庄子今注今译》,中华书局 1997 年版。

陈鼓应注译:《老子今注今译》(修订版),商务印书馆 2003 年版。

王国维:《王国维文集》第 3 卷,中国文史出版社 1997 年版。

应锦襄等:《世界文学格局中的中国小说》,北京大学出版社 1997 年版。

周明初:《晚明士人心态及文学个案》,东方出版社 1997 年版。

王一川:《中国形象诗学——1985 至 1995 年中国文学新潮阐释》,上海三联书店 1998 年版。

王一川:《中国现代性体验的发生》,北京师范大学出版社 2001 年版。

王一川:《汉语形象与现代性情结》,首都师范大学出版社 2001 年版。

王一川:《中国现代学引论:现代文学的文化维度》,北京大学出版社 2009 年版。

冯崇义:《罗素与中国——西方思想在中国的一次经历》,三联书店 1998 年版。

刘勇:《中国现代文学的基督教情结》,北京师范大学出版社 1998 年版。

蒋原伦:《传统的界限:符号、话语与民族文化》,北京师范大学出版社 1998 年版。

杨扬编:《周作人批评文集》,珠海出版社 1998 年版。

徐静波编:《梁实秋批评文集》,珠海出版社 1998 年版。

薛洪勣:《传奇小说史》,浙江古籍出版社 1998 年版。

耿云志、李国彤编：《胡适传记作品全编》（第1、4卷），东方出版中心1999年版。

周发祥、李岫主编：《中外文学交流史》，湖南教育出版社1999年版。

殷国明：《20世纪中国文艺理论交流史》，华东师范大学出版社1999年版。

陶东风：《社会转型与当代知识分子》，上海三联书店1999年版。

陶东风、金元浦：《阐释中国的焦虑——转型时代的文化解读》，中国国际广播出版社1999年版。

刘再复、林岗：《传统与中国人》，安徽文艺出版社1999年版。

金耀基：《从传统到现代》，中国人民大学出版社1999年版。

张辉：《审美现代性批判》，北京大学出版社1999年版。

张品兴选编：《国民性面面观：中国名人论中国人》，中国国际广播出版社1999年版。

李泽厚：《美学三书》，安徽教育出版社1999年版。

李泽厚：《中国思想史论》（上、中、下），安徽教育出版社1999年版。

李泽厚：《实用理性与乐感文化》，三联书店2005年版。

黄万华：《文化转换中的世界华文文学》，中国社会科学出版社1999年版。

石元康：《从中国文化到现代性：典范转移？》，三联书店2000年版。

姜义华：《理性缺位的启蒙》，上海三联书店2000年版。

罗钢：《历史汇流中的抉择：中国现代文艺思想家与西方文学理论》，中国社会科学出版社2000年版。

杨知勇：《家族主义与中国文化》，云南大学出版社2000年版。

许宝强、袁伟选编：《语言与翻译的政治》，中央编译出版社2000年版。

庄锡华：《20世纪的中国文艺理论》，上海三联书店2000年版。

许纪霖编：《二十世纪中国思想史论》（上、下卷），东方出版中心2000年版。

许纪霖编：《20世纪中国知识分子史论》，新星出版社2005年版。

王本朝：《20世纪中国文学与基督教》，安徽教育出版社2000年版。

朱存明：《情感与启蒙——20世纪中国美学精神》，西苑出版社2000年版。

古棣等：《孔子批判》（上、下册），时代文艺出版社2001年版。

孟华主编：《比较文学形象学》，北京大学出版社2001年版。

程正民：《巴赫金的文化诗学》，北京师范大学出版社2001年版。

万俊人：《寻求普世伦理》，商务印书馆2001年版。

张光芒：《启蒙论》，上海三联书店2002年版。

张宝明：《自由神话的终结》，上海三联书店2002年版。

梁展编：《全球化话语》，上海三联书店2002年版。

季进：《钱钟书与现代西学》，上海三联书店2002年版。

周昌忠：《中国传统文化的现代性转型》，上海三联书店2002年版。

高长江：《宗教的阐释》，中国社会科学出版社2002年版。

季广茂:《隐喻理论与文学传统》,北京师范大学出版社 2002 年版。

吕若涵:《"论语派"论》,上海三联书店 2002 年版。

曹书文:《家族文化与中国现代文学》,中国社会科学出版社 2002 年版。

周作人:《中国新文学的源流》,河北教育出版社 2002 年版。

吴承学、李关摩编:《晚明文学思潮研究》,湖北教育出版社 2002 年版。

张敏:《克罗齐美学论稿》,中国社会科学出版社 2002 年版。

卫景宜:《西方语境中的中国故事》,中国美术学院出版社 2002 年版。

程爱民主编:《美国华裔文学研究》,北京大学出版社 2003 年版。

余英时:《士与中国文化》,上海人民出版社 2003 年版。

余英时:《现代学人与学术》,广西师范大学出版社 2006 年版。

杨联芬:《晚清至五四:中国文学现代性的发生》,北京大学出版社 2003 年版。

任剑涛:《道德理想主义与伦理中心主义:儒家伦理及其现代处境》,东方出版社 2003 年版。

丁德科:《先秦儒道一统思想述论》,陕西人民出版社 2003 年版。

王培元、廖群:《中国文学精神》(先秦卷),山东教育出版社 2003 年版。

孙学堂:《中国文学精神》(唐代卷),山东教育出版社 2003 年版。

王小舒:《中国文学精神》(宋元卷),山东教育出版社 2003 年版。

赵旭东:《反思本土文化建构》,北京大学出版社 2003 年版。

张世保:《从西化到全球化——20 世纪前 50 年西化思潮研究》,东方出版社 2004 年版。

冷成金:《苏轼的哲学观与文艺观》(修订本),学苑出版社 2004 年版。

周荷初:《晚明小品与现代散文》,湖南人民出版社 2004 年版。

王富仁:《中国现代文化指掌图》,人民文学出版社 2004 年版。

杜卫:《审美功利主义——中国现代美育理论研究》,人民出版社 2004 年版。

杜卫主编:《中国现代人生艺术思想研究》,上海三联书店 2007 年版。

曹卫东:《权力的他者》,上海教育出版社 2004 年版。

陈太胜:《梁宗岱与中国象征主义诗学》,北京师范大学出版社 2004 年版。

余英时:《中国知识人之史的考察》,广西师范大学出版社 2004 年版。

张隆溪:《走出文化的封闭圈》,三联书店 2004 年版。

高瑞泉等编:《中国的现代性与城市知识分子》,上海古籍出版社 2004 年版。

高瑞泉:《中国现代精神传统:中国的现代性观念谱系》,上海古籍出版社 2005 年版。

周宁:《想像中国:从"孔教乌托邦"到"红色圣地"》,中华书局 2004 年版。

胡伟希、陈盈盈:《追求生命的超越与融通:儒道禅与休闲》,云南人民出版社 2004 年版。

张进:《新历史主义与历史诗学》,中国社会科学出版社 2004 年版。

陈赟:《困境中的中国现代性意识》,华东师范大学出版社 2004 年版。

朱立元:《接受美学导论》,安徽教育出版社 2004 年版。

武新军:《现代性与古典传统》,河南大学出版社 2005 年版。

鲁迅:《鲁迅全集》(第 4、6、9 卷),人民文学出版社 2005 年版。

程光炜编:《周作人评说八十年》,中国华侨出版社 2005 年版。

程光炜:《文学想象与文学国家:中国当代文学研究:1949—1976》,河南大学出版社 2005 年版。

衣俊卿:《现代化与日常生活批判》,人民出版社 2005 年版。

杨威:《中国传统日常生活世界的文化透视》,人民出版社 2005 年版。

龚鹏程:《文化符号学导论》,北京大学出版社 2005 年版。

夏光:《东亚现代性与西方现代性:从文化的角度看》,三联书店 2005 年版。

廖诗忠:《回归经典——鲁迅与先秦文化的深层关系》,上海三联书店 2005 年版。

欧阳俊:《现代小品理论研究》,上海三联书店 2005 年版。

刘耘华:《解释的圆环——明末清初传教士对儒家经典的解释及其本土回应》,北京大学出版社 2005 年版。

姜飞:《跨文化传播的后殖民语境》,中国人民大学出版社 2005 年版。

甘阳:《中西古今之争》,三联书店 2006 年版。

李怡:《现代性:批判的批判》,人民文学出版社 2006 年版。

杨经建:《家族文化与 20 世纪中国家族文学的母题形态》,岳麓书社 2006 年版。

陈敬:《赛珍珠与中国——中西文化冲突与共融》,南开大学出版社 2006 年版。

王宁:《文化翻译与经典阐释》,中华书局 2006 年版。

袁济喜:《承继与超越——20 世纪中国美学与传统》,首都师范大学出版社 2006 年版。

尹康庄:《20 世纪中国主流话语研究》,中国社会科学出版社 2006 年版。

代迅:《西方文论在中国的命运》,中华书局 2008 年版。

王洪岳:《审美与启蒙:中国现代主义文论研究(1900~1949)》,光明日报出版社 2009 年版。

张法:《中西美学与文化精神》,中国人民大学出版社 2010 年版。

四、相关理论著作(国外作者)

(美)莫里斯·迪克斯坦:《伊甸园之门——六十年代的美国文化》,方晓光译,上海外语教育出版社 1985 年版。

(德)弗里德里希·席勒:《审美教育书简》,冯至、范大灿译,北京大学出版社 1985 年版。

(美)W.C.布斯:《小说修辞学》,华明等译,北京大学出版社 1987 年版。

(德)H.R.姚斯、(美)R.C.霍拉勃:《接受美学与接受理论》,周宁、金元浦译,辽宁人民出版社 1987 年版。

（法）罗贝尔·埃斯卡尔皮：《文学社会学》，符锦勇译，上海译文出版社 1988 年版。

（德）E.卡西勒：《启蒙哲学》，顾伟铭等译，山东人民出版社 1988 年版。

（美）丹尼尔·贝尔：《资本主义文化矛盾》，赵一凡等译，三联书店 1989 年版。

（英）多米尼克·塞克里坦：《古典主义》，艾晓明译，昆仑出版社 1989 年版。

（法）谢和耐：《中国文化与基督教的冲撞》，于硕等译，辽宁人民出版社 1989 年版。

（美）乔·奥·赫茨勒：《乌托邦思想史》，张兆麟等译，商务印书馆 1990 年版。

（加）秦家懿、（德）孔汉思：《中国宗教与基督教》，吴华译，北京三联书店 1990 年版。

（匈）阿格妮丝·赫勒：《日常生活》，衣俊卿译，重庆出版社 1990 年版。

（匈）阿格尼丝·赫勒：《现代性理论》，李瑞华译，商务印书馆 2005 年版。

（美）艾恺：《世界范围内的反现代化思潮——论文化守成主义》，贵州人民出版社 1991 年版。

（美）E.希尔斯：《论传统》，傅铿、吕乐译，上海人民出版社 1991 年版。

（美）伊恩·P.瓦特：《小说的兴起》，高原、董红钧译，三联书店 1992 年版。

（英）吉利恩·比尔：《传奇》，邹孜彦、肖遥译，昆仑出版社 1993 年版。

（英）艾伦·谢尔斯顿：《传记》，李永辉、尚伟译，昆仑出版社 1993 年版。

（德）马克斯·韦伯：《儒教与道教》，王容芬译，商务印书馆 1995 年版。

（英）罗素：《中国问题》，秦悦译，学林出版社 1996 年版。

（荷）约翰·赫伊津哈：《游戏的人》，多人译，中国美术学院出版社 1996 年版。

（荷）佛克马、蚁布思：《文学研究与文化参与》，俞国强译，北京大学出版社 1996 年版。

（美）詹明信：《晚期资本主义的文化逻辑》，张旭东编，陈清侨等译，三联书店 1997 年版。

（美）杰姆逊：《后现代主义与文化理论》，唐小兵译，北京大学出版社 1997 年版。

（美）詹姆逊：《单一的现代性》，王逢振等译，天津人民出版社 2004 年版。

（美）史景迁：《文化类同与文化利用》，廖世奇、彭小樵译，北京大学出版社 1997 年版。

（德）顾彬：《关于"异"的研究》，曹卫东编译，北京大学出版社 1997 年版。

（德）汉斯·罗伯特·耀斯：《审美经验与文学解释学》，上海译文出版社 1997 年版。

（德）鲁道夫·奥伊肯：《生活的意义与价值》，万以译，上海译文出版社 1997 年版。

（德）卡尔·雅斯贝尔斯：《时代的精神状况》，王德峰译，上海译文出版社 1997 年版。

（英）丹尼斯·麦奎尔、（瑞典）斯文·温德尔：《大众传播模式论》，祝建伟、武伟译，上海译文出版社 1997 年版。

（加）斯蒂文·托托西：《文学研究的合法化》，马瑞琦译，北京大学出版社 1997 年版。

（英）布洛克：《西方人文主义传统》，董乐山译，三联书店 1997 年版。

（美）乔纳森·卡勒：《当代学术入手：文学理论》，李平译，辽宁教育出版社 1998 年版。

（英）吉登斯：《现代性与自我认同：现代晚期的自我与社会》，赵旭东、方文译，三联书店 1998 年版。

（俄）巴赫金:《陀斯妥耶夫斯基诗学问题》,《诗学与访谈》,白春仁、顾亚铃译,河北教育出版社 1998 年版。

（意）加林:《意大利人文主义》,李玉成译,三联书店 1998 年版。

（美）刘禾:《语际书写:现代思想史写作批判纲要》,上海三联书店 1999 年版。

（美）刘禾:《跨语际实践:文学、民族文化与被译介的现代性:1900~1937》,宋伟杰等译,三联书店 2002 年版。

（美）萨义德:《东方学》,王宇根译,三联书店 1999 年版。

（英）汤林森:《文化帝国主义》,冯建三译,上海人民出版社 1999 年版。

（法）麦克林:《传统与超越》,干青松、杨凤岗译,华夏出版社 1999 年版。

（美）列文森:《儒教中国及其现代命运》,郑大华等译,中国社会科学出版社 2000 年版。

（美）卡尔·曼海姆:《意识形态与乌托邦》,黎鸣、李书崇译,商务印书馆 2000 年版。

（美）林赛·沃特斯:《美学权威主义批判》,昂智慧译,北京大学出版社 2000 年版。

（美）叶维廉:《道家美学与西方文化》,北京大学出版社 2002 年版。

（美）罗兰·罗伯森:《全球化:社会理论和全球化》,梁光严译,上海人民出版社 2000 年版。

（美）约翰·凯利:《走向自由:休闲社会学理论新论》,赵冉、季斌译,云南人民出版社 2000 年版。

（美）托马斯·古德尔、（美）杰弗瑞·戈比:《人类思想史中的休闲》,成素梅等译,云南人民出版社 2000 年版。

（美）吉尔兹:《地方性知识:阐释人类学论文集》,王海龙、张家瑄译,中央编译出版社 2000 年版。

（英）齐格蒙特·鲍曼:《立法者与阐释者:论现代性、后现代性与知识分子》,洪涛译,上海人民出版社 2000 年版。

（英）齐格蒙特·鲍曼:《全球化:人类的后果》,郭国良、徐建华译,商务印书馆 2001 年版。

（德）费迪南·费尔曼:《生命哲学》,李健鸣译,华夏出版社 2000 年版。

（英）莫利、罗宾斯:《认同的空间:全球媒介、电子世界景观和文化边界》,司艳译,南京大学出版社 2001 年版。

（英）史蒂文·卢克斯:《个人主义》,阎克文译,江苏人民出版社 2001 年版。

（英）卜立德:《一个中国人的文学观——周作人的文艺思想》,陈广宏译,复旦大学出版社 2001 年版。

（法）伊夫·瓦岱:《文学与现代性》,田庆生译,北京大学出版社 2001 年版。

（德）特茨拉夫:《全球化压力下的世界文化》,吴志诚、韦苏、陈宗显译,江西人民出版社 2001 年版。

（加）查尔斯·泰勒：《现代性之隐忧》，程炼译，中央编译出版社 2001 年版。

（加）查尔斯·泰勒：《自我的根源：现代认同的形成》，韩震等译，译林出版社 2001
年版。

（美）赫伯特·芬格莱特：《孔子：即凡而圣》，彭国翔、张华译，江苏人民出版社 2002
年版。

（美）马泰·卡林内斯库：《现代性的五副面孔》，顾爱彬、李瑞华译，商务印书馆 2002
年版。

（美）萨义德：《知识分子论》，单德兴译，三联书店 2002 年版。

（美）柯文：《在中国发现历史：中国中心观在美国的兴起》（增订本），林同奇译，中华
书局 2002 年版。

（俄）别尔嘉耶夫：《历史的意义》，张雅平译，学林出版社 2002 年版。

（德）韦尔施：《重构美学》，陆扬、张岩冰译，上海译文出版社 2002 年版。

（美）王德威：《想像中国的方法：历史·小说·叙事》，三联书店 2003 年版。

（美）欧文·白璧德等：《人文主义：全盘反思》，三联书店编辑部、美国人文杂志社编，
多人译，三联书店 2003 年版。

（美）本尼迪克特·安德森：《想象的共同体：民族主义的起源与散布》，吴叡人译，上
海人民出版社 2003 年版。

（美）海登·怀特：《后现代历史叙事学》，陈永国、张万娟译，中国社会科学出版社
2003 年版。

（日）柄谷行人：《日本现代文学的起源》，赵京华译，三联书店 2003 年版。

（英）兰克·克默德：《结尾的意义：虚构理论研究》，刘建华译，辽宁教育出版社 2003
年版。

（法）蒂费纳·萨莫瓦约：《互文性研究》，邵炜译，天津人民出版社 2003 年版。

（德）格奥尔格·西美尔：《宗教社会学》，曹卫东译，上海人民出版社 2003 年版。

（荷）米克·巴尔：《叙述学：叙事理论导论》（第二版），谭君强译，中国社会科学出版
社 2003 年版。

（美）孙隆基：《中国文化的深层结构》，广西师范大学出版社 2004 年版。

（美）哈罗德·布鲁姆：《西方正典》，江宁康译，译林出版社 2004 年版。

（美）哈罗德·布鲁姆：《影响的焦虑：一种诗歌理论》，徐文博译，江苏教育出版社
2006 年版。

（英）加登纳：《历史解释的性质》，江怡译，文津出版社 2004 年版。

（德）哈贝马斯：《现代性的哲学话语》，曹卫东等译，译林出版社 2004 年版。

（德）加达默尔：《真理与方法》（上、下卷），洪汉鼎译，上海译文出版社 2004 年版。

（美）夏志清：《中国现代小说史》，刘绍铭等译，复旦大学出版社 2005 年版。

（美）韦勒克、沃伦：《文学理论》（修订版），刘象愚等译，江苏教育出版社 2005 年版。

（美）李欧梵：《未完成的现代性》，北京大学出版社 2005 年版。

（美）哈佛燕京学社主编：《儒家传统与启蒙心态》，江苏教育出版社 2005 年版。

（美）约瑟夫·皮珀：《闲暇：文化的基础》，刘森尧译，新星出版社 2005 年版。

（英）拉雷恩：《意识形态与文化身份：现代性和第三世界的在场》，戴从容译，上海教育出版社 2005 年版。

（英）汤普森：《意识形态与现代文化》，高銛等译，译林出版社 2005 年版。

（意）艾柯等：《诠释与过度诠释》，（英）柯里尼编，王宇根译，三联书店 2005 年版。

（法）安托瓦纳·贡尼巴翁：《现代性的五个悖论》，许钧译，商务印书馆 2005 年版。

（美）哈罗德·伊罗生：《美国的中国形象》，于殿利、陆日宇译，中华书局 2006 年版。

（美）约·罗伯茨编著：《十九世纪西方人眼中的中国》，蒋重跃、刘林海译，中华书局 2006 年版。

（美）凌津奇：《叙述民族主义：亚裔美国文学中的意识形态与形式》，吴瞵译，中国社会科学出版社 2006 年版。

（加）弗莱：《批评的解剖》，陈慧等译，百花文艺出版社 2006 年版。

（美）尹晓煌：《华裔美国文学史》，徐颖果主译，南开大学出版社 2006 年版。

（美）赫伯特·马尔库塞：《单向度的人》，刘继译，上海译文出版社 2006 年版。

（美）林顿：《人格的文化背景》，于闽梅、陈学晶译，广西师范大学出版社 2006 年版。

（美）理查德·舒斯特曼：《生活即审美：审美经验和生活艺术》，彭锋等译，北京大学 2007 年版。

（英）戴维·英格利斯：《文化与日常生活》，张秋月、周雷亚译，中央编译出版社 2010 年版。

（美）格里德尔：《知识分子与现代中国》，单正平译，广西师范大学出版社 2010 年版。

（美）斯维特兰娜·博伊姆：《怀旧的未来》，杨德友译，译林出版社 2010 年版。

Peter V. Zima, *The philosophy of modern literary theory*, Cambridge University Press, 1999.

Edited generally bySacvan Bercovitch, *The Cambridge history of American literature Volume 6 prose writing 1910~1950*, Cambridge University Press, 2002.

Graham Allen, *Intertextuality*, London, New York: Routledge, 2000.

后　记

　　本书是在博士论文的基础上修改完成的。2004 年 8 月底起,我开始在北京师范大学文艺学研究中心攻读博士学位,师从当代著名文艺理论家王一川先生。记得当初选择这一课题时颇费一番周折。现在看来,这既是偶然也是必然。由于作家研究比较切合当时的"文化诗学"主张,我在报选题时就挑了两位现代中国作家,后来又在两者之间反复斟酌。当我选定其中之一时,导师最终却又否定了。于是我又重新拾起过去的研究对象林语堂,觉得林语堂是一个"大家",尚有"开发"的余地。导师也认为,我有林语堂研究的前期基础,而且也适合从文化诗学角度切入研究这位"文学大师"。这样,我再次"遭遇"林语堂,再次开始潜心研读厚厚 30 卷的《林语堂名著全集》。虽然接触林语堂已经有些年头了,但是能像这次为撰写博士论文而对他进行灵魂贴近式的解读,依然充满了诸多陌生和新鲜。经过两年左右的努力,2007 年 5 月我将辛苦撰写的初稿送交校外专家评审,并获得了答辩资格。是年 6 月进行了论文答辩并顺利通过。在此后的四年中,我又根据评审专家和答辩小组的意见,不断打磨,陆陆续续地进行了修改,充实了材料,集中了论域,完善了结构,疏通了语言。目前呈现给大家的是一个保持原来整体框架、部分内容有所调整的、经过反复修改后的文本,希望在学术质量上有所提升。

　　写作总是焦虑与快乐并存,但愿前者是短暂的,而后者是永远的。在此,我要感谢研究对象林语堂。记得美国波斯顿学院(Simmons College)图书馆学专家安德森有过这样的评价:"若寻一词足以形容林氏,只有'学养'一词。"

"林语堂"是一本可以值得大读大写的"书"，他的幽默智慧、艺术人生将减释你因写作带来的诸多烦虑；他会像一个亲切的朋友一样，与你对话、交谈，伴你思考；他可以成为你人生的一个部分，难舍难弃。从新世纪之初到如今，已整整过了十个年头，我似乎一直是在"林语堂"的陪伴下工作、学习和生活。拙作成为我与林语堂之间永远无法抹去亲密关系的历史见证。

写作也永远不是一个人在"战斗"。在此，我对那些曾经在我写作、修改过程中提供帮助的人致以深深的谢意——感谢我的博士导师王一川先生。七年前，他不吝收下我这个学生，让我有机会到京城求学，感受"北京时间"，体验北京生活。自进入大学直至参加工作六七年，我有一点小小的遗憾，那就是本科、硕士研究生学习以及工作都在同一所高校，同一座城市，学习、生活十分平淡，如今这一遗憾有了些微弥补。虽然这里也仍是师范大学，但是学习机遇、文化氛围与先前大为不同。从小城市到大都市，从一所省属师大到一所部属师大，一切都在吸引着我，也在改变着我。尤其是在这里能亲耳聆听、直接接受到国内外一流学者的教诲，真是莫大的荣幸。王一川老师开阔的学术视野、严谨的治学态度给我留下难以磨灭的印象。在繁忙的工作间隙、生活之余，他都会抽出宝贵的时间进行指导。可以说，论文从选题到定稿的每一个环节都凝聚了老师对学生的关爱，还有一场场的读书报告指导，更是体现了他的无私胸怀。那些日子总是令我怀恋！

感谢在北京师范大学期间结识的诸位老师和同学。尊敬的童庆炳老师、程正民老师、李壮鹰老师、李春青老师、陶东风老师、蒋原伦老师、季广茂老师、曹卫东老师、赵勇老师带来了精彩的学术讲座，尤其是童庆炳老师的《文心雕龙》研究课，让我记忆犹新，回味无穷。诸位老师还在论文开题过程中提出了许多富有建设性的意见，让我在论文写作过程中有了更为坚定的方向。感谢程正民老师、程光炜老师、吴思敬老师、李春青老师、黄卓越老师、赵勇老师在论文评审和答辩过程中提出的友善建议，这是激发我进一步修改的动力。求学期间，黄世权、程惠哲、马聪敏、付国峰、桂琳、唐宏峰、张贺、罗成等诸位同门不仅认真阅读了初稿，而且提出了极为宝贵的意见，让我得以有针对地、高效地进行修改与完善。彼此之间的点点交往与滴滴友情，如今已化作美好的回忆。

感谢浙江师范大学人文学院的诸位领导、老师。多年来,他们为我在工作、求学方面提供了便利。进入 21 世纪的那一年,正是在杜卫老师的引领下,我开始正式接触文艺学,走进"审美城"。此后又是在他的鼓励下,让我信心满怀地去追逐学业梦想。如今已在省城任职的他,这份鼓励依然不减,让我时时保持在学术上的进取心。他是我的学术启蒙良师、人生道路上的益友。这份情谊我将永志不忘。我从事高校教学管理工作多年,人文学院(原中文系)的几任领导和诸多老师(许多已退休)都曾以不同的方式鼓励过我、支持过我,正是他们的人文关怀成就了今天的我,我把对他们的谢意铭刻在内心深处。感谢文艺学学科的诸位老师,一起度过了平凡而又充实的岁月。张法老师的支持和鼓励是一贯的,没有他的提议,这部文稿也许还要"沉睡"些时日。惟有不断努力和进取才能馈报这些好意。

感谢家人的理解与支持。记得孩子出生才两个月,我就匆匆北上了。是他们分担了照顾孩子的重任,排除了我的后顾之忧,得以让我拥有宽裕的时间去学习和思考。在北京求学的三年间,除了正常的寒、暑假外,我把绝大部分时间都留在了北京。现在,本书就算是作为给家人的一个交待和曾在北京生活三年的特殊纪念。

本研究课题曾得到浙江省哲学社会科学规划办立项资助(06CGWX20YBB),相关成果已在《社会科学辑刊》、《浙江师范大学学报》等多种刊物上公开发表。

限于个人的学术能力和水平,本书定有许多不足之处,敬请读者批评指正。

2012 年 2 月 14 日深夜于高村